偽文士日碌

筒井康隆

角川文庫
19912

目次

はじめに

まず表題についてご説明しておかなければなりませんね。

文士のパロディをやってみようと思いはじめたのはいつ頃であったか。勿論《もちろん》いわゆる文士という気骨のある人物は現代ではパロディでしか存在し得ないから、まさにそれを演じてやろうというのが、一方では役者でもある、パロディの得意な作家としての発想なのだ。

十年前まではさほど意図せずして流行作家のパロディを演じていたように思う。流行作家と言われるほど執筆量は多くなかったし売れっ子でもなかったのだが、まあ一部では人気もあったので、薄い色のサングラスをかけた軽薄そうな、これはまあ実際にも軽薄だったわけであるが、いかにも若手流行作家というスタイルで通してきた。ところが歳をとってきてそのスタイルはあきらかに不似合いとなってきた。そこでサングラスをはずし、鼻下に髭《ひげ》をたくわえ、庄屋《しょうや》造りの家を建て、家にいる時や近所を出歩く時は唐桟《とうざん》の着物の着流しという文士スタイルに変更したのである。

ちょうど十年ほど前から、テレビ・ドラマや映画や芝居で文士とか文化人とかいった役を演じることが多くなってきていた。久世《くぜ》光彦《てるひこ》演出のNHKドラマ「涙たたえて微笑せよ――明治の息子・島田清次郎」で新潮社の創始者・佐藤義亮《さとうぎりょう》をやらされたのが最初である。これが好評で次はやはり久世ドラマ「小石川の家」で斎藤茂吉《さいとうもきち》をやらされた。すべてチョイ役ではあったがあとはやたらに文豪づいてドラマで森鷗外《もりおうがい》をやらされ、マックのCMで夏目《なつめ》漱石《そうせき》のパロディ、マック夏目というのをやらされ、芝居の方では蜷川幸雄《にながわゆきお》演出のチェーホフ「かもめ」に「作家だから作家の役ができるだろう」という乱暴なキャスティングでトリゴーリンという大役をやらされ、ご存じのようにこの役はまあ文豪というよりは流行作家に近い役どころではあったが、その後は「通販生活」や「天下一品」や「みずほフィナンシャルグループ」などのCMで自役自演も含めてやたらに作家の役をやらされ、ふたたび久世ドラマ「血脈」で島村抱月《しまむらほうげつ》をやらされ、映画『欲望』でも作家役を、火曜サスペンス劇場「箱根湯河原温泉交番」では今出川龍之介《いでがわりゅうのすけ》という、パロディめいた文豪の役をやらされている。現実にも文士のパロディをやってやろうという発想はこれらの過程の中から生まれてきたものであろう。

演じはじめてみるとこの文士という衣装はなかなか着心地がよろしい。威張ったり我儘《わがまま》を言ったり酔っ払ったりしていてもさほど不自然には思われないようだし、着流しで近所を歩いているとファッションの店の前にたむろしているギャルたちが、「あっ。先生だ」「格好いい」などと言って萬歳《ばんざい》をしてくれる。こちらも萬歳を返す。買い物に行くと商店街の人たちがなんとなく珍重するように愛想よくしてくれる。よくぞ作家になりにけり。

あの山田《やまだ》詠美《えいみ》も毒性の笑顔で「筒井《つつい》さんって、どうしてそんなに貫録があるんですか」と訊《き》いていたから、まんざら下手な演技をしているわけではあるまい。そんなこんなでこのまま死ぬまでこのスタイルで通すつもりであるから、この日記のタイトルも表記の如きものにしたのである。

ついでだが、「日碌《にちろく》」の「碌」は「碌でもない」の「碌」であり、使い方がちょっとおかしいかもしれないがまあ勘弁してください。

二〇〇八年六月二十七日（金）

最初であるからして即ち、平均的日常を書くことにしよう。

居間の電球が切れたので、例によっての着流しで近くの電器店へ買いに行く。完全球体のでかい電球だ。

その足で耳鼻科へ行き、医師と話をする。医師はオペラが好きで、時おりでかい音でワグナーなどを聴いていたりする。だからオペラシティでの「フリン伝習録」にもご招待した。ご自身もチェロを弾き、たまには休み時間に診察室で弾いたりもするという。この問答をしたのは一昨年のことだったが、こんな小さい診察室でと驚き、見まわしたがそれらしいものはどこにもない。

「これです」と言って、ロッカーから出して見せてくれたのはチェロの骸骨《がいこつ》、つまり骨組みだけのスケルトン・チェロというもの。エレキ・チェロであり、いい音が出るらしい。

今回は最近のこの原宿近辺の地上げについて嘆きあう。医院の向かいのビルが解体され、工事の騒音が大変だったらしい。耳の診察に支障を来す以前に、震動で待合室の客が恐怖に顫《ふる》えたと言う。

血圧を計ってもらい、処方箋《しょほうせん》をいただく。歳をとるにつれて服《の》むべき薬の数が増える。血圧を下げるノルバスク、血液がさらさらになる脳梗塞《のうこうそく》予防のバイアスピリン、このバイアスピリンを服むと胃が悪くなると訴えたため今回からはガスターDが増えた。それに便秘薬の酸化マグネシウム。

薬局へ行く途中、スーパーに寄る。もと魚屋さんだったので「魚屋さんのスーパー」と言っている店である。ここで鱈子《たらこ》と鮭を買う。ほんとは鱈子よりも明太子が欲しかったのだが、中国産の食品が嫌われていることに関係があるのか、最近はでかいものが入荷しないでバラバラに切ったものしかない。このバラバラの明太子は網で焼くことができないので忌避することにする。

薬局ではお姐《ねえ》ちゃんが「CM、格好いいですね」と言ってくれる。サントリーのなっちゃんのCMに出ているのである。薬剤師さんも女性で、酸化マグネシウムを一回分ずつ紙包みにするのに時間がかかるのでお待たせするのは悪いからと言い、半分だけくれる。あとの半分は十五分後にわが家の郵便受に入れておくとのこと。これは毎度のことであり、恐縮する。

わが家の近くでも現在ビルの解体工事をやっている。深田《ふかだ》恭子《きょうこ》と行った「アーペレーヌ」という中国料理の店があったビルだ。これも中国資本の地上げか、などと思う。

帰宅後、サルマン・ラシュディが英国よりサーの称号を授けられたことを知る。もっと早くに決っていたのだが、イスラム圏からの猛反撥《はんぱつ》があり、先延ばしにされていたのだそうだ。『悪魔の詩』は面白かった。だが、あまり褒めると日本の翻訳者のように刺殺されるからやめておく。しかしそれにもかかわらず称号を授けたというのはイギリス偉い。日本では考えられないことだろうね。

二〇〇八年七月三日（木）

日碌開始以来十日、たくさんのコメントが寄せられている。初めての人、よく知っている人、懐かしい人、ありがたいことである。こうした人たちのおかげでどれだけ老後が豊かになったことか、計り知れないものがある。

日本の郵便番号しか受けつけないのは困ると書いてきた人がいて、外国からの投稿は他にも多いため、郵便番号が日本仕様になっている入力フォームを変更してもらったが、もう大丈夫なのかな。

さて、一昨日から神戸に帰っていて、今日は「ビーバップ！　ハイヒール」の収録である。迎えの車が来て、大阪の朝日放送へ。もう四年目になるが、今年の五月からは汚い旧社屋から中之島《なかのしま》の新社屋に移っている。楽屋も広くて畳は綺麗《きれい》だしトイレも臭くない。

この「ビーバップ」のメンバー、みんな出世した。レギュラーのたむらけんじ（たむけん）は一昨年に開店した焼肉店が大繁盛して、昨年は二号店を出し、今年は名古屋《なごや》に三号店も開いた。準レギュラーのブラックマヨネーズは二〇〇五年のM－1グランプリ（漫才の全国大会）で優勝、もう一組の準レギュラーのチュートリアルは二〇〇六年のM－1グランプリに優勝、みんな現在は中央のテレビ局で大もてである。

構成の増山実《ますやまみのる》が来室。視聴率が相変わらずいいという話。午後十一時台にもかかわらずしばしば十四％を越すのである。そして今日の最初の回の打合せ。ゲスト・ブレーンは旅行評論家で駅弁の女王、小林《こばやし》しのぶ。例によって司会はハイヒールのリンゴとモモコ、そしてレギュラーはおれと漫画家の江川達也《えがわたつや》とたむけん。準レギュラーはブラマヨ。女性枠は夏川純《なつかわじゅん》。データマンは岡元昇《おかもとのぼる》アナウンサー。

二時半にスタジオ入り。セットも新社屋以来新しくなっていてきらびやかである。駅弁の話が嫌いな者は誰もいないから大いに盛り上がる。四時終了。楽屋に戻り、手作りの握り飯を食べる。これは番組開始以来、局から出る弁当を拒否してずっと続けているのだ。コシヒカリに最高級の海苔《のり》と最高級の鮭で作ったものであり、まことに旨《うま》い。

和服に着替えるとまた増山君が来て、次の回の打合せ。ゲスト・ブレーンはこの番組四回目の登場となるセラピストの石井裕之《いしいひろゆき》。準レギュラーはチュートリアル。女性枠は三津谷葉子《みつやようこ》。

チュートリアルの徳井《とくい》君はイケメンだから映画にテレビドラマにと単独で出演していて、大忙しである。福田《ふくだ》君と一緒にCMでも活躍。最近では帰途、局の前に徳井君の追っかけと思える女性たち数人のたむろしている姿が見られるようになった。五時半スタジオ入り。三津谷葉子が太股《ふともも》むきだしのエロい衣装でやってきて大騒ぎとなる。二回目のテーマは「相手の無意識へ侵略し、自在にあやつるスーパー・サブリミナル・テクニック」。

七時終了。送りの車で垂水《たるみ》へ帰る。高速に入るとシートベルトを締めねばならなくなった。どうにも窮屈である。それでも関西はまだ、タクシーの車内で喫煙できるのがよい。八時帰宅。

二〇〇八年七月十一日（金）

この日碌へのコメントはレベルが高いので驚く。ドイツ在住の人が『おれの血は他人の血』の独訳に対する現地の評価を紹介してくれたり、その他貴重な情報が多いのはありがたいことだ。

さて今日は、田中啓文《たなかひろふみ》のミステリー・ジャズ小説集『落下する緑』（創元推理文庫）が送られてきた。著者は自身テナーサックスを吹くジャズマンでもあり、ジャズの好きなSF作家の堀晃《ほりあきら》の紹介で山下洋輔《やましたようすけ》が解説を書いている。さらにこの田中啓文は、SF作家で役者でもある北野勇作《きたのゆうさく》とのデュオでサックスと朗読のライヴもやっている。そしてその北野勇作の新作『レイコちゃんと蒲鉾《かまぼこ》工場』（光文社文庫）も送られてきた。読む楽しみができたことよりも、なんとなくわが人脈とそのつながりに思いを馳《は》せてしまう。山下、堀、北野三氏とも、わがネット会議室のメンバーなのである。

さらに、さらに、今日はおれが推薦文を書いた八代嘉美《やしろよしみ》の『iPS細胞　世紀の発見が医療を変える』（平凡社新書）の見本が届いた。この八代氏は東大大学院医学系研究科の学究であり、巽孝之《たつみたかゆき》のパーティで知り合って以来、わが新作ライトノベル「ビアンカ・オーバースタディ」の監修をしてもらっている。その「ビアンカ」は講談社の雑誌「ファウスト」の最新号に載るのだが、今日はその「ファウスト」編集長の太田克史《おおたかつし》がやってきた。「ファウスト」は最初発行を二月に予定していたのだが、つまり「ビアンカ」の最初の原稿はそれ以前に渡していたのだが、その後延び延びになって、とうとう半年経ってしまった。聞けばなんと千二百頁、厚さにして五センチを超えるという冊子になるらしい。結局八月十日前後の発売になるそうだが、いやはや発行予定がこんなに遅れることも珍しいだろうね。太田君のところへは毎日のようにまだかまだかの電話があるそうで、わがファン連中も呆《あき》れ返っている。太田君は謝ることしきり。

太田君が今日来たのは広告用のおれの写真を撮るためで、カメラマンをつれてきた。さらに発売記念のマグカップを作るとやらで署名落款をさせられる。ラノベの方ではイラストレーターのことを絵師というのだが、その絵師のいとうのいぢのサインとおれの署名落款、それにビアンカの絵の入ったマグカップなのだそうだ。いとうのいぢさんとは一度だけお目にかかっていて、太田君も一緒に東大医学部に八代氏を訪ねていろいろ取材させてもらっている。

そのいとうのいぢさんと一緒にサイン会をやらないかという話も出た。八月下旬にやりたいと言うのだが、まさか「ファウスト」がそれ以上遅れることはあるまいね。実現すれば何やら大騒ぎになりそうな予感がする。何しろいとうのいぢ、大変な人気なのである。

そうそう。最後に「ｉＰＳ細胞」のわが推薦文を紹介しておこう。

「学究のみごとな誘導で読み進めば 六章以降は圧巻 これは不老不死へと疾走するiPS細胞研究の現在とその全貌《ぜんぼう》だ」

二〇〇八年七月十九日（土）

ビッグバンド大好き人間としては見逃せません。東急文化村《とうきゅうぶんかむら》オーチャードホールの「山下洋輔スペシャル・ビッグバンド・コンサート」へ行く。舞台に居並んだ面面、「ジャズマン忠臣蔵」での共演者が多くて嬉《うれ》しくなる。即ちトランペットのエリック宮城《みやしろ》、木幡光邦《こはたみつくに》、サックスの川嶋哲郎《かわしまてつろう》、トロンボーン・編曲・指揮の松本治《まつもとおさむ》など。

凄《すご》い音でエリントン「ロッキン・イン・リズム」が始まってすぐ、純白の三揃いで山下さん格好よく登場。次いでビッグバンドでは滅多にやらないビル・エヴァンスの「ワルツ・フォー・デビー」が三拍子と四拍子を効果的に越境しながら演奏され、ここでコンボのメンバーのみが残って山下さんの御機嫌な曲「グルーヴィング・パレード」となる。で、第一部の最後がお待ちかね「ボレロ」である。山下さんの解説では、松本氏の編曲でとんでもないことになったということだったが、なるほどこれは脱臼《だっきゅう》された「ボレロ」だった。ダレた演奏が面白かったが、最後はやはりいつもの盛り上がりで終る。

休憩時間中、最後はああなるしかないのかと隣席の玉木正之《たまきまさゆき》に話すと、彼は「ロレボ」というのを知っているかと言って、こんな話をしてくれた。フランスで「ロレボ」と称して「ボレロ」を逆にやったというのである。大音響のラストから始まって次第に楽器が減り、演奏者が退場していき、最後は指揮者がリコーダーを吹いたらしい。大受けだったというが、フランス人はおかしなことを考えるものだ。

第二部の最初はなんと横浜《よこはま》ベイスターズの応援歌を山下さんがビッグバンド用にアレンジした「ベイスターズ・ジャンプ」。ハマスタで勝つと鳴り響く曲だが今年はその機会が少なく、ベイスターズファンの山下氏が強権発動で演奏したらしい。しかし解説では山下氏そんなことは言わず「わかる人だけわかってください」と言っただけ。それでも場内は笑いと拍手に包まれた。

二曲目が、一橋大学のイベント用に山下氏が作った「ファースト・ブリッジ」。この初演ではおれも参加したらしいのだが、すっかり忘れていた。そして最後がいよいよもうひとつのお待ちかね「ラプソディ・イン・ブルー」である。山下氏がピアノソロで演奏していた曲だが、「やっとジャズの仲間とこの曲をやれます」という解説の喜びがこちらにまで伝わってきて嬉《うれ》しくなる。最初のクラリネットのカデンツァからきちんとやってくれてもっと嬉しくなる。ビッグバンドの演奏でこの曲をやるとたいてい情緒纏綿《じょうしょてんめん》とし過ぎて厭味《いや》だが、これは素晴らしかった。アンコール曲はエリントン「スイングがなければ意味がない」。

次の楽しみはオペラシティのニューイヤー・コンサートである。山下さん、おれの長篇をテーマにした「交響詩・ダンシング・ヴァニティ」をやるというのだが、原作を読んでいない人にもわかるのだろうか。おれが無理を言って、コロス役にXUXUという女性四人のコーラス・グループを加えてもらったから、これはきっと愉《たの》しいぞ。

二〇〇八年七月二十四日（木）

この日録にはいろんな人がコメントを寄せてくれる。ありがたいことだ。七月十三日の西瓜《すいか》頭さんは北野勇作氏、二十一日の半魚人さんは堀晃氏である。今後も有名な人からコメントを戴《いただ》いた時はその都度ご紹介していく。

小生がオビの推薦文を書いた八代嘉美の『iPS細胞 世紀の発見が医療を変える』（平凡社新書）は、早くも重版になった。アマゾンでノンジャンルの三百何十位かに入っていたので売れているなとは思っていたのだが、わがことのように嬉しい。最近推薦文の仕事が多くなった。来月には大江健三郎『同時代ゲーム』（新潮文庫）を再評価する文が「週刊新潮」からオビに転載され、久びさに夢中で読んだ池上永一『テンペスト』上下巻（角川書店）にも推薦文を書いた。自分が推薦した本の売れ行きというのは、多額の謝礼をいただいている責任上、自分の本のそれよりも気になるものだ。

今日は五月の三日間、北沢《きたざわ》タウンホールで公演した朗読会の記録ビデオ、DVD、舞台写真、アンケートの綴《と》じ込みなどを持って、野際館長、演出の高平哲郎《たかひらてつお》、企画の中村満、舞台芸術の菊地廣、演出助手で役者の上山克彦《うえやまかつひこ》がやってきた。公演が大成功だったため、あれこれの裏話に花が咲いてしばし歓談。

「筒井康隆《やすたか》、筒井康隆を読む」と題したこの朗読会は、野際、上山、中村三氏の発案で実現。「おれの最後の舞台になる」と言っていたのだが、アンケートに「そんなこと言わないで」という再演希望の書込みが多く、高平氏のところへはわが家のすぐ近くにある大ホールから「あれと同じ舞台をやってもらったとしたら、いくらかかるか」という問い合わせもあったらしいが、野際館長自身の再演希望もあったのでこれは断ったという。つまりおれも吃驚《びっくり》するほどの大成功だったのだ。最初のうち、おれ一人でホールを三日間満員にできるかという危惧《きぐ》があり、わがタニマチの中村氏が助っ人に山下洋輔を引っぱり出してきた。結果、こんなプログラムとなった。

　第一部はおれの挨拶《あいさつ》と「おもての行列なんじゃいな」の朗読、そのあと山下氏のソロで「トリプル・キャッツ」、おれの「昔はよかったなあ」朗読とのデュオで山下氏がエリントンの「昔はよかったね」を弾く。これには上山克彦がチョイ出で登場。第二部は「スーパージェッター」から『ダンシング・ヴァニティ』に到るわが百五十六作品のタイトルが現れるスクリーンを見ながらの、十分間に及ぶ山下氏の即興演奏。最後がおれの朗読「関節話法」で、アンコールは山下氏の即興とのデュオで「発明後のパターン」六十年代篇と現代篇の朗読。

　アンケートでは涙を出して笑いころげた、こんな朗読とは思っていなかったというコメントが多く、やってよかったとは思うものの、劇場のキャパシティを気にして招待状をまったく送らなかったのが心残りである。まだ日時場所未定の来年の再演はほんとに最後の舞台になりそうだから、できる限りの人をお招きすることにしよう。

二〇〇八年七月三十日（水）

『銀齢の果て』が早くも文庫版となって出た。オビを見ると後期高齢者うんぬんという記載がある。これを書いたのは三年前であって、その時には後期高齢者なんてことばはなかったわけで、だからこれは担当編集者の石戸谷君が、時節に便乗すると同時に作家の予言力を誇示して書いたのであろう。小説の通り、まさに「老人は死ね」という時代になってしまった。そういえばおれも来年は後期高齢者である。後期高齢者というのはつまり「もうその先はない」ということである。いやはや何という身も蓋《ふた》もない命名だ。

今日は「ビーバップ！　ハイヒール」収録の日である。いつものように車が迎えに来る。最初の収録の前に、たむけんが皆に「お騒がせいたしました」と謝っているので、何かあったのかと訊《たず》ねると、彼の焼肉店の名古屋支店で食中毒が出たのだという。「何人死んだ」と訊《き》くと、ひとりも死んでいないとのこと。なんじゃつまらん。それでもたむけん、お詫《わ》びの記者会見や何やかやで大変だったらしい。停止を命じられたり自粛したりしていた各店の営業も今日から再開され、たむけんはいたって元気。それでも「スポーツ報知」に「食ちゃー毒」と書かれたことには大いに怒っていた。これは正当な怒りであろう。弱い立場の者はいかにおちょくってもかまわないという芸能ジャーナリズムの傲《おご》り。反省せよ。

しないだろうけど。

最初は明治期の国際結婚の話で、クーデンホーフ光子《みつこ》とモルガンお雪《ゆき》をとりあげる。この回の女性枠ゲストは磯山《いそやま》さやか。ゲストの女性の中では小生のいちばんのお気に入りである。それにしても皆、クーデンホーフ光子はともかくとしてモルガンお雪のことも知らない。あきれたもんだ。

二本目は「プロファイリングの世界」。女性枠ゲストは安《やす》めぐみ。プロファイリングとはさまざまなデータを科学的に分析して犯人像に迫り、捜査を支援する方式のこと。おれには犯行現場から犯人の住所を割り出す「地理的プロファイリング」が面白かった。推理小説の短篇がひとつ書けそうだ。書かないだろうけど。

今日から一か月、ビーバップの収録はなしで、夏休みとなる。北京《ペキン》オリンピックの中継が入るためであろう。しかし北京オリンピック、無事に開会するのであろうか。はなはだ心もとないことだ。

既報の、いとうのいぢ・筒井康隆ダブルサイン会は、八月二十三日の土曜日と決定した。詳細はわがホームページを見てほしいが、なにしろのいぢさんとの流れ作業になるため、驚くべき早さでサインをする彼女に合わせなければならず、いつもの毛筆ではなくマジックペンでサインすることになる。さらに時間の関係でサインする本は「ファウスト」に限られてしまい、為書きもできない。整理券だの予約だのとややこしい上にこのようなあたふたとしたサイン会ではご不満もあろうけど、またという機会もあります。どうか今回はお許し願いたいものです。

二〇〇八年八月五日（火）

赤塚不二夫《あかつかふじお》、死去。おれよりひとつ年下だった。新聞社の取材には「もう七、八年会っていないし、どうせおれももうすぐあっちへ行くのだから、特に寂しさはない」と答えたのだが、岡田眞澄《おかだますみ》の時と同じで、自分より若い友人の死は身にも心にもこたえるなあ。

谷崎《たにざき》賞の候補作を一応全部読んでしまった。選考会直前にもう一度読み直すことになるだろう。池上永一の『シャングリ・ラ』を読みはじめる。またしても推薦文を頼まれたのである。この前の『テンペスト』の推薦文が気に入られたようだ。たった数十字の文章で、女性編集者と作家が電話で三十分も盛りあがったという。「週刊新潮」におれの推薦文が掲載された大江健三郎『同時代ゲーム』は、アマゾンで見ると購読者数が一桁《ひとけた》はねあがっていた。これもまた、わがことのように嬉《うれ》しいが、どうもおかしな仕事が舞い込みはじめたものだ。

昨夜から伸輔《しんすけ》が家族三人で来ている。逗子《ずし》に住んでいるのだが、東京の家に来たのでは里帰りという気分にもならないだろうと思い、神戸《こうべ》の家に戻って待っていたのだ。嫁の智子さんは母親らしいきりっとした顔つきになり、孫の恒司は今年から幼稚園に行きはじめていて、無理を言わなくなり、だいぶおとなしくなった。正午前、三人は姫路《ひめじ》市立水族館へ出かけた。恒司、魚が好きなのである。

光子は恒司が本にしか興味を示さないので心配している。自分の好きな偏った本ばかり読んでいると勉強ができなくなるというのであるが、息子たちには別の考えがあるのだろう。

夜は全員で、歩いて三分の、近くのイタリア・レストランへ行く。「テアトロ・クチーナ」と言って、北イタリアを中心に五年間修業してきた村上孝之さんがオーナー・シェフ。修業時代に知りあった奥さんの涼子さんと二人だけでやっている。まずフランチャコルタ・キュヴェ・プレステージを奮発して乾杯。明石《あかし》タコとキタアカリイモの温製カラスミ添え、鱚《きす》のフリット、お米のサラダ、これが前菜。パスタは淡路産由良ウニの冷製カッペリーニと、アワビのスパゲッティ。メインは今日捕れたばかりの鯛《たい》を一匹丸ごとのロースト。食材は垂水や明石の漁港で仕入れ、近隣の農村から送ってくるものばかりだから、新鮮だ。最後はセサミのジェラートで仕上げ。このお店に興味のあるかたは「テアクチ通信」またはホームページをご覧になるとよろしい。

こちらに帰ってくると、食べものが旨《うま》くて安い。この間は捕れたばかりの生きている鯛を光子が六百円で買ってきた。東京ならば数千円するだろう。塩焼きにしたが、信じられぬ旨さで、とうとう頭まで全部食べてしまった。

明日は朝早くから三津寺《みつでら》さんが来るので、早いめに寝なければならない。読経《どきよう》のあいだ、恒司はおとなしくしていられるだろうか。わが家の菩提寺《ぼだいじ》の三津寺さんは大阪の心斎橋《しんさいばし》・

三津寺筋にある。遠くからご苦労様なことだ。

二〇〇八年八月八日（金）

孫は来てよし、帰ってよし。

この前までは仲輔一家が三、四日泊って帰っただけで夫婦ともふらふらになったものだったが、今回は恒司もあまり騒がなくなり、日中は親子三人で花鳥園《かちょうえん》だの鳴門《なると》観潮だのに出かけてくれて、ずいぶん楽だった。彼らは昼過ぎに帰っていった。

夜、チャン・イーモウ監督が演出の、北京オリンピック開会式の模様をテレビで見る。光子が感激して「この人は天才だ天才だ」と言っていると、智子さんから電話がかかってきた。なんと留守中、泥棒に入られていたと言う。ガラスを熱で溶かして窓を開け、侵入し、あらゆる抽出し《ひきだ》を開けて中のものをあたりに撒《ま》き散らすという乱暴さで、やってきた警官三人も「こんなひどいのは珍しい」と言っていたらしい。光子に言わせれば「お金や金めのものがなかったので、怒ったのではないか」ということだ。

それでも智子さんのシャネルの腕時計、マックのパソコン、仲輔のカメラ、万年筆、そして実印が盗まれていた。そのくせ貯金通帳は盗《と》られていず、いちばんの値打ちものの、光子があげた智子さんの指輪もそのままだったらしい。

その後また深夜に智子さんから電話があった。いつもならとっくに寝ている筈《はず》の恒司の声がうしろで聞えていたらしいから、可哀想に騒ぎで寝られなかったのだろう。家の中がひっくり返っていて警官が三人もいたのでは寝られる筈もあるまい。泥棒は手袋をつけていたらしくて指紋は出ず、明日は改めて刑事が調べに来ると言う。

光子は、仲輔一家がわが家に来たことをおれがブログに書いたために、逗子の家が留守であると泥棒に知られたのではないかと言う。まさか、そんな悪いやつがこの日記を読んでいる筈はないし、息子たちの家の所在がわかるわけもない。だいたい仲輔は父親がおれであることを人に話したがらないし、だから幼稚園の父兄も仲輔が絵描きだということさえ知らないらしいのだ。それでも光子は、もう家族のことをブログに書くななどと無茶を言う。ではいったい何を書けばいいと言うのだ馬鹿な。

とにかく、留守中の泥棒でよかった。在宅中の強盗なら三人の命が危なかったところだ。すぐにセコムと契約させろとおれは言ったが、光子がそう言うと仲輔は拒否した。どうもそういう保守的なことを嫌う性格なのだ。

やれやれ、生きているといろいろなことに遭遇する。まあ誰も命に別状がなかっただけでもよしとしなければなるまいね。恒司にしてもちょっと得難い体験だったのではないだろうか。

二〇〇八年八月十九日（火）

泥棒の一件は、その後の調べで仲輔の家のご近所二軒を加え三軒同時に入られていたことが判明。目撃者の話では、警備員の格好をして車に乗った二人組だったとのこと。あちこちから見舞いのメールやコメントを頂戴《ちょうだい》し、恐縮至極。尚、十一日に見舞いのコメントをくださったやっしーさんは「iPS細胞」の著者八代嘉美さんです。この八代氏は近く「ビーバップ！　ハイヒール」に登場していただくことになったので、関西方面のかたはお楽しみに。

読者へのご返事のため、朝日ネットがコメント欄へ書き込みやすくしてくれているのだが、何しろその後も書評や著者との対談などのために読まねばならぬ本が山積みであり、日碌を書くだけでせいいっぱいなのだ。お許し願いたい。

さて今日は谷崎潤一郎《じゅんいちろう》賞の選考会である。ながいこと池上永一『シャングリ・ラ』と格闘していたため、谷崎賞候補作の内容を忘れてしまっているので、あわてて全部をざっと読み返す。桐野夏生《きりのなつお》の『東京島』を推すことに決め、迎えの車でパレスホテルへ。会議場にはすでに川上弘美《かわかみひろみ》が来ていたので、先日の北沢タウンホールの朗読会へ来てくれた礼などを述べていると、池澤夏樹《いけざわなつき》、井上《いのうえ》ひさしが到着、選考会が始まる。まず新任の中央公論新社・浅海《あさみ》社長が挨拶《あいさつ》。この人は就任時にわが家へ挨拶《あいさつ》に来られたので驚いたのだが、どうやら昔「中央公論」編集長の滝田樗陰《たきたちょいん》が、これぞと思う新人作家の家へ人力車で乗りつけたという故事に倣ったのではないか、などと思う。

ところでこの賞はベテランに与える賞なので、失礼にあたるから選に漏れた候補作はいっさい発表しないため、選後評でも授賞式でも、そしてこの日碌でも触れるわけにはいかない。『東京島』はおれと池澤氏が○で、井上氏と川上さんが△という高得点。この時点で授賞は決まっていたようなものだが、一応すべての作品を×の多い作品から順に委員がひとりずつ、ひとつずつ、ていねいに評価していく。井上氏は『東京島』をよい作品としながらも欠点をいくつか指摘したが、これについてはおれも池澤氏も同意見で、その欠点を認めた上での評価であった。川上さんはわれわれの誰も気づかなかった結末近くの隠れたトリックを指摘。本当にトリックなのかと疑いながらも男三人は感服。『東京島』授賞と決まり、担当社員が桐野さんに電話で報告。桐野さんお喜びであったとのこと。司会の大和取締役からは、授賞式における選考過程のスピーチを依頼された。井上さんは選後評に欠点をすべて書くと言っているから、スピーチ、やりにくいなあ。

そのあと会食。この会食はいつも愉《たの》しく、面白い話の競演会の趣きを呈することになる。同席の女性社員ふたりが笑い転げるのでますます興に乗って盛りあがるのだ。『東京島』がらみで、選考委員全員で孤島ものを合作しないかという話も出た。話に夢中になって、ついつい芋焼酎《いもじょうちゅう》をロックで三杯も飲んでしまう。八時半帰宅。

選評は「中央公論」十一月号に載ります。

二〇〇八年八月二十三日（土）

あっ。なんでアキバなんかでサイン会をするのだ。ナイフを持ったやつが襲ってきたらどうするつもりだ。警備は大丈夫なのか。おれはもう歳だからとてものいぢさんを護《まも》れないぞ。せいぜいペン先を目玉に突き刺してやるくらいのことだが、それとて相手が眼鏡をかけていれば効果はない。どうすればいいのだ。

などと心配していたのだが、サイン会は無事終了。やれやれ。

一時に太田君が迎えにきてくれて、ハイヤーでアキバの金魚茶屋という萌《も》え喫茶へ。あの事件のあった交差点も通った。ああいやだいやだ。

いとうのいぢはもう到着していて、控室でお化粧していた。コーヒーをいただいたあと、さっそく記者会見。太田君によれば、こんな和気藹藹《あいあい》とした記者会見も珍しいとのこと。皆よく笑ってくれ、質問もいい。ただしカメラマンの「もう少しにっこり笑ってください」にはいつもながら閉口。なぜ作家が意味もなくにっこり笑わねばならんのだ。今後は写真撮影の時の条件として禁句にしてやろう。笑わせようとすれば被写体に要求せず、カメラマン自身が何か面白いことを言えばいいのである。

この写真撮影にはビアンカのコスプレで可愛子ちゃんが加わる。この子はテレビや芝居にも出ているタレントさんだが、この萌え喫茶でアルバイトしていて、ママの人望でそんなタレントさんが何人かアルバイトしているのだそうだ。おれは両手に花。

車でヨドバシカメラへ。サイン会場は七階の有隣堂AKIBA店である。まずのいぢさんが先にサインをし、流れ作業で次におれがサインと落款。のいぢさんは為書きまでやってくれた。凄《すご》いスピードで描くので、手が痛くならないかと心配する。おれも今回は毛筆ではなくマジックペンで手早くサインしたので、ずいぶん楽ではあった。煙草が喫えないのだけが苦痛だったが。

萌えのコスチュームの女の子が多いのではないかと楽しみにしていたのだが、意外にも女性は六、七歳の女の子をつれた女性も含めて百五十人中たったの七、八人。ほとんどは男性だった。サインは「ファウスト」に限定されていたが、一人で五冊持ってきた人もいた。一冊の厚みが約五センチだから、たいへんな量になる。聞けばこのサイン会の整理券にプレミアがついて、四千数百円でネットで売られていたらしい。お馴染《なじみ》の顔も何人かいて、そのたびにほっとする。

三時十五分に開始して終ったのが五時。全員八階のレストランへ移動し、おれはさっそく一服。二時間半我慢していたことになる。のいぢさんの旦那《だんな》さんの簑田《みのだ》さんも来ていて、講談社の人たち五、六人も含めしばし歓談。ここでも萌え喫茶や書店さん用の「ファウスト」や色紙にサインさせられる。色紙には毛筆で揮毫《きごう》落款。さらにおれはのいぢさんのご友人のために四枚、色紙を書かされた。疲れた。

また太田君が送ってくれ、神宮前のわが家への帰着は七時。

二〇〇八年八月二十五日（月）

昨夜はひどい目にあった。

「ビーバップ」の収録のため、いつも月に二度は神戸に帰るのだが、通常二時ごろ家を出るところを、昨日は伸輔一家が来ていたため、五時に出発して全員で東京駅まで来た。逗子へ帰る伸輔一家と別れ、自動販売機で新幹線の乗車券を買い、ちょうど十分後の六時十分に出る博多《はかた》行きのグリーンで、光子のお気に入りのN700だったから、運がいいなどと言いながら中央口を入ると、どうも様子がおかしい。人がいっぱいで、階段に腰かけていたりもする。案内板を見ると、なんと四時十五分発の列車がまだ出ていないのである。電光表示によると小田原《おだわら》—三島《みしま》間で豪雨があり、運転を見合わせていたが、九十分遅れで再開したとある。この調子では二時間待ちになると思い、あわてて弁当をふたつ確保する。いつもなら新神戸で降りてからクラウンプラザホテル（旧新神戸オリエンタルホテル）内のレストランで食事するのだが、着くころには確実に閉店している筈《はず》だ。

列車は次つぎに発車し、足止めされていた列車も最初のが到着して人が降りてきた。ひどく不機嫌なやつ、薄笑いをしているやつ、ふらふらのやつ、さまざまだ。電光案内板の下の柱のうしろで光子をキャスターに掛けさせ、おれは横に立ち、列車の発着を一喜一憂しながら眺め、時にはプラットホームへ出て煙草を喫うついでに様子を見たりしているうち、七時三十分になってやっと乗る列車の表示が出た。車内に落ちついてすぐ、予定されている先発の列車よりもだいぶ早く、八時前に発車した。行く先が博多なのでそれより行き先の近い列車よりも早く出発させたのであろう。さっそく弁当を食べる。光子は昼間智子さんと一緒にシスレーの昼食会に行って満腹しているのであまり食べず、弁当ふたつ、おれがほとんど食べる。

小田原まで来ると列車が止った。またしても豪雨となり、上りは運行を見合わせているというアナウンスで、これは下りも止るのではないかとはらはらさせられる。さいわい列車は熱海《あたみ》、三島と、何度も止りながら進行したが、その後のアナウンスで、ついに下りの後続列車も運転見合わせになったと聞き、不運中の幸運であったと喜びあう。しかし豪雨の中、熱海の上空に花火があがっていたのはなぜだったのだろう。結局新神戸着は十一時五分、わが家に帰着は十二時だった。

あのあと新幹線は最大六時間の遅れとなり、四千五百人が車内で寝たと言う。危ないところでそんな目に遭わずにすんだのだ。今日もまた雨で、上下十九本が運休したらしい。

伸輔が心配して電話してきた。逗子までは雨も降らず、ふつうに帰れたらしい。それにしてもこの天候不順は異常である。これから新幹線に乗る時には覚悟が必要だ。覚悟したところでどうしようもないのだが。

二〇〇八年九月三日（水）

福田《ふくだ》総理が突然の辞任だが、野党の連中みな言うことが同じ。投げ出しだの無責任だのと言うばかりで、自分たちが辞任に追い込んだのだと言って喜ぶやつがひとりもいないのはどういうわけだ。ひとりくらいわれわれの努力が実を結んだと威張るやつがいてもいいのではないか。まさかいじめたことで罪悪感を抱いているわけでもあるまい。そう言えば公明党の議員が「福田さん、傷ついたのかなあ」と反省していたのが面白かった。

さて今日はわが家に珍客。芥川《あくたがわ》賞を取ったばかりの楊逸《ヤンイー》さんが、マネージャー兼付き人の文藝春秋《ぶんげいしゆんじゆう》・信田君を従えてやってきた。「中央公論」誌での対談であり、中央公論新社・並木君も一緒である。並木君は今月の「中央公論」を校了にしたばかりで、福田総理の辞任にがっくりしていた。急遽《きゆうきよ》二ページばかりの記事を入れたらしいが、なるほど雑誌をやっていると、そういうこともあるのだろうなあ。

楊さんは土産に直径十センチほどもある群林堂《ぐんりんどう》の豆大福をなんと二十個も持ってきた。並木君も同じものを貰《もら》って驚いていた。こんなもの、社に持って帰っても誰も食べないだろうと思っていたようだが、あとで聞くと女子社員たち大喜びで、奪いあいだったらしい。人気商品で、店先にはずらりと行列ができるのだとか。

いつも楊さんについている信田君が言うところでは、楊さん今日はいつになく緊張していて、パワーも普段の二割くらいだったとか。それでも対談はずいぶん面白かった。おれの小説を読んでくれていたので、ずいぶん話がはずんだ。あれで二割とは凄い。

雑誌に収録されない部分の会話をご紹介すると、おれが大学時代に青猫座という劇団で飯沢匡《いいざわただす》「北京の幽霊」を上演した時の、羅という中国人青年の科白《せりふ》を朗唱して見せると彼女は、「おかしなところはないが、もっとゆっくり」と評してくれた。それにしても五十五年前の科白を、よくもすらすら言えたもんだと我ながら感心する。また、近作『ダンシング・ヴァニティ』の中の中国語の詩が正しいかどうかを訊《き》いたところ、一か所、前置詞である「把」が語尾にくるのはおかしい、これは不要であると教えてくれた。『ダンシング・ヴァニティ』をご購入の皆さんは訂正しといてください。

対談の主なテーマはやはり彼女の小説の、日本語に関する問題であった。今までの彼女の四作品をすべて読んでいたので、誰が何と言おうと、これ以上日本語の文章が上手《うま》くなる必要はまったくない、この文章は、方言が標準語に対する批評になっているのと同様、日本語に対する批評になっているのだし、これくらいのおかしな部分は故・丹羽文雄《にわふみお》も言っていたように、むしろ小説の中で異化効果として、日本人作家ももっと多用すべきものである、自分などはむしろ、こなれた日本語を壊すことに苦労しているのだからと助言しておいた。

詳しくは谷崎賞の選評と同じ「中央公論」十一月号に掲載されますから、そちらをお読みください。

二〇〇八年九月十日（水）

今までに何回か登場の、読者コメント九月六日の藤岡真《ふじおかしん》さんは、ミステリ作家の藤岡真さんだった。あっ。なんということだ。十五年前、おれと井上ひさしが小説新潮新人賞を与えた人ではないか。あのう、作家の皆さんは、ここへ来られた時は名乗ってくださいね。こっちはそろそろ耄碌《もうろく》が始まっており、名前だけでは誰が誰だかわからなくなっております。

星新一《ほししんいち》のお嬢さんの星マリナさんからメールが来た。星新一公式サイトのために書いた思い出話の礼状である。マリナさん、盗作問題で頭を痛めているらしい。小学館から出た間瀬元朗《ませもとろう》の『イキガミ』という漫画が星さんの「生活維持省」に酷似していて、しかもそれが今度は映画になるらしいのである。なんとかしてあげたいが、問題の『イキガミ』という漫画を見ていないので、何とも言えないのは残念なことだ。マリナさん、父君の著作権を守るため、老齢のお母さんにかわって努力している。感心なことである。

さて今日は「ビーバップ！ハイヒール」の収録日である。あの「iPS細胞」を書いた八代嘉美が本日の一回目収録のゲストである。平凡社の担当者を従えてきていて、その後の本の売れ行きなどを聞かされる。番組内ではおれが「一週間ごとの重版」「小説本以上の売れ行き」であることなどを話す。

話が難しくなり過ぎるのではないかと心配していたのだが、八代君は誰にもわかるようにと懸命にやさしく話してくれたので、ずいぶん盛りあがった。お笑い連中、万能細胞のことは知っていたらしいが、意味がわからず、どういうことなのか知りたがっていたのである。女性ゲストの小阪由佳《こさかゆか》が、培養をバイオと間違えたり、培養の意味がわからなかったりするので、教えてやるのにいささか苦労した。

二回目収録のゲストは写真家の「不肖・宮嶋《みやじま》」「写真界のジョージ・クルーニー」こと宮嶋茂樹《みやじましげき》氏。「美女の向こうに世界が見える」というタイトルだが、実際は報道写真に関する話題。女性ゲストは久しぶりの高部《たかべ》あい。

この回の最後に、おれが新神戸オリエンタル劇場でやる朗読劇の宣伝をやらされた。このため劇場支配人の山之内《やまのうち》氏も来ていて、収録に立ち会ってくれた。十月五日の日曜日、五時開演の「筒井康隆　朗読劇」は、新神戸オリエンタル劇場二十周年記念公演で、第一部が二十年の歴史を振り返るオリジナル・ミュージカルの名曲集というものだが、これ、いったいどんなことをやるのかさっぱりわからない。第二部がおれの朗読で「関節話法」だけを演る。「東京で五月に演《や》ったものだが、お笑いの人なら誰でも夢見る、観客全員抱腹絶倒というのが実現した舞台であり、君たちも見ておいた方がいい」などと喋《しゃべ》る。それにしてもS席五千円はいささか高価《たか》い。たくさん見に来てくれればいいのだが。

終了七時、帰宅八時。

二〇〇八年九月十八日（木）

二時、テレビ東京制作チームの人ふたりを伴って、わがジャーマネ小川君が来宅。新番組「世界を変える100人の日本人！ JAPAN☆ALLSTARS」のパネラーをレギュラーでやってくれとの話である。十月十七日スタートという急な話で、毎週金曜日八時からの一時間番組だが、初回だけは二時間スペシャルとのこと。毎回世界に誇れる日本人を取りあげるとのことだが、どんな番組になるやらちょっと予想がつかない。司会は三宅裕司《みやけゆうじ》その他、パネラーはおれ以外に矢口真里《やぐちまり》とバナナマン。外国人記者クラブの連中もジャッジとしてスタジオに来るそうだ。やれやれ。東京と大阪で毎週バラエティに出ることになってしまった。

次いで三時には講談社の富岡氏が来宅。いよいよ『悪魔の辞典』が文庫になるのである。この翻訳に関するさまざまないきさつは「文藝春秋」誌に書いたものが中央公論新社から出した『小説のゆくえ』に収録されているが、ずいぶん紆余曲折《うよきょくせつ》があった。今回の文庫化に際しては、上下二巻本となる。そして解説は丸谷才一《まるやさいいち》。

実は丸谷さんは、『わたしのグランパ』を読売文学賞に推挙してくれた人である。だから当然『わたしのグランパ』が文庫になった時には、解説をお願いするのが筋だった。しかしおれはいずれこの『悪魔の辞典』の解説を、どうしても丸谷さんにお願いしたかったので、目先の依頼は避けたのだ。それはちょうど、宿題を先生に褒めてほしい生徒のように、翻訳の名手でもある丸谷さんに評価して貰いたかったからなのだった。『わたしのグランパ』の方は、久世光彦に解説を依頼した。結果的には、これはこれで大正解であった。間もなく久世氏が急逝したからである。おれより一歳年下だ。そんな早くに死ぬとは思っていなかったので驚いたが、彼に解説を書いて貰えたことはさいわいだった。それにしてもこの年、おれより若い友人が何人も死んだ。岡田眞澄も一歳下だったなあ。寂しいことだ。

丸谷氏はすでに八十一歳。早く解説をお願いしなければと思っていたのだが、『悪魔の辞典』の文庫担当者の富岡氏が講談社労組の副委員長になり、多忙になってしまった。あれから二年、つまり文庫化は二年越しの懸案だったのである。今、丸谷さんは八十三歳。

やっと企画が再開され、おれは何よりも丸谷氏へのお願いを優先してくれと頼んだ。富岡氏が丸谷氏に電話すると、あの大音声は健在であり「いたってお元気でした、快諾をいただきました」とのこと。おれはほっとした。さっそく礼状を書き、そして今日、富岡氏には、丸谷氏に渡す原著だの他の訳者の翻訳だの、その他何やらかやら参考資料を山ほど託《ことづ》けた。出版は来年の一月か二月だから、ハードカバーが欲しい人は、いずれ絶版になるので、その前に買っておかれたがよろしい。

二〇〇八年九月二十四日（水）

まず、多くのかたより、誕生日祝いのメールを戴《いただ》いたこと、厚く感謝します。なんとも う七十四歳になりましたよあなた。

さて今日は「ビーバップ！ハイヒール」の収録日なのだが、誕生日だというのに、ひどい目に遭った。この日碌を始めてからしばしばひどい目に遭うのはなぜだ。別段日碌を面白くしようとしてひどい目に遭っているわけではないのだが。

ハイヤーが迎えに来たのはいつも通り午後十二時四十五分。近くの名谷《みょうだに》から第二神明《しんめい》高速道路に乗ってほんのしばらく、須磨《すま》の手前まで行っただけで渋滞となり、車は動かなくなった。交通情報によれば、すぐ先の月見《つきみ》山で車九台の玉突き衝突があり、大事故になっているらしい。上空をヘリが二機、飛びまわっている。

一メートル進んで十分停まり、という按配《あんばい》で、須磨の出口にたどりつくまでに一時間半かかり、阪神《はんしん》高速に乗るための南への車線がやはり大渋滞していたので、反対側の車線に入って北へ走り、白川台《しらかわだい》から山麓《さんろく》バイパスに入る。この道はいつも上京の際に新神戸駅へ出るため走るので、よく知っている。

それまでにも、朝日放送からはしばしば電話が入る。おれのアテンドをしてくれている服部女史からである。通常二時過ぎ開始のところを、ぎりぎり三時まで待つということだが、すでに三時前である。今日の最初の回のゲストは、以前『怖い絵』で登場した中野京《なかのきょう》子《こ》さんで、さいわいなことにあとの予定はないということだ。先に「はてなの自由研究」をやっておくということになったらしい。

車は生田《いくた》川に出て、やっと阪神高速に入る。中之島に出て朝日放送に入ったのが三時半。ノーメイクですぐスタジオに飛び込む。収録が終ったのはいつもより一時間遅れだった。中野さんにお詫《わ》び。この中野女史のお住いは東京のわが家のご近所で、新しい本が出たのでわが家に持参するということだったのだが、来られた時はあいにく留守をしていた。今回戴いたその新しい本は『危険な世界史』、今回のテーマもまたちょっとアブない世界史だった。中野さんには、お近くへ来られた時はいつでもお立ち寄りくださいと言っておく。

二回目はやはり二度目の登場になる合田道人《ごうだみちと》氏で、テーマはやはり童謡。収録終了はいつもより三十分遅れの七時半だった。この番組では、出演者の誕生日には収録後にでかいバースデーケーキのプレゼントがあり、皆で祝ってくれるのだが、おれはこれを一昨年から拒否している。七十歳を過ぎて誕生日を祝ってもらってもあまり嬉《うれ》しくないし、甘いものが嫌いなのでケーキが勿体《もったい》ないからである。

例によってガレージの出口に屯《たむろ》している徳井君の追っかけの女の子たちに「先生ステキー」「カッコいいー」などと囃《はや》し立てられながら見送られる。わが家に帰着は八時半。

二〇〇八年九月三十日（火）

イギリスBBCラジオから、「最後の喫煙者」と「ポルノ惑星のサルモネラ人間」をラジオドラマにしたいと言ってきた。「最後の喫煙者」は二〇〇九年一月から四月の間に放送予定、「ポルノ惑星のサルモネラ人間」は同一月二十七日放送予定だという。イギリスの一般家庭でおれの作品を聞いてもらえるわけだし、さすがイギリス、ラジオとはいえ高額の一括金もいただけて、まことにありがたい話であり、エージェントたちも喜んでいる。

今日は「世界を変える100人の日本人」の第一回目の収録。四時二十分に小川君がハイヤーで迎えに来る。ハイヤーの中は煙草も喫えてありがたい。今日の収録はテレビ東京の天王洲《てんのうず》スタジオ。初日とあって、マネージャーだの付き人だのでロビーも廊下も人でいっぱい。ホリプロからも七、八人来ていた。楽屋に次つぎといろんな人が挨拶《あいさつ》に来るが、いちいち憶《おぼ》えてはいられない。司会のアシスタントでアナウンサーの秋元玲奈《あきもとれな》、新人アナウンサーの松丸友紀《まつまるゆうき》、相内優香《あいうちゆうか》の三人が揃ってやってくる。いずれも美人だが、今のところは相内優香がおれの好み。ただし先でどう変るかわからぬ。

元モー娘《むす》。の矢口真里、ホリプロ所属のお笑い・バナナマンも挨拶に来た。この連中はおれと同じくパネラーである。三宅裕司は以前会ったことがあるのかどうか記憶になく、会っているならあっちが憶えているだろうと思っていたが、スタジオ前で挨拶した感じでは初対面だったようだ。もうひとりの司会者、さまぁ～ずの三村《みむら》マサカズとは廊下で挨拶。

スタジオには外国人記者四人も来ている。このフロアーもロビーから移動してきた連中ですぐいっぱいになる。

六時から収録開始。この番組は凄《すご》い仕事をしたりしていたりする日本人をひとりずつ取りあげてビデオに撮り、それをスタジオで見てあげつらうものである。今回は初回とあって二時間スペシャルだから、人数も倍の六人を取りあげることになる。三宅、三村ともにそつがなく、バナナマンも控えめなので安心する。今日取りあげる最初は、あの「霧のレークルイーズ」が「冬のソナタ」に使われて韓国で大人気の作曲家・ピアニストの倉本裕基《くらもとゆうき》。次が砲丸投げの砲丸職人・辻谷政久《つじたにまさひさ》。三人目は昔の人で、トルコとの親善の基礎を築いた山田寅次郎《やまだとらじろう》。四人目はCASという新たな冷凍技術を開発した大和田哲男《おおわだのりお》。ここで十五分の休憩となり、おれはロビーで煙草。

収録再開。五人目は医学生のために開発されたヒューマノイド患者を造った高橋優三《たかはしゆうぞう》。最後がシラク大統領夫人やムバラク大統領夫人も顧客とする出張料理人の狐野扶実子《このふみこ》。この人だけはスタジオにやってきて、得意とする「ミロのスープ」を作ってくれたが、かぼちゃ嫌いのおれのためにだけ、かぼちゃ抜きのスープを作ってくれた。九時半に収録が終る。ホリプロの人事異動で、小川君は今日で最後となり、新たなジャーマネは柳井君。ハイヤーで十時帰宅。今日の収録は十月十七日八時からのオンエアとなる。お楽しみに。

二〇〇八年十月五日（日）

一昨日から家で自主トレを二回しただけで、いよいよ今日は新神戸オリエンタル劇場の本番。衣装やら何やらかやらを持って光子と共に三時にタクシーで出発。朝から小雨が降ったりやんだりなので、客の入りが心配だ。

三時半到着。懐かしい楽屋への螺旋《らせん》階段。楽屋入口にはわざわざ今日のためだけの着到板。名札を裏返す。楽屋に入ると、第一部の出演者たちが次つぎ挨拶に来る。花が届いている。ロビーにも届いているらしい。

懐かしや麻生《あそう》えりかがやってきた。この劇場でやった『スタア』の時からのわが大一座の女優である。最近は「サカイ引越センター」のコマーシャルに出ているらしい。

四時、舞台におりて場立ち。照明や道具の打合せは十分で終る。四時半開場。光子は同窓生たちが来るので、えりかと共にロビーへおりる。楽屋は原則、禁煙である。おれは楽屋ロビーでモニターを眺めながら一服する。

五時、新神戸オリエンタル劇場二十周年記念公演の開演である。第一部は「二十年の歴史を振り返って〜オリジナルミュージカルの名曲とともに」という舞台である。過去の舞台のビデオやポスターを中心に、劇団四季から招いた連中の歌やコントで構成されている。コントが長引いたためか、予定より十分以上も押して終る。その間におれは着替えを済ませる。光子が戻ってきて、七分の入りだと言うので、まずまず安心する。

光子はまた客席へ行き、おれは舞台袖《そで》へ。一ベルが鳴り、おれは舞台中央の台に板付きで腰掛ける。本ベルが鳴る。朗読劇「関節話法」の開演である。幕があがる。

いつもの通り、ゆっくりと読み始める。たいていの本は最初のうちが退屈なので、へたな朗読者は早く面白い部分まで行こうとして速読するが、これはよくない。最初の設定をしっかりやっておかないと、後半の笑いがない。譜面台まで移動した頃から、ぼつぼつ笑いが起りはじめる。もうしめたものである。

大笑いと拍手で「関節話法」が終り、おれはアンコールで「発明後のパターン」を六十年代篇、現代篇と立て続けにやる。これも大受けである。今日の出来は今までで最高の出来ではなかったか。

楽屋には親戚《しんせき》連中やファン連中がやってくる。ファンたちはたいてい二、三回はこの舞台を見ているのだが、有難いことである。

ホテルの日本料理「たん熊《くま》」で、義妹夫婦、義弟夫婦と食事。焼き松茸《まつたけ》、子持ち鮎《あゆ》の煮浸しなどに舌鼓を打ちながらおれは焼酎《しょうちゅう》を二杯。

ハイヤーで帰宅十一時。やはりひと仕事終えたという気分になるのはなんといっても舞台だ。

二〇〇八年十月十二日（日）

金融危機が世界中に拡大して、えらいことになっている。そんな時にわし、こんな浮かれたことしとってええのかいな、などと思いながらも五時半、ハイヤーの迎えでテレビ東京へ。今日からはホテルオークラ近くにある虎《とら》ノ門《もん》の本社社屋での収録となる。無関係、などと言ってはいられないだろうな。テレビだって、金融関連会社だけではなく不況で軒並みスポンサーがいなくなれば番組が作れない。昔は不況になると本がよく売れるなどと言われたものだったが、構造不況になれば本だって売れなくなることは以前のバブル崩壊で実証済みだ。

六時半からスタジオで記者会見。おれも質問を受け、ノーベル賞受賞者が四人も出たことから、この番組で取りあげた人の中からノーベル賞を取る人が出ればよいなどと話す。出演者それぞれに、何か他の人にできないことができるかという質問があり、おれは「イパネマの娘」の歌詞を「ティー・フォー・トゥー」のメロディで歌えること、耳を動かせること、と答える。耳を動かしてくださいと言うので動かしてみせると皆、驚く。

番組の中でもノーベル賞の話が出る。おれが下村《しもむら》さんのことを「ジェンキンスさんまで取っちまった」と言うと三村マサカズが「あれは似ているだけで本人ではない」と言い、三宅裕司は「筒井さんはボケる必要はない」と言う。ボケかたの手本を示したのに。

科学の終焉《しゅうえん》と言われている時代だが、基礎科学や医学の分野にはまだまだ新発見・新発明の可能性が拡がっている。無論、昔のような革命的発明・発見は望むべくもないが。おれが知っていたのはクラゲから光る蛋白質《たんぱくしつ》を抽出したことのみ。それも下村脩《おさむ》さんの名前を知らなかったのだからなさけないことだ。

番組の中でもMITに招かれてコンピューターの分野で多くの発明をしている学者が取りあげられた。この分野だってパスカルが計算機を発明した時から基本的には新しい発明はないと言われている。他のジャンルに比べたらコンピューターのテクノロジーだけは日進月歩のように見えるが、ひとつひとつは些細《ささい》な発明なのであろう。しかしその積み重なりがいずれはSF映画に出てくるようなバーチャル・リアリティの世界に到達するのであろう。などということを話すが、こういう難しい発言はどうせカットされるに決っている。

新番組なので慎重に採録したらしく、収録時間はずいぶん延びた。九時半終了の予定が十時半になってしまった。美人の女性アナ三人を含めた十人ほどがおれのハイヤーを見送ってくれる。おれのご贔屓《ひいき》はあいかわらず相内優香ちゃんである。おれが番組の最後に「取りあげる人物がこれ以上小粒にならぬよう」と釘《くぎ》を刺したため、プロデューサーが「小粒にならぬよう努めます」と、窓に顔を寄せて車内のおれに言う。

自宅帰着十一時。局の近いことが救いだ。

二〇〇八年十月十七日（金）

皆がこのブログを読んでいるので驚いた。ここへ書いたのと同じことを喋《しゃべ》らぬようにしなければいかんな。いや何。谷崎賞受賞パーティでのことである。

受賞作についてのスピーチをしろということで、五時、ハイヤーが迎えに来る。パレスホテルの関係者控室に入るとすでに知った顔がたくさん。初対面の読売新聞社長の老川《おいかわ》氏にナベツネさんのことを訊《き》くと、彼は今夜は巨人軍の祝賀会の方へ行っているとのこと。

六時に授賞式が始まり、まず文芸賞選考委員の渡辺淳一《わたなべじゅんいち》がスピーチをし、次が受賞者ねじめ正一《しょういち》の挨拶《あいさつ》、そのあと、ねじめ正一の友人だとかで長嶋茂雄《ながしましげお》の祝いの声が流れる。「受賞作は読んでいないのですが」に、皆が笑う。次いでおれのスピーチ。井上ひさしが欠席なのをいいことに、彼をサカナにして思惑通りに笑いが取れたし、あと、皆が「いいスピーチだった」と言ってくれたので肩の荷がおりる。次いで受賞者桐野夏生の挨拶、写真撮影で式が終り、パーティとなる。今回は桐野さん関係のエンタメ系編集者やねじめ氏関係の現代詩の人たちで、いつもより華やかである。

久しぶりの人にたくさん会う。澁澤龍彦《しぶさわたつひこ》未亡人の龍子《たつこ》さん、「海」の編集長だった宮田毬栄さん、その他、昔担当だった懐かしい出版編集者諸氏。

パーティ会場が今回から禁煙になっていたので驚く。「新潮」編集長の矢野優と一緒《そうそう》に喫煙ルームとやらへ行くが、とても落ちついて喫煙できるようなところではない。匆匆に退散しようとして川上弘美を飲みに誘うが、すでに誰かと食事の約束をしていた。角川書店取締役の新名新たちと銀座《ぎんざ》「エル」へ行く。この店は四月以来である。ワイルドターキー十二年物のボトルを預けてあるし、女の子たち四人が朗読会に来てくれたからでもある。進行中のさまざまな案件について話したりしたものの、新名氏が酒を飲まないことを失念して誘ってしまったので、この店もすぐに出て、桐野さんの二次会をやっている店に移動する。新名氏と一緒に銀座を三丁目まで歩いたが、やはり以前より人出は少ないようだ。今夜、渡辺淳一から聞いたところでは、この辺の店、勝ち組と負け組にはっきり分かれたらしい。

二次会にも大勢来ていた。なぜかアッカーマンの姿もあった。またしてもスピーチを乞《こ》われ、本来なら桐野夏生に直接話したかった内容の話を、彼女が皆に囲まれていて落ちついて話せないため、マイクでそのまま話す。無人島ものの腹案があったのだが、『東京島』を読んで断念したという話である。ここへも先回りしていた桐野さん担当の矢野優からシャンパンを何杯かすすめられて酔いがまわり、新名氏にタクシーで送ってもらい、十時半帰宅。

今夜は八時からテレビ東京「世界を変える100人の日本人」初回の二時間の特番だったが、光子が見てくれていて、いろいろ教えてくれた。無難な出来だったようで安心する。

二〇〇八年十一月十日（月）

せっかく王手をかけていながら、なんと巨人惜敗。原は口惜《くや》しいだろうなあ。残念だが、いつも行く西武百貨店が記念セールをするので光子は喜んでいる。

近くのイタリア料理店「リストランテ・フィオーレ」のボーイ長がワインを持って訪ねてきた。最近二度、満席で予約をとれなかったからその詫《わ》びのしるしだろう。持ってきたイタリア・ワインはＮＯＶＥＬＬＯ、つまりフランス語のＮＯＵＶＥＡＵである。

迎えの車が来て、久しぶりに山の上ホテルへ行く。十年前まではよく泊っていた懐かしいホテルだが、ここもロビーなどは禁煙になっていた。

今日は桐野夏生との対談。彼女の新著『女神記』は、各国の神話を現代的に小説化するという世界的な企画に応じた作品で、角川書店から出版され、今日の対談は「野性時代」一月号に掲載される。桐野さんがぎりぎりまで推敲《すいこう》していたため、こちらもつい昨日、最新の校正刷りを読んだばかりだ。出来はよく、古事記に沖縄をからめて上手にまとめている。ずいぶん苦労したらしく、これからもまだ推敲するのだと言う。神話の理不尽さや他国の神話についてなど、話がはずむ。話題はずいぶんあちこちへ飛んだが、これは谷崎賞の授賞式のスピーチでも言ったように、いい作品というものはいろんなことを考えさせてくれるものだからである。

イザナギ、イザナミがらみで、最近は男の方から先に声をかけることがなくなり、子供の世界でも女の子が可愛い男の子を奪いあう有様らしい。小学校では上級生のクラスから下級生のクラスへ行けないようにシャッターをおろしていると言うし、わが孫も幼稚園で女の子たちから世話を焼かれ、おかげで何ひとつ自分ではできないありさまらしい。男が声をかけないのは、振られて傷つくのを恐れるからだと言う。たおやお、ますらめの時代になってしまった。女性に平気で声をかける格好いい男性は、たいてい結婚してしまっているのだ。

歳のせいか最近はすぐ疲れるので、二時間の予定のところが一時間くらいで頭がまわらなくなってきた。HEADZの佐々木敦《ささきあつし》がうまく仕切ってくれて助かり、予定より早く終る。

例によって新名氏に送ってもらい、帰宅。

夜は夫婦で出かける。歩いて三分、表参道に面したGYREというビルの四階にある日本料理の「十四郎《とうしろう》」だ。ここの天麩羅《てんぷら》のカウンターで、揚げたての天麩羅を食べる。夜景の見晴らせる高楼もあり、そこでは琴の演奏をしている。今夜はババアの煮凝《にこご》りが出た。ババアは鳥取で捕れる深海魚である。あと、朝鮮人参の天麩羅も食べた。宣伝になるが、この店は昼間もやっているし、料金も安いにかかわらず、店づくりが立派過ぎて若い人が入ってこないらしい。おいしい店だから、これを読んだ人はただちに予約するように。ホームページもあります。

二〇〇八年十一月十四日（金）

新幹線に乗るといつも筑紫《ちくし》哲也《てつや》のことを思い出す。なぜかひとつ前の席に筑紫さんが乗っている。そんなことが三度続けてあった。「朝日ジャーナル」時代に「若者たちの大神」というシリーズでインタヴューされて以来のつきあいで、会うたび、短い時間だがその時その時の事件や社会問題を語りあったものである。最近なら絶対に経済危機について話していた筈《はず》だ。またしても一歳年下の人が鬼籍に入った。寂しいことである。

取材も兼ねて光子と京都へ。京都ホテルオークラにチェックインしてから、タクシーでまず世界遺産の下鴨《しもがも》神社（賀茂御祖神社）へ行く。境内を散策し、光子はここで家族全員のお守りを干支《えと》にあわせて求める。次は上賀茂《かみがも》神社へ。ここの紅葉、黄葉は美しかった。鴨《かも》川の土手にはいろいろな木が植えられていて、それらの紅葉、黄葉、そして緑が賑《にぎ》やかにも色鮮やかである。昨年は紅葉がなく、これほど美しくはなかったという運転手の話。

ホテルへ戻ってしばらくすると、新さん、喜美子さん夫婦が迎えにきてくれた。岡本歯科医院はここからすぐ近くの寺町《てらまち》にあり、光子が携帯電話を忘れてきたため連絡がとれず、二人は歩いてきたのだ。タクシーに乗り、四条河原町《しじょうかわらまち》へ出る。東華菜館《とうかさいかん》という中華料理店のビルは、一九二〇年代からの古い建物で、戦後すぐ、満州から一家で帰国した新さんの父君がよく来ていた店だという。子供の頃、新さんもつれてきてもらった記憶があるそうだ。

鴨川を挟んで川向こうが南座《みなみざ》という眺めのいい個室で食事。料理は前以《もっ》て新さんが選んでおいたもので、何種類もあるコースの中から好みの料理ばかりをピックアップするという無茶をやったらしい。メニューは次の通りである。
什錦大冷華《シーチン》（前菜盛合せ）
紅焼大排翅《ホンシャオパイチー》（鱶鰭《ふかひれ》の姿煮）
清炒蝦海鮮（大蝦と魚介類の炒《いた》めもの）
蠔油《ハオユー》鮮鮑魚《ほうぎょ》（鮑のステーキ）
煎餃子《せんぎょうざ》（揚げ餃子・この店の名物）
焼飯（飯は別腹。いくらでも食えるものだ）

紹興酒の十五年古酒と共に頂戴《ちょうだい》して満腹。そのあと、コーヒー好きの喜美子さんの案内で、すぐ近くの「サロン・ド・テ・フランソア」へ行き、光子、喜美子の姉妹はコーヒー、酔っていい気分の男二人はアイスクリームとコーヒーゼリー。

タクシーでホテルへ帰着。さっそく夫婦共にマッサージにかかる。二か月ぶりのマッサージで、ずいぶん凝っていると言われる。

麻生《あそう》総理の漢字読み間違えでうるさいことだ。おれだって読み間違えをやるし、五十歳代まで読み方を間違えていて恥をかいた漢字もある。「乖離《かいり》」を「じょうり」、「脆弱《ぜいじゃく》」を「きじゃく」と読んでいたのだ。麻生さんなどは、かわりに英語が喋《しゃべ》れるのだからいいではないか。

二〇〇八年十一月十五日（土）

朝七時にルーム・サーヴィスで朝食。八時、新さん夫婦が迎えに来てくれて、新さんの運転するベンツ500Eでホテルを出発。名神《めいしん》高速を走り、吹田《すいた》から近畿《きんき》道に入り、さらに阪和《はんわ》道を走る。何しろ新さんはA級ライセンスの持主だから助手席に乗っていても安心できる。姉妹は後部座席。

和歌山県に入り、阪和道をおりて上富田《かみとんだ》町を左折し、国道三一一号線、即ち熊野《くまの》ロマン街道に入る。このあたりから周囲は山に囲まれ、緑と紅と黄に彩られたみごとな色彩の饗宴《きようえん》となる。日本画家が描きたがる屹立《きつりつ》した杉木立の、緑一色の森もなかなかのものだが、なんといっても雑木林の配色たるや絶品である。下品な配色と言う人もいようが、おれはこれが好きだ。

田辺《たなべ》市の鮎川《あゆかわ》というところで昼食。おれはジュースを飲んだだけだが、新さんと光子はうどんを食べ、食感が素晴らしいと褒める。さらに車で、時おり熊野古道への入口が見え隠れする、世界遺産の熊野古道中辺路に沿った道をえんえんと走る。一六八号線に入って少し北上すると、大斎原《おおゆのはら》のでかい鳥居がある。突然見えるので仰天する。高さ三十四メートルのこの大鳥居は、ここにあった熊野本宮《ほんぐう》大社が熊野川の氾濫《はんらん》で流されたあと、平成十一年になって建てられたものである。この大鳥居をすぐ目の前に眺めることのできる喫茶店で一服。おれは例によってアイスクリームだが、姉妹によれば時間をかけて淹《い》れたコーヒーが素晴らしかったらしい。

さらに北上して十津川《とつかわ》温泉に着く。大正十三年創業の吉乃屋《よしのや》という古い温泉旅館は、部屋に入ると十津川のダム湖が見おろせ、その彼方《かなた》の山の景色もみごとだ。すぐ一階の露天風呂《ぶろ》に行って、山腹を見渡しながら熱い湯に浸《つか》る。かけ流しの湯といって、そのままでは熱過ぎるから自然に冷ましているらしい。

また車で谷瀬《たにぜ》の吊橋《つりばし》に向かう。この吊橋はちょっと前まで日本最長だったそうだが、九州にできた吊橋に一位の座を奪われた。全長二百九十七メートル、昭和二十九年にできたものだと言う。高所恐怖症のおれは二十メートルほど進んで、揺れのために気分が悪くなって引き返した。外国の吊橋で怖い目に遭っている光子も五メートルくらいで早早に引き返す。新さんと喜美子さんは中ほどまで行ったようだ。

宿の夕食は囲炉裏のある個室に用意されていた。猪鍋《ししなべ》が出た。その他絶品は蕗《ふき》の薹《とう》の味《み》噌《そ》や蒟蒻《こんにゃく》などの田舎料理、あとで聞けばここの主人が食材に凝っていて、評判がいいとのこと。焼酎《しょうちゅう》の温泉割りを飲みながらほとんど食べてしまう。

部屋ではまたマッサージにかかる。何しろ凝っているのだ。今回は男性がやってきて、ちょっと変ったマッサージをしてくれる。いろんな人に揉《も》んでもらった方が効果があるように思う。しかし二日連続の早起きで疲れていて、揉んでもらいながら熟睡してしまう。光子に聞けば大鼾《おおいびき》だったそうだ。

二〇〇八年十一月十六日（日）

朝は大部屋で朝食。なんと三十人ほどいた。静かなのでそんなに泊っているとは思わなかったのだ。朝飯は旨《うま》く、昨夜あんなに食べたのに四人とも、ついほとんど全部食べてしまう。珍しいことだ。

ロビーでコーヒーを飲み、昨日頼まれていた色紙を主人に渡し、仲居さんたちと記念撮影。主人が気をきかせて、いちばん若いインテリの美人を世話係にしてくれたらしい。その美人と握手をし、九時、宿を出発。

一六八号線を少し引き返してから、三一一号線を今度は新宮《しんぐう》に向かう。小雨が、次第に本降りになり、周囲の山山の麓《ふもと》からは霧が立ちのぼって、仙境の如き趣きとなる。中上健《なかがみけん》次《じ》のことがしきりに思い出される。

新宮から、北上しようか、南下しようかと、新さんはずいぶん迷っていたらしいが、結局四二号線を南へ、海岸沿いに走る。紀州南端の串本《くしもと》まで来て、橋杭岩《はしくいいわ》の奇観を見るために車をおりる。この橋杭岩、まるで橋の杭《くい》みたいに大小の岩が一列に並んでいるという不思議な光景である。新さんが歯科医だからつい乱杭歯を連想してしまい、「よほど歯性の悪い患者だ」などと冗談を飛ばす。

ここから紀伊《きい》半島を北上。どこで昼食にしようかと、道路際を物色しながら走るが、なかなか適当な店がない。とうとう白浜《しらはま》まで来てしまい、白浜市街に入ってうろうろしていると、光子が「風車《ふうしゃ》」という洒落《しゃれ》た料理屋を発見。中へ入ると「くえ鍋」の店で、これは正解であった。玄関の写真を見るとさまざまな有名人が食べにきていて、竹下《たけした》元総理だの、ダイエーの中内《なかうち》さんだの、ずらりと並んでいる。本来は予約しなければいけない名店であった。もう二時になっていたので本くえ定食しかなく、小さな座敷に通される。天然の本くえを使った料理であり、一人ずつ小鍋に入れて出されたくえは脂がのっていてまことに旨く、ふぐよりうまいなどとも言われているらしい。一緒に出てきた甘エビとともに、ここでも全員ほとんど平らげてしまう。車で走っているだけでも腹はへるものらしい。

さらに車で北上して、昨日おりたところから阪和道に入り、引き返す。途中、岸和田《きしわだ》のドライブインに車を入れ、姉妹は名物の蜜柑《みかん》入りパンを買う。

近畿道、名神を経て京都に着いたのは六時だった。京都駅前で新さん夫婦と別れ、新幹線で新神戸へ。家に帰っても食べるものがないので、ここで何か食べておかないといけないのだが、さすがに腹はあまりへっていず、クラウンプラザホテルの中の馴染《なじみ》の「菊水《きくすい》」に入って寿司《すし》を少しつまむ。おれは焼酎、光子は白ワインを飲む。さらに、深夜空腹になった時の用心にと、主人に頼んで太巻き寿司を作ってもらい、持ち帰ることにする。

九時前に帰宅。久しぶりの旅が終った。

二〇〇八年十二月一日（月）

ほうら見ろ。裁判員候補予定者に選ばれたということを公表するやつが次つぎにあらわれている。家庭内や職場内で話すのはよいとされているのをよいことに、SNS「mixi」の日記や自分のブログで自分の名前を公表している者がいる。おれが危惧《きぐ》したのはこれだ。こういう浮かれたやつが、いずれ正式に裁判員となった暁、裁判の内容をうかうかと書くのではないかということだ。いうまでもなく守秘義務に違反した者は有罪とされ、六か月以下の懲役、五十万円以下の罰金である。

一方では、辞退したいという電話もたくさんかかっているそうだ。おれとしてはこうした人びとの方がよく理解できる。こういう人たちにまで「国民の義務」を口実に理解や協力を得ようというのはおかしい。国民的行事と謳《うた》うのはよいが、参加希望者に限るべきだ。おれの場合は七十歳以上ということで辞退はできるらしいが、どうしても出頭せよということであれば多分、行かないということになるだろう。その場合は正当な理由なしに出頭しなかったということで、十万円以下の過料で済むからだ。

裁判への国民参加に対して戯曲「十二人の浮かれる男」というパロディの形で疑義を表明した作家としては、裁判員への参加を断固拒否しなければなるまい。むろん、興味がないわけではない。しかしそれはあくまで作家としての興味である。本音を言ってしまおう。実は参加したくてたまらんのだ。どんな面白い体験ができることか。どんな素晴らしい人間観察ができることか。しかし作家としては、その体験を書かなくては何の意味もないのである。おそらくは書いてしまうことであろうが、それを発表できないのでは、これまた何の意味もないのだ。むろん出版物の形で発表しようとしても、編集者乃至《ないし》記者がけんめいになってとめようとするだろうから、結局はこのブログに書くこととなる。たちまち六か月以下の懲役、五十万円以下の罰金ということになる。

傍聴人でも知り得る事実については話してもよいとされている。しかし書きたくなるのはおそらくその程度のことではあるまい。他の裁判員の職業や人柄、裁判官と裁判員のやりとりなどをはじめとするそれぞれの発言の内容についても書きたくなるにきまっているのだ。そういった細部こそが面白いのだし、作家にとっては書く価値のあることなのだから。それを書くなと強制された時の作家的苦痛は想像するにあまりある。ならば参加しないに越したことはない。国民の義務の放棄だと言われればしかたがない。しかしこちらとしては、自分の体験した貴重なことを書かないのは作家としての義務の放棄になると思うから、それならば参加しない方がよいと思うのだ。

なんだか以前の差別用語騒ぎを思い出してしまったなあ。朝日新聞の本田《ほんだ》雅和《まさかず》記者から「差別用語を使うのは作家の特権ですか」と言われ、おれは言ったのだ。「あらゆる言葉を残すのは作家の義務です」

二〇〇八年十二月十日（水）

夕方、山下洋輔が、コーラス・グループXUXUの、Yuki、Yumi、Asuka、Norikoの四人をつれてきた。山下氏は来年一月二十日（火）の東京オペラシティにおける恒例のニューイヤー・コンサートで、おれの長篇をテーマにした「交響詩・ダンシング・ヴァニティ」をやってくれるのだが、彼女たちはおれの要請で、その中に出てくる歌を歌ってくれるのである。山下氏と挟間《はざま》美帆《みほ》との共作で、曲はすでにできている。山下氏が電子ピアノを弾き、四人は曲を順番に歌ってくれる。実に贅沢《ぜいたく》なライブである。

まず最初の曲は、原作ではコロスの歌う「イッツ・ビーン・ア・ロング・ロング・タイム」で、これはXUXU本来のアカペラである。ただし今回はマイクを使うらしい。そのあとは原作通りの順でコロスの歌う「私の心はヴァイオリン」、ソフトブリーズの歌う「ミスター・サンドマン」をそれぞれアカペラで、そしていよいよ山下・挟間作曲の「ダンシング・アウル」つまりあの「キトクロ・キトクロ」だ。これは後半オケが入ってずいぶんと盛りあがるらしい。

さらに物語は進んで山下・挟間作曲・中国映画『虎の出る村』の主題曲、孫娘に歌ってやる出鱈目《でたらめ》の歌、そしてラストの「グッドナイト・スイートハート」である。いずれも歌詞はXUXU語であり、素晴らしい。おれがいくつか注文をつけ、今後の練習に役立ててもらうことになる。原作を読んでいない人にもわかるように、山下氏が解説をし、ブログラムに話の推移を書いてもらえることになった。

このあと、彼女たちは最近ドイツで歌ってきたというベートーベン「運命」、オリジナル曲の「新しい命から」を本格的に歌ってくれたが、天井の高い木造家屋の中で彼女たちの歌声は響きわたり、聴いていた光子もうっとりである。

全員を引き連れ、例のGYREの四階の「SMOKE」というバー&グリルへ行く。表参道を見晴らせる、ゆったりとしたソファの、落ちつける店だ。山下氏の選んだシャンパンで乾杯し、やはり山下氏の選んだワインを飲み、おれの置いているライ・ウイスキーを振舞う。鴨のスモークなどのオードブルを食べ、コック長に頼んでそれぞれの好みのスパゲッティを作ってもらい、ステーキで仕上げ（女性四人は百グラム、おれと山下氏は五十グラム）、最後はデザートということになる。本来は酒を飲む店だから料理の出来は遅いのだが、そんなことにも気づかぬほど話が弾み、気がつくと十一時になってしまっていた。

コンサートの詳細を書いておくと、正式名称は「茂木大輔《もぎだいすけ》PLAYSヤマシタ・ワールド」。これは山下洋輔プロデュース第一弾で、ご存知オーボエの茂木大輔が山下洋輔の世界を指揮・演奏するスペシャル・コンサートである。ほかの出演は植松透《うえまつとおる》（perc）、平野公崇《ひらのまさたか》（sax）、赤塚謙一《あかつかけんいち》（tp）、XUXU（cho）、東京フィルハーモニー交響楽団。一月二十日は十九時開演。チケットは好評発売中だという。

二〇〇八年十二月十八日（木）

朝、九時過ぎ、光子、石垣島《いしがきじま》へ出発。見送る。今ごろ伊丹《いたみ》空港で、新さん、喜美子さんと会っているだろうなあ、などと思いながらひとりで朝食。鮭、ベーコン、大根おろしなど。

この間からスピリーバという薬を吸引している。少し坂道を歩くと息切れするようになり、そのことを山崎医師に訴えるとこの薬を出してくれた。カプセルに針で穴をあけ、吸引するというものだが、これをやり出してから血圧が下がり、坂道も楽になった。あとはいつもの薬三種と、アイリッチという白内障予防の薬。歯科の義弟も含め、お世話になっている耳鼻科、皮膚科その他現代医学の発達がなければ、おれなんかとうに死んでいるに違いない、などと思う。

少し仕事をする。ライトノベル「ビアンカ・オーバースタディ」の続きを二、三枚。これで第四章は五十枚を越えた。「ファウスト」編集長の太田君は、来年春には次号を出したいと言っている。

十一時五十五分、光子が全日空で伊丹から飛び立った時間。

「現代語裏辞典」を少し書く。現在「オール讀物」にえんえん連載中である。ついに全体の十分の九、「む」に到達した。最近の成果を少しご紹介する。

むしんけい【無神経】勇気の一種。

むぞうさ【無造作】ちんぴらの殺され方。

むだあし【無駄足】蛇の足。

むだぐち【無駄口】死刑寸前に看守と今日の天気について話すこと。

むだん【無断】チン入。

むつうぶんべん【無痛分娩】一寸法師の母。

むてき【無敵】素敵！

行き詰まるとわが会議室のメンバーが助けてくれる。プロも混じっているが、みんな優秀である。

ちょっと昼寝。眼を醒《さ》ませば光子が那覇《なは》空港に着き、やはり全日空で石垣島へ飛び立ち、三時四十五分、そろそろ着く時間である。

五時に電話あり。石垣島の空は晴れ、暑い暑いとのこと。ミンサー織の製造を見学に行ったようだ。これから船に乗るのだと言う。

夕食は歩いて五分、垂水銀座のはずれのお地蔵さんの横、和風創作料理の「やる気いっしん」へ行く。おれが来るのを楽しみにしていたというご亭主がカウンターにおれの席を用意してくれていた。ご亭主と話しながら、鯛《たい》や鮃《ひらめ》の刺身、牡蠣《かき》フライ、豚の角煮など、腹いっぱい食べ、焼酎《しょうちゅう》をダブルで二杯飲んで、四千円とは安いものだ。女性に評判がよく、垂水近辺在住の諸兄にはお奨めである。

家に帰るとまた光子から電話。船は快適だったらしい。小浜島《こはまじま》のヴィラ・ハピラパナというホテルの、南国ムード満載のレストランでのバイキング料理が旨《うま》かったとのこと。新さんもご機嫌で、何やら浮かれている声が聞こえた。

「ビーバップ！　ハイヒール」を見て、十二時半就寝。

二〇〇八年十二月十九日（金）

朝食は例によって鮭、ベーコン、しらすの大根おろし和《あ》え、卵かけご飯。

パソコンに入力した原稿類をメールで東京の自分に送る。電気ガス戸締りなど点検して上京の準備。

午後二時、みなとタクシーの岩井君が迎えに来てくれる。いつも上京は夫婦二人なのだが、今日はひとり。新幹線はいつも通りＮ７００に乗るが、今日の自動販売機、たいてい喫煙ルームの近くを注文すれば十号車の乗車券をくれるのに、なぜか八号車。おかしいなと思っていたら喫煙ルームは七号車にあった。Ｎ７００に二種類あるのか、新型なのか。十号車の灰皿は三つだが、こちらの灰皿は四つ。それにしても喫煙ルームに入って煙草も喫わず、携帯電話でえんえんと仕事のことで口論する女性キャリアには困ったもんだ。

車内では今朝の新聞などを読む。内定取消しで皆、困っている。企業の社会的使命はできるだけたくさん儲《もう》けることと、できるだけたくさん人を雇うことだ。会社存続のためとはいえ雇用を放棄したら金儲けに意味はなくなる。この場合はやはり全員就職させ、仕事がなくて一日手持ち無沙汰《ぶさた》になる苦痛を体験させて、彼らの自発的退職を待つべきであろう。もしかすると彼らの苦痛が何らかの新たな仕事を見出《みいだ》させることになるかもしれない。

原宿《はらじゅく》の家に着き、さっそく例のGYREの四階、今日はビストロの「ル・プレヴェール」へ行く。年配のソムリエが「お久しぶりです」と挨拶《あいさつ》し、新しく入荷したブランデーを見せてくれる。さっそくダブルでと注文する。前菜はオマール海老《えび》のサラダ仕立て。メインはシラク大統領の好物だという、コラーゲンたっぷりの豚肉料理。フランス人のギャルソンが、前菜の前に牡蠣はどうかと訊《たず》ねてくるが、昨夜たくさん食べたばかりなので、これは遠慮しておく。

自宅に戻り、「世界を変える100人の日本人」を見ながら山のような郵便物の整理。

途中で光子から電話がかかってくる。今日は小浜島港から船で石垣港へ行き、さらに船で西表島《いりおもてじま》の大原港へ。仲間《なかま》川のジャングル・クルーズ、マングローブや天然記念物のサキシマスオウノキなどを見て、船で美原《みはら》へ、島全体が亜熱帯植物園になっている由布島《ゆぶしま》を水牛の曳《ひ》く車で見物して昼食、船で竹富島《たけとみじま》に渡り、また水牛の曳く車で島内を観光して、船で昨夜のホテルに戻ったと言う。光子、ご機嫌。

文藝春秋がアンケートを求めてきている。内閣の最強メンバーは誰かという設問である。現在生存する日本人の中から選べというのであるが、これは答えないことにした。外国人や架空のキャラでもいいのならいくらでも面白い答えができるのだが。

ビールを飲みながらiTSCOMのムービープラスで『ブロークバック・マウンテン』

を見はじめたが、以前見たことを思い出し、十時就寝。

二〇〇八年十二月二十日（土）

目醒《ざ》めて、神戸にいるのか東京にいるのか、暗闇の中で思い出せないことが多い。神戸の寝室は片側が壁なので、ベッドから降りようとして壁に激突したりする。東京の寝室ではどっちへ降りていいのかわからない。

スピリーバを忘れてきたことに気づく。他の薬と違ってこれだけは冷蔵庫の中で保管するよう言われていたため、保冷剤を入れたタッパーウェアで食料品と一緒に持ってこようと思っていながら忘れてきてしまったのだ。しかし血圧を計るといつもよりだいぶ低かったので安心する。そんなに毎日服《の》まなくてもいいのかもしれない。

朝食はその、神戸から持ってきた食料だけで間にあわせる。といってもありったけのものを大量に持ってきたので、明太子《めんたいこ》、ベーコン、しらすの大根おろし和え、卵かけご飯と、ほとんど神戸と同じだ。コーヒーを飲む。だが新聞がない。朝刊を明日から入れるよう言ってあったためだ。いささか寂しい。

山崎医師の提案で、数日前からVOGUEの一ミリというのを喫っている。以前、猪瀬《いのせ》直樹《なおき》に一本貰《もら》って試したことがあるので、そんな煙草があることを憶《おぼ》えていたのだ。だがこれはメンソールであり、いささか不味《まず》い。六ミリのレギュラーがまだ残っているので、今のところは交互に喫っている。

『悪魔の辞典』の最終校正をやる。疑問の箇所がいくつもあるが、何しろ翻訳したのが八年前で、なぜそう訳したのかすっかり忘れているので苦労した。

午後四時、腹が空《す》いたので「シロクマラーメン」というものを食べる。光子が「おいしいから」と買ってきていたものだ。やはり神戸から持ってきた焼豚を全部入れたら意外にたくさんあり、旨かったので全部食べ、腹がいっぱいになってしまった。

明日の朝食がないので買物に出かける。例の魚屋さんのスーパーで鮭、明太子、しらす、牛乳、生クリーム、麦茶などを買う。シロクマラーメンのせいで腹具合が悪くなってきたので、帰ってビオフェルミンを服む。

シロクマラーメンのために腹がへらず、どこへも食べに出ないで家でビールを飲んでいるうち、八時過ぎ、光子が帰ってきた。土産は豚の耳、豚足、豚の角煮、豚の筋肉入りカレー、餅《もち》豆腐、塩、星砂、貝殻その他。さっそく土産話を聞かされる。十六人乗りの車を曳く水牛が可哀想で可愛かったこと、ホテルが豪華だったこと、バイキングの料理がどれも旨くて三人とも腹一杯食べたこと、ディナーの肉と海老がまた旨かったこと、墓が大きくて驚いたこと、コバルトブルーの海が綺麗《きれい》だったこと、八重山《やえやま》すべてが海の彼方《かなた》に見渡せるところへ三百段の階段をあがって登ったこと、とても登れないと思っていたが登れたこと。その他その他。

就寝十一時。明日は「世界を変える100人の日本人」の収録である。

二〇〇八年十二月三十一日（水）

今日からは医院も薬局も休みだから、体調には気をつけなければならない。

昨日から伸輔一家が来ている。今朝は例年の如く恒司を家に残して伸輔と智子さんが「重《しげ》よし」までおせちを取りに行ってくれた。大晦日《おおみそか》の午前中に取りに行くという決まりになっているのだ。三段重ねの重いおせちだから、おれや光子の手にはおえない。

恒司はさっそく近くのキディランドへつれていってもらい、怪獣の人形二体を買ってもらってきた。最高の料亭、日本一大きな玩具《がんぐ》店などが、数分歩いて行けるところにある。実に便利であり、ありがたいことだ。このあたりに住んでいる限りでは、また、東京、神戸間をしょっちゅう新幹線で往復している限りでは、不景気などどこの話かと思う。マスコミはあまり不景気、不景気と言わない方がいい。せっかく金を使おうとしている人たちが遠慮したり節約したりして、ますます不景気になる。こいつは確かなことなんですよあなた。困っている人を取材するのはいいが、それを社会全体に敷衍《ふえん》しようとする意図があらわであり過ぎる。よくありません。

夜は皆でテレビを見ながらの夕食となるが、「ドラえもんスペシャル」というものをやっている局があり、ドラえもんの好きな恒司がチャンネルを、なんと二時間半も独占してしまった。紅白歌合戦など、おれは見たくないのだが、大人の見たい七時のニュースや他の番組が見られず、皆困りながらの夕食となった。きっとチャンネル争いでいさかいや喧嘩《けんか》になった家もあるのではないか。とんでもない時間にとんでもないものをやるものだ。二台めのテレビを買わせようという陰謀かもしれない。

恒司は箸《はし》の持ち方もうまくなって、幼稚園では褒められたそうである。今夜は味噌漬《みそづけ》の牛肉だったが、肉が好きなので大人なみに一枚平らげた。体格もよく、背が高くなりそうである。ただし我がままだけは相変わらずであり、困ったもんだ。

おせちはさっそく、早ばやと一段めを全部食べてしまった。あと、山下洋輔から届いて冷凍にしておいたターキーをこまかく切り、野菜と共に芥子《からし》のきいたサラダにして食べる。これまた実に結構なものである。

先日来、焼酎《しょうちゅう》をやめて冷酒にしている。冷やした竹の筒に入れて飲むのである。今夜は兵庫の白鷹《しらたか》という酒を飲み、そのあとヱビスビール。他の皆は、昨夜がボジョレ・ヌーボーだったので、今夜はこれまた山下洋輔からだいぶ以前に届いた箱入りの高級ワインを頂《ちょう》戴《だい》する。山下さんに感謝、感謝である。

九時、恒司が寝たあと、大人たちは飲みながらゆっくり話す。おれは早いめにベッドに入るが、あとの三人は遅くまで話し込んでいたようだ。

二〇〇九年一月一日（木）

朝、屠蘇《とそ》で祝う。雑煮は関西風の味噌《みそ》雑煮である。そのあと、おれ以外の全員は近くの隠田《おんでん》神社へ初詣《はつもう》でに出かける。

賀状が来る。何年か前から、宣言して賀状は出さないことにしているのだが、それでもずいぶんたくさんくる。賀状を出さなくなったのは、ついに膨大な枚数に達してお手上げとなったからである。誰には出して誰には出さないということは厭《いや》なので、いっそのことすべて出さないことにしたのだ。そういう訳なので小生からの賀状は届きません。くださったかたにはこの場を借りて深くお詫《わ》び申し上げます。

亡くなったかたが何人か。転宅されたかたが何人か。すべて「宛名《あてな》職人」という住所録に記録する。この住所録は以前ワープロの住所録から中村正三郎《なかむらしょうざぶろう》が苦心してマックに移し変えてくれた実に便利なものであり、まことに正三郎さまさまである。

夕食は、神戸から送らせた鯛《たい》の浜焼きとおせち。恒司は好物の蒲鉾《かまぼこ》ばかり食べる。今夜は中村満のくれたヴィンテージもののシャンパンで乾杯し、おれは伸輔が買ってきてくれた新潟の越淡麗《こしたんれい》という酒を、例の竹の筒に入れて冷酒で飲む。しかしこの、日本酒というやつは旨《うま》いから、どうも飲み過ぎていけない。どうやら酔って恒司を抱きかかえ、家の周りの庭を一巡したようだ。恒司がずいぶん重かったことだけは憶《おぼ》えている。

二〇〇九年一月二日（金）

正月二日の今朝はわが家の伝統で、澄まし雑煮である。焼いた餅を澄まし汁に入れた雑煮だ。

おれを残して全員、ホテルニューオータニのご家族用ゲーム室へ出かける。おれは家で、今日も来た賀状を整理。

家族は四時間ほどで帰ってきた。いろんなゲームをし、飴《あめ》細工のお爺《じい》さんにポケモンのキャラを作ってもらい、あと、おまけとして飴細工の小さな鳩も貰い、正月だけ臨時にできるミルクホールで、伸輔夫婦はビーフカレー、光子はラーメン、恒司はカステラとミルクを食べてきたという。

夜は全員で、例の「十四郎」に出かける。今回は五人なので、夜景の見晴らせる高楼に登る。恒司がちょこまかするので、下の池に落ちないかとはらはらさせられた。揚げたての天麩羅《てんぷら》、いつもならカウンターですぐいただくのだが、今日はひとつずつ運んでもらうので恐縮する。恒司は、肉が好きなので特別に焼いてもらった牛肉を、あっという間に平らげ、あとは海老《えび》だのわかさぎだのの天麩羅を食べ、さらには驚くべしデザートの苺《いちご》四人分や洋梨などを食べた。

食後、おれと伸輔だけで隣の「ＳＭＯＫＥ」へ行って、煙草を喫いながら置いてあるライ・ウイスキーで一杯やろうとしたのだが、なんと本日は八時でビル全体が閉店とのこと。しかたなく家に戻ってビールを飲む。

二〇〇九年一月二十日（火）

パソコンの縦書き原稿用紙ソフトの「ORGAI」が、突然「予期せぬエラーで終了」してしまい、そのあと、再起動しようが何をしようが開けなくなってしまった。現在書き込み中の「裏辞典」が入っているので、作業が進まない。ネット会議室に相談をぶつけると、皆いろんなことを言ってくれるが、やはり駄目なようだ。若い人たちがすいすいやっていることが、おれにはできない。歳をとるというのは実に腹立たしいことである。

伸輔が来たので、親子三人、表参道《おもてさんどう》ヒルズの「やさい家めい」に行く。ここは野菜を工夫してうまく食べさせてくれる店で光子のお気に入りだ。アロエの刺身、野菜のせいろ蒸し、きのこのホイル焼き、琉球《りゅうきゅう》豚、モツ煮込みなどを食べるが、勿論《もちろん》肉食動物のおれには物足りない。

タクシーで東京オペラシティへ。今年のニューイヤー・コンサートは前にも書いたように、「茂木大輔PLAYSヤマシタ・ワールド」である。ロビーでプログラムの解説にダンヴァニをパロった玉木正之と夫人に会う。相倉久人《あいくらひさと》その他懐かしい人たちにも会う。21のメンバー、症候群のメンバーにも多数出会う。一番片隅に場所を与えられて、ダンヴァニの出版担当者の鈴木力がわがサイン本を大声で売っている。あとで聞けば完売とのこと。サインしていない本まで売れたらしい。

いよいよ開演。最初は『のだめカンタービレ』の原作やドラマに協力した茂木大輔が東京フィルを指揮して、そのテーマ曲のベートーベン第七、第一楽章をやる。ご挨拶《あいさつ》代りとのこと。次が山下洋輔作曲のヴァイオリン・ソナタを挾間美帆が編曲した四楽章の管弦楽曲。山下氏が登場して解説をする。挾間美帆の天才ぶりに改めて驚く。山下氏はまだ音大在学中のこんな人をどうやって発見したのだろう。彼女の席は仲輔の隣だった。

次が茂木大輔オリジナルの「管弦楽のための《ファンファーラ》」である。茂木氏のパフォーマンスに客は爆笑。トルコ音楽というのはたしかにあとに残る。このあとの休憩時間に喫煙室へ行くと、大声で歌っているやつがいた。

第二部の最初は、打楽器奏者・植松透とオーボエ・茂木大輔のふたりだけによる茂木氏作曲「オーボエと大太鼓のための《4つのナイフラ》」である。最初に茂木氏がチューニングの音を出し、大太鼓がそれは不要とかぶりを振るギャグ。茂木氏は熱演のあまりふらふらになって退場し、そのあと登場した山下氏によれば「楽屋で今、死んでいます」とのこと。さもありなんと思う。

いよいよ最後はダンヴァニだ。山下洋輔・挾間美帆による「ピアノと管弦楽のための交響詩《ダンシング・ヴァニティ》」である。まことに奇妙な体験だった。自分の小説を音楽で追体験するというのは、他の作家にはなかったことではないだろうか。小説から想を得たという音楽はあるものの、それはある曲想を得たというに過ぎない。この音楽のようにストーリイを追って曲が物語っていくという形式、つまり小説を知っている者にとって、今どのあたりをやっているかがわかるという音楽など、前代未聞なのである。わが担当者・鈴木力が最後には泣き出したというのも、その効果のひとつであったろう。舞台二階席のフクロウ役のフルートがテーマをくり返し、目玉ちゃん登場の場面ではベティ・ブープのテーマ・ソングが出てきて、サービスもなかなかのものだ。そしていよいよコロス役のXUXUの四人が舞台二階席に登場。「イッツ・ビーン・ア・ロング・ロング・タイム」「ミスター・サンドマン」「私の心はヴァイオリン」「ダンシング・アウル」つまりあの「キトクロ・キトクロ」、『虎の出る村』の中国語のテーマ、「子守歌」「廃屋のアリア」つまり家具たちのおしゃべり、最後は「グッドナイト・スイートハート」で、フクロウが涙を一滴落して終る。XUXUはアンコールでも上記のうちのおれの好きな四曲を歌ってくれた。

終演後に恒例のパーティが二階ロビーで行われ、ここでもいろんな人たちと邂逅《かいこう》。来年は何をするのかと山下氏にそっと訊《たず》ねると、彼はとんでもないことをおれの耳に囁《ささや》いた。これは言えない言えない。絶対に言えません。実現するかどうかは来年のお楽しみだ。

今夜こそ「SMOKE」へ行って一杯飲もうと思っていたので、挨拶を早めてもらって失礼し、駆けつけたのだが、残念、またしても閉店後であった。

二〇〇九年一月二十八日（水）

ビーバップの収録があった後、新年宴会。今までは忘年会をたむけんの焼肉屋で行っていたのだが、今回はハイヒール・モモコさんのご主人がやっているちゃんこ鍋《なべ》の店で行う。みんな忙しくなり、忘年会に揃わなかったらしい。

ジャパン・オールスターズの新年宴会も鳥鍋《とりなべ》だった。なんでテレビ局の新年宴会は鍋物が多いのだろう。猫舌のおれはどうも苦手なのである。あの時は外人記者の中に座を占めたのだが、彼らの会話が次第に英語ばかりになってきたので、早早に退散した。

今回は小杉の向かい、モモコさんと江川の間に座を占めたものの、やはり早早に帰らねばならない。帰ろうとすると例によって「何か一言」を求められ、次のように喋《しゃべ》る。

「この番組に出はじめてから、あらゆる意味で頭がよくなった。しかしこの歳になってから頭がよくなっても仕方がないのであり」

ここまで喋ると急に全員があれやこれやと言い出して、次が喋れなくなった。「謹聴、謹聴」という声で静かになったので、また喋る。

「なんで早く帰るかというと、実は明後日、大腸の手術なので、節制しなければならぬからである。ポリープの切除だから、たいしたことはないと思うが、万一の時は、あとのことをよろしく頼む」

またしても大騒ぎとなる。

帰宅は十時過ぎ。

二〇〇九年一月三十日(金)

大腸ポリープ切除は無事終了。

昨夜は饂飩《うどん》しか食べず、今朝からは絶食。マグコロールというレモン味のまずいまずい下剤をペットボトルに約一本分飲む。一週間前からはラキソベロンという大腸を綺麗《きれい》にする下剤を服《の》んでいるので、胃腸は完全にからっぽ。少しふらふらするものの、普段の栄養が足りているためか空腹感はまったくない。

一時半、光子の付添いで出発、タクシーで神戸駅前のクリニックへ行く。早く行ったのが正解だった。時間ができたからというので、別の日の予定だった胃の検査もしてもらうことになる。

内視鏡を「鼻から入れますか口から入れますか」という質問には「口から」と答える。胃カメラを呑《の》むと、いつもは楽に胃まで入るのに、今日の先生はていねいに診るので先端がゆっくりと咽喉《のど》を通って食道を進むものだから、苦しくて咳《せき》が出てしまった。

次は大腸である。「麻酔をしますか」という質問にはこれを拒否。自分のからだの中に何かが入ってくるというのに、それを感じないでいられるものか。

この大腸の方も胃と同じく、今までよりもていねいに診てもらったため、初めて苦痛を感じた。なんでも腸の長さが他の患者に比べて、歴代患者の三本の指に入る長さであるという。腸が長いことは知っていたが内視鏡のコードが足りなくなるほどの長さだとは思わなかった。

S字結腸が長いため、何度も寝返りをうたされる。

「今までは、本当に奥まで入れていたんだろうか」と、先生は首を傾げていた。

今回は今までになく苦しかった。いつもけろりとしているので看護婦や先生が驚くのだが、やはりこれくらいの苦痛がないと本格的な処置ではないような気がする。ポリープを三つ切除。あとのいくつかは癌と関係のないポリープだという。

二、三の注意事項を言い渡される。切除後の傷口を塞《ふさ》いでいるホチキスのような金具がはずれるといけないので刺激物、消化に悪いもの、そして酒は一週間厳禁とのことである。今後一週間以内におれに会う人は素面《しらふ》の筒井康隆が見られます。

クリニックを出ると、そのビルの地下が神戸駅まで続く地下商店街になっていた。雨が降っているのでこれは好都合だった。そのまま神戸駅を抜けてニューオータニに入り、まず一階の喫茶室でカプチーノを飲みながらたてつづけに煙草を喫う。それから十七階の「千羽鶴《せんばづる》」へ行き、先付の数の子から始まって、ぐじの蕪《かぶら》蒸し、トロ、鮃《ひらめ》、縞鰺《しまあじ》の刺身、牡蠣《かき》の玉〆、金目鯛《きんめだい》の餅《もち》包み、河豚《ふぐ》の唐揚げを次つぎに平らげる。最後は茶漬で、そのあとフルーツの盛合せで仕上げとなる。刺激物である生姜《しょうが》と菜種の辛子和《あ》えは光子に食べてもらった。

タクシーで帰宅。七時半。

二〇〇九年二月四日（水）

朝、書斎にいっぱい珈琲豆《コーヒー》が落ちているので光子に聞くと、昨夜の豆撒《ま》き、豆がなかったので珈琲豆を撒いたとのこと。なんてことをするのか。

プリンターのカラー・インクが切れたので買いに行く。キャット・ストリートを渋谷《しぶや》までぶらぶら歩いて、ビックカメラに入る。あいかわらず品物の種類が多いのでまごつき、結局店員に聞いて、インクとプリント用紙を買い込み、また同じ道を歩いて帰る。

ホームレスがいて、遊歩道の植込みの中に捨てられているペットボトルを拾っては、中味が何だろうとおかまいなしに自分のペットボトルに移し集めていた。この不況で、のどが渇くのだろうなあと思う。

四時半、角川書店の新名新が懸案の契約の件で来宅。

五時過ぎ、迎えのハイヤーが来たので、新名氏も同乗し、神田駿河台《かんだするがだい》の全電通ホールへ向かう。読売新聞社の活字文化推進会議が主催する「新！読書生活」というトーク・ショーがあり、角川書店も協賛しているので新名氏は招待状を持っているのだ。読売の人たちに出迎えられて控室へ行き、久しぶりに海堂尊《かいどうたける》と会う。以前「ビーバップ」に出てもらって、医療制度について話してもらったので面識はあるのだ。わがジャーマネ柳井も来ていた。

　控室にはわが著書が積まれていて、署名落款をさせられる。新名氏が手伝ってくれる。彼にはもう三十年も前から何度もサイン会につきあってもらっているので慣れたものである。

　モニターを見ると四百の客席は満杯。六時半になり、まず海堂氏が十五分ほどの基調講演。今日のテーマは「エンターテインメント小説の水平線」であり、彼は昨今の出版不況について、エンターテインメントが文芸の中心であるという主張についてなど、話す。

　ふたり並んでのトークでは、主に海堂氏の質問に答えるかたちで、エンターテインメントと純文学について、人気ランキングや文学賞についてなど、いろいろと話す。次いでそれぞれが推薦する作品を交代で紹介してゆく。途中、デュマ・フィスの作品が『嘆きの天使』であったか『椿姫』であったかわからなくなった時には、わが親衛隊のJ・Paul氏が客席から『椿姫』と大声で助けてくれた。海堂氏はおれのダンヴァニを、おれは海堂尊の『チーム・バチスタの栄光』をそれぞれ推薦する。このコーナーで推薦した作品十作、話題に出た出演者ふたりの作品四作、協賛各社の本四作は全国の協力書店がブックフェアをして売ってくれるらしい。

　終了は予定より十五分ほど早い八時十五分だった。

　このトークショーの内容は読売新聞三月五日（木）の朝刊に掲載され、同八日（日）C

Sの日テレG+で放送される。

疲れた。ハイヤーでの帰途、「SMOKE」へ寄って一杯やりたかったのだが、禁酒中であることを思い出し、あきらめる。帰宅は九時過ぎ。

二〇〇九年二月十六日(月)

ヴァレンタイン・デーのチョコは、ブランド・ショップのママから貰《もら》い、昨日の収録ではテレビ東京の女子アナ三人から貰った。「全部食べると鼻血を出しますよ」と秋元玲奈アナ。来月のお返しがたいへんだ。

福音館書店の岡田望が中高生向け短篇集『秒読み』の見本を持ってきてくれた。中高生向けとは言え文章は原作そのままだから、文章を好きになってくれた子がそのまま、わが愛読者となってくれることも期待できる。わが各ジャンルの作品の中から岡田君が最高傑作と思ったものを全方位的に網羅していて、ネットでも「筒井康隆をこの本で初めて読む中高生はしあわせだ」と、たいへん評判がいい。コントあり、ドタバタあり、寓話《ぐうわ》あり、恐怖あり、病気SFあり、時代SFあり、言葉遊びあり、ノスタルジアあり、伝奇あり、それらの代表作と言われているものばかりだから目次を見るだけでも壮観だ。長嶋有《ながしまゆう》が中高生向けのていねいな解説を書いてくれている。書店には早いところだと二十日に出るそうだ。

新作が書けなくても、『時をかける少女』や「七瀬シリーズ」はもちろん、この本はじめ、四月に扶桑社文庫から出る『馬の首風雲録』など、あちこちの出版社が次つぎに旧作を刊行してくれる。ありがたいことである。

二〇〇九年二月十七日（火）

苦味走った男前というので女性に人気の中川昭一《なかがわしょういち》さんが、国際会議で酔眼朦朧《すいがんもうろう》、醜態をさらしたというのでえらいバッシングを受け、ついに辞任させられてしまった。この人を引きずりおろした連中は女性から嫌われるに違いない。あの醜態を見て「可愛いー」などと言っていた子もいるし、光子も「色気がある」と言っていた。まあ、人間誰しも欠点はあるし、何もしていなくて憎たらしい政治家もいるのだから、大目に見たらよかったと思うが。

今日は東浩紀《あずまひろき》と、講談社の鍛治佑介がやってきた。太田克史も来る筈《はず》だったが体調を崩したとのこと。三月十三日（金）にお台場の「東京カルチャーカルチャー」で行われるゼロアカ道場の打合せである。これは東君が次世代の批評家を発見し、育成するプロジェクトで、最初百名のエントリーが過去四回の選考を経て、残ったのは八名。この人たちが、自分が出版したいと考えている著作の内容を七分間でプレゼンテーションし、これを東、筒井、村上隆《むらかみたかし》、太田が選考するというものだ。勝ち抜いた一人は、本当に講談社ＢＯＸから初版一万部でデヴューさせて貰える。候補者には厳しい口頭諮問も行われ、その様子はニコニコ動画でウェブ中継される。参加方法は、何しろ百二十人しか入れないライヴハウスだから、まだ考慮中とのこと。面白いイベントになりそうだから楽しみだ。

二〇〇九年二月十九日（木）

朝日ネットの山本社長、森田真基、市川恵理が、梅村守と一緒にやってきた。梅村氏は朝日ネットをやめてすぐ、葉子夫人と共に豪華客船で世界一周旅行に出かけ、帰ってきたばかりで、今日はその挨拶《あいさつ》である。森田君と市川さんはこのブログの面倒を見てもらっている人たちだが、縦書きソフトがなくなったことを嘆くと、社長ともども開発を考えると言ってくれた。実現すれば有難いことだ。

夜は光子と世田谷《せたがや》パブリックシアターへ大駱駝艦《だいらくだかん》の公演を見に行く。案内状をくれた村松卓矢《むらまつたくや》は伸輔の友人で、武蔵野美大時代、一緒にインド冒険旅行をした仲である。今は大駱駝艦で麿赤兒《まろあかじ》の次の座を占めている踊り手であり、自分のグループも持ち、その演出をし、ニューヨーク公演もしている。

病気の後なので心配していたのだが、麿赤兒、よくからだが動いていた。踊りは相変わらず怖い。そして滅茶苦茶面白い。若い連中がたくさん育ってきているのも頼もしい。そして今回は、全体の半分以上音楽なしという試みがあった。そして、逆にその方が音楽を効果的に使えたようだ。

荒木経惟《あらきのぶよし》のうしろの席だったが、わざと話しかけず、終了後に肩を叩《たた》いた。共にロビーのレセプションに残る。メイクをしたままで出てきた麿赤兒に挨拶し、ちょっと話す。村松君も出てきて光子と話す。

帰宅十時半。

二〇〇九年三月一日（日）

朝日新聞朝刊に「今月三十日から新紙面」「読書面　筒井康隆さん新連載」という予告が出た。これについては説明しておかなくてはなるまい。実は朝日新聞文化グループと「自主規制に関する覚書」を取交して、今回の連載となったのである。今まで新聞社とだけは覚書の取交しができずにいたのだが、断筆の際、例の本田雅和の件をはじめいろいろと紆余曲折《うよきよくせつ》のあった朝日新聞といちばん先に覚書が交せたことには、実に感慨深いものがある。これで他の新聞社もあとに続いてくれるのではないかと思いたいし、切に願うことでもある。

連載というのは「漂流――本から本へ」と題するエッセイで、これはわが人生に大きな影響をあたえた本を、自分の成長と重ね合わせながら紹介していくという、いわば「読書による履歴書」といった企画である。この企画を立て、わが担当者となってくれたのが『朝のガスパール』以来の伴走者、大上朝美《おおうえともみ》であるのも嬉《うれ》しいことだ。毎日曜日の読書面第一頁の連載である。ご期待ください。ただ、読んだ順に紹介していくことになるので、最初はやっぱり田河水泡《たがわすいほう》『のらくろ』になっちまうのよなあ。

似たような企画というのは同時に持ち込まれることが多いのだが、レギュラー出演しているテレビ東京の「ジャパン・オールスターズ」が新たに、日本人なら読んでおいた方がいい本をおれが紹介するというコーナーを作りたいと言ってきて、今日はその最初の回の収録であった。

まず一時に、原宿の自宅へディレクターがやって来て打合せ。やがてカメラマン他のスタッフがやってきてセッティング。メイクさんまでやってきて、和室でメイクしてもらう。そして二時五十分、わいわいがやがやと出演者全員がやってきて、ついにわが家は三十名以上の満杯となる。まず囲炉裏のまわりに腰をおろした全員が広間を眺めて何やかやとあげつらう部分を収録。次いで二階の、伸輔の絵を展示しているギャラリーを通り、全員が狭い書斎へ入り、本棚を見て何やかやとあげつらい、おれが推薦する太宰治『人間失格』を棚から取り出すまでを収録。ふたたび広間に戻って囲炉裏のまわりに腰をおろした全員に『人間失格』という作品についておれが語る部分、その他何やかやを収録。

松丸アナがおれについての情報をいろいろと披瀝《ひれき》する部分があり、これはすぐ横でやられたので実にはずかしかった。自分のことを目の前で話されるというのはまことに具合の悪いことであり、ずいぶん以前このブログに書いた相内優香がタイプであることも、ご本人を目の前にして明かされてしまった。

ちょうど喜美子さんが京都・豆政から大量に団子を送ってきてくれていたので、これを全員に振舞う。みな、さすがにいつもよりおとなしく、三村君、矢口嬢などは借りてきた猫のようだった。収録は四時過ぎに終了。

二〇〇九年三月六日（金）

わが家の近所、以前さつま寮で、その後中華料理アーペレーヌとなったビルの跡地数百坪、及び個人の邸宅だった跡地百坪余の工事がいずれも中止となり、住民説明会もなくなった。隣りのビルも借り手がなく、不動産屋が買わないかと言ってきた。数億あれば買って増築したいところだが、あいにくそんな金はない。それにしても、この辺の土地まで売れなくなるとはな。いよいよ本格的大不況か。

午後五時、朝日新聞文化グループの佐久間編集長と大上朝美が来宅し、読書欄用の写真撮影の打合せその他、何やかやを話す。朝のうちに書いておいた第一回目の原稿「田河水泡『のらくろ』」と、子供時代の写真も渡す。そのあと、遊歩道をロケハンしながら表参道まで歩いて「ＳＭＯＫＥ」へ行く。ここでも撮影をするので、店の人たちとその打合せ。やれやれ。やっと「ＳＭＯＫＥ」へ来ることができましたよ。変なことを言うやつがいるものだから、もしかして永久に来られないのかと思い、XUXUや山下洋輔と愉《たの》しく酒を飲んだ日のことを懐かしく思い返しておったのだ。今夜はまずシャンパンで乾杯し、おれはキープ・ボトルのバーボン、女性二人はワインを飲む。シェフが特別に用意しておいてくれたステーキも食べる。

家に戻ると「ジャパン・オールスターズ」、なんとこの間わが家で収録したばかりの回をやっていた。編集の早さには驚かされる。

二〇〇九年三月十三日（金）

十一日は朝日放送「ビーバップ」出演。十二日上京。十三日は「ゼロアカ道場」。十四日にはイギリスでおれの本を出版してくれているアレッサンドロ・ガレンツィさんを、日本著作権輸出センターの吉田ゆりかが連れてくる。十五日はテレビ東京「100人の日本人」に出演。七十四歳には苛酷《かこく》なスケジュールだが、この歳で仕事があるのはありがたい話であり、乞《こ》われれば出かけ、会い、話すしかない。

五時、太田克史が迎えに来て、ハイヤーでお台場の「東京カルチャーカルチャー」へ。控室で村上隆氏と初対面の挨拶。六時半開始。一人七分のプレゼンテーションが八人。この中から三人が選ばれる。最初の廣田周作《ひろたしゅうさく》が凄《すご》い早口で、第三回関門の課題である「自著の要約」とはまったく違うことを喋《しゃべ》り出すので驚く。次いで三ツ野陽介《みつのようすけ》、峰尾俊彦《みねおとしひこ》は、時間制限があるので無理もないが、早口の上に滑舌が悪く、何を言っているのかわからない。これも「自著の要約」とはまったく違うことを言う。この辺で冷汗が出てすっかり困惑するが、次の村上裕一《むらかみゆういち》が落ちついて喋るので、やっと安心する。あと、女性三人と最後の坂《さか》上秋成《がみしゅうせい》も落ちついていてわかりやすかった。

休憩のあと、ニコニコ動画の生中継が始まり、口頭諮問が始まる。峰尾君は、話している時に皆がスクリーンの動画にダブって映し出されるコメントを見て笑うので苛立《いらだ》ち、さらにここへ前回落選したお騒がせ男の藤田直哉《ふじたなおや》が乱入したので尚《なお》さら苛立って、もう何を言っているのかわからなくなる。この時点で峰尾君はおれの中で落選と決定。藤田君の乱入に対しては、候補者全員が怒りの眼で藤田君を見始めたので、せっかくのパフォーマンスではあったものの、度重なるルール違反をおれがたしなめて退場願う。

口頭諮問でおれは主に、前回のテーマがみな今回がらりと変ったのは何故かを質問する。坂上君には前回のパロディというテーマがなぜクレオールに変ったのか、ジュネット『パランプセスト』に否定的だったのはなぜかなどを訊《たず》ね、さらに『涼宮ハルヒの消失』をメタフィクションだと思うかどうかを訊ねていると、苛立った峰尾君が「涼宮ハルヒ」はすべてメタフィクションだと言い出して説明しはじめ、それは普通メタフィクションとは言わないとおれが言うと会場が爆笑する。

三時間に及ぶプレゼンテーションと口頭諮問が終り、審査員が控室で選考。東浩紀が村上君を、村上、筒井、太田が廣田君を、会場の参加者が坂上君を選び、村上隆が特別賞に峰尾君を選んで終了。疲れた。人の話を聞いているというのは自分が喋るよりも疲れる。

主立った数十人が近くのダイニング「ラ・ボエム」へ移動し、懇親会となる。主に坂上君と話したが、そのあと雑賀《さいが》壱《いち》、筑井《ちくい》真奈《まな》、斎藤《さいとう》ミツの女性三人組に囲まれて、何やかやを話す。次つぎと話にやってくる連中の相手をしているうちに時間が経ち、たちまち十二時。

太田君が自宅まで送ってくれたが、風速二十メートルの高速をタクシーで走るのは怖かった。

二〇〇九年三月十七日（火）

「新潮」編集長の矢野優がまた変なことを考え出した。作家何十人かに一週間ずつ日記を書かせ、一年分を一挙に掲載するのだという。なるほど一年間の面白い記録になりそうだ。おれは三月十九日から二十五日までを割当てられた。そんなわけで、このブログもその間は確実にご無沙汰《ぶさた》となる。いずれこの日記が本になる時には「新潮」掲載分も組み込まれることになるだろう。

なんだか企画というものは一度にカチ合うものだなあ。このブログと「新潮」の日記がカチ合ったかと思うと、「朝日新聞」の「漂流――本から本へ」で本の紹介をする企画も、テレビ東京の「ジャパン・オールスターズ」の新コーナーの企画とカチ合っちまった。おかげで同じ本を避けるために苦労しなければならない。「ジャパン・オールスターズ」の方で夏目漱石の『坊っちゃん』をやるから「朝日新聞」の方は『吾輩《わが》は猫である』をやるといった按配《あんばい》である。さいわい太宰治『人間失格』と芥川龍之介《あくたがわりゅうのすけ》『河童《かっぱ》』は朝日でやるつもりはなかったからよかった。今日は『坊っちゃん』と『河童』の下調べをやる。読んだのはもう何十年も前だから、こまかい部分を忘れてしまっているのである。

そのあと朝日用の連載第二回「江戸川亂《らん》歩『少年探偵團《だん》』」を書く。連載開始までに三回分くらいは書き溜《た》めておかねばなるまいね。

二〇〇九年三月十九日（木）

空振りしても絵になるイチロー。やれやれやれやっとキューバに勝って準決勝進出。

今日は朝日新聞用の写真撮影。四月から日曜読書面で「漂流――本から本へ」という連載が始まり、毎回写真を載せるのだと言う。『朝のガスパール』以来の担当者・大上朝美がカメラマンをつれてやってきて、屋内、門前、商店街、近くのダイニング・バー「SMOKE」などで撮る。大上さんには二回目の原稿「江戸川亂歩『少年探偵團』」と、少年時代の写真を渡す。

夕刻、商店街に買物に行く。鰈《かれい》が「おすすめ品」だったので買い、夕食は空揚げ。二横綱は安泰。

二〇〇九年三月二十日（金）

イチロー二塁打。WBCは韓国に勝利。

時代考証家・山田順子《やまだじゅんこ》の『本当に江戸の浪人は傘張りの内職をしていたのか？』読了。朝日放送「ビーバップ！　ハイヒール」次回の参考本だが、勉強になる。本文中に「ビーバップ！　ハイヒール」出演のくだりがあった。すでに去年、一度出てもらっていたのだ。

「オール讀物」連載中の「現代語裏辞典」を少し書く。今日の傑作をひとつ。

ようきょう【佯狂】まともな人がタレントに混ってバラエティ番組に出ること。

夕食は光子が伊勢丹《いせたん》で買ってきたもの。両横綱安泰。

二〇〇九年三月二十一日（土）

夫婦、新幹線で神戸に帰る。途中、四度ばかり喫煙室へ。煙草の匂いがないので光子はN700を好んでいる。車中、茂木健一郎《もぎけんいちろう》『脳を活かす生活術』を読む。これも「ビーバップ！　ハイヒール」の参考本。あの茂木さんが来てくれるとは驚きだ。スタッフに言わせると、みなが大阪まで来てくれるのは、おれがレギュラー出演しているからだという。わしは餌か。

新神戸のクラウンプラザ（以前の新神戸オリエンタルホテル）内の京料理「たん熊」ですっぽんの丸鍋《なべ》や天麩羅《てんぷら》盛合せなど。ここには焼酎《しょうちゅう》の森伊蔵《もりいぞう》がある。

八時帰宅。両横綱安泰。山本山二敗。

二〇〇九年三月二十二日（日）

朝日新聞連載のため、弓館芳夫《ゆだてよしお》『西遊記』の下調べをする。第一書房から戦中に出た本で、長らく失っていたのだが横田順彌《よこたじゅんや》が入手してくれたのである。

「裏辞典」今日の傑作。

ようたい【容態】嬉《うれ》しそうに大声で訊ねる馬鹿もいる。

夜は光子と近所の「テアトロクチーナ」へ行く。イタリアで修業してきた夫婦だけでやっている店。歩いて五分でこんなレストランがあるのはありがたい。蝦夷《えぞ》鹿のスパゲッティ、鴨の胸肉のグリルなど。美味。

帰宅後、WOWOWで〇七年の『大いなる陰謀』を見る。R・レッドフォード、T・クルーズ、M・ストリープ。テロ対策に苦悩するアメリカ。二横綱は安泰。

二〇〇九年三月二十三日（月）

WBC準決勝はアメリカに勝利。吉田御殿全焼。

朝日の連載、弓館芳夫『西遊記』を書く。

「裏辞典」今日の傑作。

よぎり【夜霧】こそ泥『夜霧よ今夜もありがとう』

光子が大丸で買ってきたもので夕食。白魚の酢の物、鯛《たい》のマリネ、海老《えび》フライ、焼穴子など。両横綱安泰。

成田《なりた》で大事故。貨物便でよかった。飛行機は怖い。

二〇〇九年三月二十四日（火）

あーっ。勝ちましたよ、勝ちました。WBC決勝は韓国に勝利。イチローえらい。

あーっ。来ましたよ、来ました。定額給付金の申請用紙が。夫婦で四万円。はい。もちろん戴《いただ》きますとも。戴きます。ご馳走《ちそう》を食べます。少年時代の飢餓を今、埋めあわせるのです。

茂木健一郎『脳を活かす生活術』読了。

「裏辞典」今日の傑作。

よこぐるま【横車】スケートボード。
よこしま【邪】複数はジャズ。
光子が垂水の市場で買ってきた夕食。鳥肉や魚はこちらの方が安くてずっと旨《うま》い。
負けても威張っている朝青龍《あさしょうりゅう》。

二〇〇九年三月二十五日（水）

昼過ぎ、迎えの車で大阪朝日放送へ。「ビーバップ！　ハイヒール」の収録である。最初のゲストは山田順子さん。話が長引く。楽屋で和服に着替え。次のゲストの茂木健一郎氏とはトイレで初対面の挨拶《あいさつ》。収録は順調。茂木さんは面白い。七時半に終了。帰宅は八時半。疲れた。明日はまた上京である。

二〇〇九年三月三十日（月）

昨日から伸輔が家族三人で泊っていたのだが、今朝起きると光子も含めて全員がすでに、いわき湯本《ゆもと》へ出発していた。昨日はテレビ東京「１００人の日本人」の収録があったので、その疲れで早く寝てしまい、深夜に起きて伸輔夫婦とちょっと話した時には恒司はすでに寝てしまっていたのだ。

ひとりで軽く朝食。そのあと、新潮文芸振興会の理事会へ。タクシーで帝国ホテルへ一時前に到着。新潮社の社長や、今は偉くなっている昔なじみの編集者たちと少し話す。理事会では阿川弘之《あがわひろゆき》をはさんでおれと養老孟司《ようろうたけし》の、出席した三人の理事が並んで座り、あとの席に阿刀田高《あとうだたかし》をはじめとして評議員たちが居並ぶ。北杜夫《きたもりお》は車椅子なので末座にいる。阿川さんは元気そうだった。

佐藤社長（理事長）の挨拶のあと、事業報告や収支決算や事業計画などが述べられ、次いで隣室の、昼食を兼ねた懇親会に移る。おれは堤清二《つつみせいじ》（辻井喬《つじいたかし》）、高井有一《たかいゆういち》、山田《やまだ》太一《たいち》と同じテーブルになる。みんな個性が際立っていて、話は面白かった。この昼食には三島《みしま》賞や山本《やまもと》賞の選考委員も来ていて、町田康《まちだこう》にも会う。

三時半に帰宅。五時に光子から電話。すでに水族館へ行き、旅館へ着いて、露天風呂《ぶろ》つきの部屋に落ちついたとのこと。

冷蔵庫にあるもので夕食。ムービープラスでペネロペ・クルスの『ボルベール〈帰郷〉』（スペイン映画）を見て一時半就寝。

二〇〇九年四月一日（水）

昨夜、光子たちが帰宅したのは七時だった。常磐線《じょうばん》が一時間も遅れたらしい。それでも鍾乳洞《しょうにゅうどう》や何やかやを見てまわって、恒司はご機嫌である。伸輔一家はわが家にもう一泊。

朝、資源ゴミを出していると、新聞紙や雑誌類をいっぱい積んだトラックがやってきて停り、しょぼくれた男が降りてきて、出したばかりの新聞雑誌を指しながら「いいですか」と聞く。

「駄目だ」と、おれは言った。「それは東京都のものだろうが」

男はちょっと頭を下げてトラックに戻り、去っていった。

午後二時、朝日新聞社・大上朝美が来る。連載に掲載するための写真選びである。先日やってきたカメラマンはなかなか優秀で、いずれもよく撮れている。こっちからは第三回「弓館芳夫『西遊記』」の原稿を渡す。

午後五時、伸輔一家が帰っていく。恒司はまったく泣かなくなったものの、我儘《わがまま》はあいかわらずだ。

「裏辞典」を少し書く。本日の傑作。

よつゆ【夜露】バルトリン腺《せん》液。

よねつ【余熱】平手打ちを食らったあと。

よびな【呼名】出身地で呼ばれることが多いが越中《えっちゅう》の人はいやがる。

よみ【黄泉】腐った女神のいる所。

よみち【夜道】すれ違うとき、どちらも怯《おび》えている。

二〇〇九年四月十六日（木）

イチロー偉い。日本最多タイを満塁ホームランで飾るなど、この男ツイているとしか言いようがないな。

それにしても北朝鮮の強硬姿勢で、拉致《らち》問題の解決はまた遠ざかった。あの金正男《キムジョンナム》がもう一度日本に来れば、今度こそは、と、たいていの人が思っているに違いないぞ。

今日は六時に帝国ホテルへ行く。銀座のクラブ「エル」の30年プラス記念のお祝い会である。発起人になっているのだ。光の間はおれが全集完結記念のパーティをやった場所。受付で朝日新聞・大上朝美と郭允《かくまこと》カメラマンに会う。今日はスピーチをさせられるので、その写真を撮りに来ているのである。林真理子《はやしまりこ》にも会う。

浅田次郎《あさだじろう》、東野圭吾《ひがしのけいご》、北方謙三《きたかたけんぞう》らと同じテーブルにつく。懐かしい人たちと次つぎに会う。スピーチが始まり、ママの岩波恵子が挨拶する。「エル」から独立した店のママが紹介されて壇上に並ぶ。四人もいたので驚く。小松左京《こまつさきょう》はまた体調が悪くて欠席、秘書の乙部さんが原稿を読む。田中光二《たなかこうじ》がママに花束を渡す。

最初のスピーチ数人が終り、歓談となる。わいわい話していると大上朝美がやってきて、おれのスピーチはトリになると言う。もういい加減酔っぱらっているので困ったなと思う。

北方謙三も他で七時の約束があるため困っている。

高橋洋子《たかはしようこ》がギターを弾いて「なんとなくなんとなく」を歌う。次いでふたたびスピーチが始まり、何人かのスピーチののち、早く終われと北方に脅された東野が匆匆《そうそう》に話を切りあげ、北方が喋《しゃべ》り、やっとおれの番になるが、もはや酔っぱらっている。

「エルちゃんと言えばある業界ではＬＳＤのこと、それだけでも親近感がある（笑）。この不況の風が銀座にも吹く中、エルちゃんだけは繁盛している。この上はさらに文壇バーとしての生き残りを賭《か》け、もっと作家割引きというものをやらねばならない（笑）。おれのような売れっ子からは取ればいいが、売れてない作家をもっと優遇すべきである（笑）。さらには編集者割引きというものもやればよろしい。もうやっているのかも知れんが（笑）。そしてさらに作家の日というのを作ればどうか。毎月この日は作家の誰それが必ず来ると決めておけば、それを目当てに編集者も来る（笑）。その編集者を目当てに売れてない作家も来る（笑）。誰が売れている作家で誰が売れていない作家か、知ってはいるだろうが、わからなければおれが教えてあげます（笑）」

おれはトリではなく、最後は渡辺淳一がお得意の艶笑《えんしょう》談で締めた。

閉会後は「エル」の女の子四人に囲まれて銀座を「エル」まで移動したが、ずいぶん人目を引いた。睨《にら》みつけていくリーマンもいて、面白かった。「エル」では藤田宜永《ふじたよしなが》、高橋洋子らと一緒に飲む。一年前にキープしたワイルドターキーのライは、全然減っていなかったので、高橋洋子に振舞う。店を十時半に出る。銀座はずいぶん人が少なくなっている。

帰宅十一時。

二〇〇九年四月二十四日（金）

草彅剛《くさなぎつよし》が公園で、全裸になって叫んでいて逮捕された。よほどストレスがあったのだろう。テレビドラマ「フードファイト」で共演していて親近感があったので、可哀想でならない。マスコミの正義感ぶった騒ぎかたはひどいもので、麻薬でもやっていたかのような糾弾ぶりである。たかが裸ではないか。おれも学生時代は酔っぱらって京都御所内で裸になったし、今だってホームレスが全裸になり、公園でからだを洗ったりしている。なんで草彅だけがと思う。たしかに昔から芸人の酒の上での失敗は大きく報道されたが、それは面白がって報道されたのであって、今回みたいに番組降板なんて不粋なことにはならなかった。つくづくいやな世の中になったもんだと思う。

今日は新たな契約のための来客があった。またしても『時をかける少女』の映画化の契約である。いったいこの少女、どこまで稼いでくれるのやら。もうすでに撮影に入っていて、「今後の予定　筒井康隆氏についての…」というブログをやってくれている尾川健など、なんとエキストラとして参加したらしい。こうなってくると作家としては、もっと他にいくらでもいい作品があるのにと言わずにはいられない。アニメもやっているというプロデューサーには、何度もアニメ化の話があったのだが、独占契約のため長らくフリーズしていたという哀れな過去のある作品『旅のラゴス』を推薦しておいた。作品によってずいぶん運不運があるもんだ。

二〇〇九年五月七日（木）

　GW中はひたすら仕事、仕事、勉強、勉強の毎日。学生時代にこれだけ勉強していればもっと偉くなれた筈《はず》だ。朝日新聞の連載はその後ボアゴベ『鉄仮面』、謝花凡太郎『勇士イリヤ』、坪田譲治『子供の四季』と続いて、江戸川乱歩『孤島の鬼』をすでに渡し、その次のデュマ『モンテ・クリスト伯』、夏目漱石『吾輩は猫である』、メリメ「マテオ・ファルコーネ」の原稿と下調べ。と同時にテレビ東京「ジャパン・オールスターズ」の「日本人ならコレを読め」で川端康成の『片腕』と新田次郎『八甲田山死の彷徨《ほうこう》』をやるため、その下調べ。さらに「裏辞典」を書き、「ビアンカ・オーバースタディ」のゲラを校正し、昨日は朝日放送「ビーバップ！　ハイヒール」の収録。

　上京。さすがに新幹線は空《す》いている。喫煙室でもたいていおれひとり。いつもこんなだといいなあ。昨日だって、阪神《はんしん》高速の混み具合が心配だったのだが、上下線とも空いていた。

　いったん自宅に戻ってから、近くのイタリア料理「リストランテ・フィオーレ」へ行く。イノブタのコトレットが旨《うま》かった。このイノブタは和歌山県すさみ町で、三木さんという人が自分で山に入り、どんぐりを拾ってきてイノブタに食べさせ、育てているのだそうである。イノブタなら豚インフルエンザとは無縁であろう。そう言えば、今日はマスクをしている人にはひとりも出会わなかったな。とりあえず夏まで、日本に感染者が出ないことを祈る。

二〇〇九年五月十七日（日）

神戸や大阪で新型インフルエンザの感染者が出はじめたというのになんと、今日は神戸のセトレで甥《おい》っ子の結婚式。しかも新婦の親類縁者の多くは大阪から来る。その上朝から雨が降り、風が強い。

午後一時に新さん夫婦が車で来てくれる。すでに朝から明石の魚《うおん》の棚《たな》近くで朝食がわりの海鮮丼を食べてきたのだと言う。わが家で衣裳《いしょう》を変えて、光子も加えて四人、車で明石海峡大橋の傍のセトレへ行く。さすがに第二国道は空いていた。ロビーでは顔なじみのフロント嬢に「お久しぶり」と挨拶《あいさつ》される。ここへは、家の近くにテアトロ・クチーナができるまでずっと、一階のイタリア料理店に来ていたのだ。

新郎の父、義弟の吉晃君に出迎えられ、控室へ。新郎の母、久美子さんのご両親も大阪からである。新郎の彰仁君の弟たちにも会う。式は無宗教の人前結婚式というもので、これはわかりやすくてなかなかよいものだ。彰仁君は歯科医で博士号を取っていて、新婦の麻衣子さんも歯科の先生である。ふたりとも友人が多くて、その数四十人にも及ぶので吃驚《びっくり》。そのかわり今回は、伸輔たち従兄弟《いとこ》の列席はなしである。わざわざ新幹線に乗ってインフルエンザ流行の地まで来なくてすんだから、よかったのかもしれない。

セトレ別棟の披露宴会場へ。新郎新婦の背景は大橋の下の白い波の立つ明石海峡であり、誰かがスピーチでこの荒波を二人の門出に例えていたのがおかしかった。今までの披露宴とはまったく違った趣で、テーブルの並べかたも異り、オープン・キッチンから直接運んでくるのも変っていた。

料理は今までの披露宴に比べて格段に旨《うま》かった。さすがに魚介類が美味であり、軽い前菜のあと、海の幸のグリルとカポナティーナ、グリーンアスパラのスープ、オマール海老《えび》と紋甲《もんごう》イカとズッキーニのソフリット、一階のイタリア料理店特製のペスカトーレ、カプリ島のリモンチェッロのソルベット、真鯛《まだい》とトマトのオーブン焼き、黒毛和牛フィレ肉のステーキ、そしてデザートと珈琲《コーヒー》。おれたち夫婦はペスカトーレのパスタを残したが、新さんたちは海鮮丼を食べてきたというのに凄《すご》い食欲であり、全部平らげてしまった。喜美子さんはおれのデザートのクリームブリュレまで食べてしまった。

友人たちのパフォーマンスでは、彰仁のアイス・ホッケーの仲間四人の芸達者が裸で大泣きのスピーチのあと、そのまま海岸に出て座り込み、海を睨み続けるなどの芸にみな大笑い。おれの隣席の友人四人も、システムエンジニア、宇宙開発、商社マン、建築家と優秀な子ばかり。新婦の方の川口家は父親が京大出のサラリーマン、女の赤ん坊を抱いてきた姉が税理士である。

結局終ったのが六時半を過ぎていて、これならわが家の夕食と同じである。荒れ模様ながら外はまだ明るく、大橋のライトアップが見られなかったのは残念であったが、友人たちはそのあと、同じ場所で二次会をやったらしいから、楽しんだことであったろう。

帰宅七時。

二〇〇九年五月十九日（火）

朝日新聞の大上朝美が若い美人のカメラマンをつれて来宅。連載用の写真撮影である。昨日は予定通り決行かという確認のメールがあったが、まだ新型インフルエンザは垂水区では出ていないから、決行しましょうということになり、大上さんは新幹線車内でマスクをし、携帯用アルコール消毒薬を用意してやってきた。カメラマン嬢は大阪支社から派遣されたフリーの人である。

二階の応接室や座敷やヴェランダ、一階の廊下や庭や玄関など、和服姿で撮影。服に着替え、タクシーで一昨日結婚式のあったセトレへ行き、明石海峡大橋を背景にして海岸で撮影。あいかわらず国道は空いていたが、マスクをしている人はあまり見かけない。岸壁には釣り人が数人、砂浜には家族連れやアベックが何組か来ていた。帰途、マリンピアに立ち寄ると、ここには普段通り、若い連中がたくさん来ている。ここでは中央の広場で撮影。次いで漁港に寄り、漁船をバックにして撮影。

いったん家に戻り、六時よりテアトロ・クチーナへ光子も一緒に出かける。撮影のあと、四人がそれぞれ好きなものを注文する。とても短い旬だという北海道産露地もののホワイトアスパラが本日のお薦めであり、メインの料理には必ずついている。おれは仔羊《こ》のグリルを食べる。

食事を終え、帰宅八時半。客二人はタクシーで大阪へ戻る。

二〇〇九年五月二十日（水）

迎えの車で大阪・朝日放送へ。阪神高速も車が少ない。運転手の話では市内でマスクをつけている人は半分くらいだとか。局内でも、着用しているスタッフは三分の一程度だった。「ビーバップ」の出演者たちに全員マスクをつけて出演しようかと提案したものの、放映される時期にはおさまっている筈と言われ、なるほどと思う。

大上朝美が昨日とは違う男性カメラマンをつれてやってくる。今日の最初のゲスト、早稲田大学の中野京子に、もしかするとツーショットで写ってしまうかもしれないとお断りする。おれの愛読者だという中野さんは「光栄です」と喜んで快諾してくれたものの、もしかするとおれだけの写真になってしまうかもしれず、大上さんはちょっと困っていた。

打合せの際、構成の増山実が、日曜日に掲載された『孤島の鬼』を読みたくなって本屋へ買いに行くと、平台積みになっていたと教えてくれる。そう言えばアマゾンでも二桁台《ふたけた》の順位で売れていた。この分では次回掲載の『モンテ・クリスト伯』も売れるのではないかと大上さんに言うと、『モンテ・クリスト伯』は現在、唯一岩波文庫から全七巻で出ているのだが、第四巻が品切れで再版待ちの状態だと教えてくれる。古書でしか入手できないようだ。今から印刷にかかっても間に合うまいにと、買いたい人のためにいささか心配になる。

最初の回は『怖い絵』で、これをやるのは二回目、中野先生は『怖い世界史』に次いで三回目の出演である。視聴率もなかなかいいらしい。今回はブリューゲル、ベラスケス、ベックリンなどの怖い絵をやる。カメラマンがおれを狙っているのが見える。

一回目が盛りあがったため、時間をずいぶんオーバーして終り、大上さんたちは帰る。着物に着替え、次の収録。スタッフのひとりがおれの羽織に興味を示し、「その羽織の生地は何ですか」と訊《たず》ねる。夏用の絽《ろ》の羽織を知らぬらしいので教えてやる。

次の回は「京都のミステリー案内」でゲストは山口敏太郎《やまぐちびんたろう》。これも評判がよくて四回目である。終了は七時二十分。帰宅は八時過ぎ。

新型インフルエンザが新たに滋賀でも確認されたらしい。計二百三十六人になったとか。テレビで見ると、東京でも確認されたようだ。いささか不謹慎なことを言えば、神戸、大阪の人は少しほっとしたのではあるまいか。「神戸の人は東京へ来ないでくれ」など、神戸差別みたいな傾向になってきていたからだ。おれはさいわい、テレビ東京の収録がだいぶ先なので、しばらくは上京しなくてすむ。

心配は月末のダービーだ。すでに予約してあり、それまでに鎮静化すればよいが、もしかすると欠席することになるかもしれない。その場合、石川喬司《いしかわたかし》に断りの電話を入れなければならないが、馬のことしか頭にない石川さんのことだ。「馬には豚インフルは感染しないから大丈夫ですよ」などと言うかもしれないな。

二〇〇九年六月九日（火）

新聞に連載を始めると、一週間経つのが実に早い。「マテオ・ファルコーネ」が載って、もうすぐに次の、手塚治虫『ロスト・ワールド〈前世紀〉』のゲラが出て、しかも新聞の最終校了は木曜日だから、直して三日で掲載されるわけであり、なんだかおちおちしていられない。『朝のガスパール』の時にはこんなに気ぜわしくもなく、間違いも少なかったように思うが。

と、いうわけで、次のトオマス・マン『ブッデンブロオク一家』を入稿したあと、今日はサバチニ『スカラムッシュ』を書き、ウェルズ『宇宙戦争』の下調べをし、宮沢賢治『風の又三郎』を読み返す。みな中学生時代に読んだきりだから、忘れている部分が多いのだ。さらにテレビ東京「ジャパン・オールスターズ」の「日本人ならコレを読め」で、一昨日は新田次郎『八甲田山死の彷徨』をやったので、次の横光利一「機械」も読み返し、勉強しておかなければならない。さて「機械」の次は何をやろうか。やはり井伏鱒二《ますじ》『山椒魚《さんしょううお》』あたりだろうな。プロデューサーからは、もっと現存の作家の現代作品をという声が出ているのだが、なかなかいいものが思いつかないのである。「ファウスト」の太田君から、いとうのいぢの描いた、次回「ビアンカ」の画像を送ってきた。次から登場するビアンカの妹のロッサが、実に可愛く描けている。ビアンカ以上の人気が出ること間違いなしである。

二〇〇九年六月二十一日（日）

この間新潮社の新書担当重役・石井さんが来て、『人間の器量』という新書を書けと言ったのだが、おれが「器量」なんて言うと人が笑うからと言って断った。石井氏は『バカの壁』『国家の品格』などでヒットを飛ばした人で、タイトルを決めたのもみな石井さん。売れるかどうかはタイトルで決まるという考えの持ち主である。その後、おれに何が書けるかといろいろ考えたのだが、『アホの壁』という本ならなんとか書けそうだと思ったものの、書けば確実に文壇から消えるのであり、だから石井さんにも言っていない。

今日はテレビ東京「ジャパン・オールスターズ」の収録。楽屋へ入ると、今日のゲストである中川翔子《なかがわしょうこ》が挨拶《あいさつ》に来た。「わあ。しょこたんだ」と言うとなんだか大喜びをした。あとでプロデューサーから、おれが「しょこたん」と言ったのを喜んでいたのだと教わった。本番ではおれの「日本人ならコレを読め」のコーナーで、彼女がおれのファンであることを話し、おれは彼女がブログの女王であり、彼女以後ブログの概念が変化したこと、妻と睫毛《まつげ》のエクステの店が一緒であることなどを話す。今日は横光利一「機械」を取りあげたのだが、感心なことにしょこたんはちゃんと読んできていた。レギュラーになってほしいものだと思う。

帰ってからネットを覗《のぞ》くと、しょこたんぶろぐで早くも今日のことを書き込んでいた。大変な早業である。

二〇〇九年六月二十六日（金）

ソマリア海域の海賊がますます猛威を振るっている。何億円という身代金を要求された日本の企業がなんと六社もあるらしい。二十四億円というケースもあるというが、そんなに取られるのならその金で有志を募り、特殊部隊の隊員なども雇って海賊退治に行けばいいではないかと思う。おれがもっと若けりゃ、自分で行くのだがなあなどとも思うがね。あはは。

さて、七か月ぶりの旅である。まずは取材を兼ねて光子と京都へ。なぜか市内は大渋滞。烏丸三条《からすまさんじょう》にあるホテルモントレ京都へ五時にチェック・イン。ここを見たかったのだ。英国風の瀟洒《しょうしゃ》ないいホテルである。女性に人気らしい。

タクシーで迎えに来てくれた新さんと喜美子さんの案内で、花見小路《はなみこうじ》にある「安参（やっさん）」という焼肉屋へ行く。六時開店だが、六時に行くともう満杯で入れないというので十分前に行くと、すでに先客が待っていた。えらい評判の店のようだ。二階席は予約できるらしいのだが、「テーブル席はつまらん」という新さんの判断で、一階のカウンターのいちばん奥に座を占める。最初は女将《おかみ》も店員も無愛想に思えたが、話をするとみな職人気質《かたぎ》で面白く、味がある。おれだけは芋焼酎《いもじょうちゅう》、みなはビールを飲む。最初は次つぎと刺身つまりナマ肉が出て、本来不得手な光子たち姉妹も、なにしろ美味なので頑張って食べる。彼女たちの分までおれと新さんが食べる。冷たいとろのスープが絶品。焼肉がまた絶品。ほんとは刺身で食べたミノだのタンだのも焼いてほしかったのだが、残念ながらもう入らないし、タンは早くも品切れだ。満腹し、ほんとは愛想がよかった女将に見送られて店をあとにする。

タクシーでホテルへ戻り、そもそもここを教えてくれた喜美子さんと新さんを部屋に案内する。このホテルは各階のエレベーター・ホールから客室までの廊下へ行く間のドアがロックされていて、カードがないと開かない。その他いろんなサービスがあってなかなか面白い。

新さんたちが帰ったので、夫婦で一階の「ザ・ライブラリー」という英国書斎風のバーへ行く。光子は赤ワインをグラスで、おれはバーテンの腕を見るためにモスコ・ミュールを頼む。光子はそのおれのカクテルに口をつけ、旨《うま》いので驚き、ワインと替えてくれなどと言うが残念ながらおれはワインを飲めない体質なのである。

部屋に戻り、光子を最上階のペントハウス・スパ「トリニテ」へ視察にやったあと、テレビで『たそがれ清兵衛』を再見する。光子はスパのエステティシャンから肌や体形を褒められ、ご機嫌で帰ってきて報告する。今日はホテル内も店も、どこへ行っても煙草が喫えたので、おれもご機嫌だ。

就寝十二時。

二〇〇九年六月二十七日（土）

朝八時、新さん夫妻がベンツで迎えに来てくれた。五条《ごじょう》通りを西院《さいいん》まで走って京都縦貫自動車道に入る。このあたり、以前新さんの父君が持っていた山へ山葵《わさび》を採りに来たり、帰りにタケノコを買ったりした懐かしい場所だ。

亀岡《かめおか》を経て丹波《たんば》まで来る。現在、縦貫道はここでいったん途切れているのだ。朝食を抜いてきたので、ここのやまがた屋というパーキングエリアで五平餅《ごへいもち》を食べ、光子たち姉妹はパンを食べる。綾部《あやべ》からまた縦貫道に乗り、終点の宮津《みやづ》で降りる。一七八号線で伊根《いね》湾へ。ここの舟屋というのは、屋内の一階部分が船着き場になっている家のことで、この家家がぐるりと湾を取り巻いている風景を見ながら、食堂「かもめ」というところで食事。主人がおれたちの見ている前で海から引き上げてきた新鮮なさざえの壺《つぼ》焼き、岩牡蠣《がき》などを食べる。新さんは今日最初の食事。うまいものを空腹で食うという新さんの信念だ。そのあと、鷗《かもめ》が周囲を飛ぶ伊根湾めぐりの遊覧船に乗って湾内を一周、舟屋をつぶさに見る。

ちょいと引き返して定番の天橋立《あまのはしだて》観光。ここは以前、伸輔が子供のころ鳥取へ行く途中で立ち寄ったところだ。その時は雨が降っていたので上らなかった傘松《かさまつ》公園まで、行きはケーブル、下りはリフトで上る。喜美子さんと光子は股《また》のぞきを試みていた。下りがリフトというのは正解だったようである。

さらに一七八号線を走って丹後《たんご》半島をぐるりと巡り、四時半、夕日《ゆうひ》ヶ浦《うら》温泉の海花亭・紫峰閣に来る。この旅館を選んだのは、客室の数室に露天風呂《ぶろ》がついているからだ。さっそく入浴し、食事前にまたひと風呂。六時、おれたち夫婦の部屋に全員の夕食が運ばれ、さっそく食べはじめる。おれは芋焼酎、光子は白ワイン、新さんたちはビール。献立を見て、とても食べきれないと思っていたのだが、旨いものだからいくらでも食べる。湯葉の膾《なます》のあと、お目当ての活《い》きヤリイカが出る。そもそも今回は丹後半島のイカを食べようという目的があったのだ。調理する直前まで活かしておいた刺身は、こりこり感と旨みが絶品で、しかもレモンをかけると足がまだヒクヒク動いている。ふたりで一四、四人で二四、刺身を全部食べてもまだ心臓部が鼓動しているのには驚いた。このあと、いったん下げられた足の部分が塩焼きになって出てきたが、これも旨かった。

タマネギのスープのあとは鮑《あわび》の唐揚げ、サザエの磯焼きと続き、黒毛和牛と鮑のステーキが出て穴子とトマトのもずく酢、揚げ麩《ふ》の豆乳鍋《なべ》、そして活鮑の山かけ飯が最後となる。いくら旨かったからとは言え、これを全部食べたのだから驚く。

食後しばらくの歓談。新さんと話していると和やかな気分になり、新さんもそうだという話だ。八時半にマッサージ師が来て、おれだけマッサージにかかる。ついうとうとする。新さんたちが隣室に戻り、そのあと、いつ寝たのやら思い出せない。

二〇〇九年六月二十八日（日）

朝から露天風呂に入り、八時半、五階の大広間で朝食。魚などが出たが、もはや全員、あまり食えない。

また露天風呂に入る。昨日から都合六回も入ったことになる。個室風呂なればこそだ。ロビーで珈琲《コーヒー》を飲み、色紙を乞《こ》われて書いたあと、若い女将やそのお嬢さんたちと玄関前で撮影。十時に出発。

少し引き返して網野《あみの》の琴引浜《ことひきはま》へ行く。この浜の鳴き砂は繊細な石英の砂だから、踵《かかと》で圧《お》すようにして歩くときゅうきゅうと鳴く。ゴミが混じると鳴かなくなるので、浜全体が禁煙になっている。これはおれだって大賛成である。喜美子さんは裸足《はだし》になって歩いていた。

昨日からそうだったのだが、こんなに都会から離れたところまで来ると、みんなテレビに出ている人間が珍しいらしくて、やたらに声をかけてくる。ここの駐車場を出ようとした時にも、四、五人の男がわざわざ車を停めさせた上で「何も書く紙を持っていないのだが、名刺か何かに何か書いて貰《もら》えませんか」と、あつかましいことを言ってきたが、これは断った。こうした連中、だいたいが「見てます」と言うばかりで、「読んでます」と言うのはほとんどいない。
一七八号線を豊岡《とよおか》まで行き、四二六号線に入って城下町出石《いずし》に来た。ここの鶴屋という
そば屋に入り、名物の皿そばを食べる。鶴屋と書いて「つるや」と読ませているのだが、
これはこの付近でコウノトリのことを「つる」と呼んでいたためらしい。一人分五皿で四
人で二十皿だったが、喜美子さんが二皿、光子が三皿、新さんとおれが七皿ずつ。勘定が
合わないが、あとの一皿は誰が食べたのかわからない。食事中にでかい午砲が鳴り、客全
員が驚き、それが突然止んだので大笑い。ここでも女将に色紙を乞われ、お礼にと生そば
一箱を頂戴《ちょうだい》する。あとは近くの郵便局前の出店で光子が出石や但馬《たじま》めぐりの切手シートを
買い、和風喫茶に入って珈琲を飲む。
福知山《ふくちやま》から舞鶴若狭《まいづるわかさ》自動車道に入り、丹南篠山《たんなんささやま》で降り、商店街を散歩。ここは黒豆が名
物である。おれは黒豆入り大福餅《だいふくもち》を買い、ふたたび自動車道に入った車中でひとつ食べる。
京都に戻り、東山三条《ひがしやまさんじょう》のウエスティン都ホテル京都に到着。ここも喜美子さんが予約し
ておいてくれたホテルで、ここの駐車場で新さん夫婦と別れる。今回のような楽な旅行は
新さんのベンツですっ飛ばさなければできなかった。新さんには感謝、感謝である。さす
がに新さんはだいぶ疲れているようだった。
七階の佳水園《かすいえん》という数寄屋《すきや》風別館に案内される。村野藤吾《むらのとうご》設計のこの別館に泊ったのは
アインシュタイン、エリザベス女王、オードリー・ヘプバーン、ダライ・ラマ、川端康成《かわばたやすなり》。
そんな部屋を紹介してくれた喜美子さんにも感謝、感謝である。ここの庭園からは裏山を

散歩できるのだが、一時間もかかるというので遠慮することにした。六時半からの部屋での夕食はこれまた結構な旬の魚介と京野菜。光子赤ワインおれ芋焼酎。あと、今度は夫婦でまたマッサージを頼むが、やっぱりうとうとと寝てしまう。本格的就寝は何時だったか記憶にない。

二〇〇九年七月五日（日）

若い人はときどき「人生を感じる」なんてことを言うが、歳をとると常に人生は感じている。近しい人が死んで行き、若い人が歳をとっていく。

今日は松野家の母の三回忌で、朝十時、新さん夫婦が車でやってくる。喜美子さんは光子が頼んでおいたお供えとお花を持ってきてくれた。新さんの車で松野歯科へ。吉晃君、訓子さん、このあいだ結婚したばかりの彰仁君と麻衣子さん、次男の裕旨君と、今日の全員が揃っていて、すでに法事の準備もできていて、ほどなくお坊さんがやってくる。読経《どきよう》が始まり、順に焼香をする。読経はずいぶん長く、足がしびれてしまった。

三台の車を連ねて舞子《まいこ》墓園へ。墓はいちばん奥にあり、広い場所に車を停められるので都合がいい。でかい山桃の木があり、その実が一面に落ちていて、今まで山桃を食べていたらしいたくさんの鳥がいっせいに飛び立つ。坊さんの読経にあわせて順に線香をあげる。雨も降らず、風があるので暑くもなく、いい日和りである。

また車を連ねて、近くにある料亭「花菱《はなびし》」へ。一同日本間に落ちつき、吉晃君が「家族が一人増えたこと」などの挨拶《あいさつ》をする。昼間だし車の運転もあるから誰もビールは飲まず、烏龍茶《ウーロン》で献杯。さすがに料理はうまく、全部食べてしまった。散会後、家に戻って妻とふたり、疲労と満腹でぶっ倒れるように寝てしまう。

二〇〇九年七月八日（水）

義母の三回忌だったので、思い立って今日はおれの実家の墓参りに行く。みなとタクシーの岩井君が行ってくれることになり、二時半に家を出発。いつも朝日放送へ通っているのと同じ阪神高速に乗る。ほとほと退屈する道路なのだが、今日は光子がいるので助かる。

西長堀《にしながほり》で降りて御堂筋《みどうすじ》を南へ。三津寺筋まで来ると左側に筒井家の菩提寺《ぼだいじ》・三津寺が見えてくるが、今日は立ち寄らない。千日前《せんにちまえ》を左折して左、千日前筋の裏側の一角が筒井家の墓のある墓地だ。墓地の角の花屋で花を買い、墓地中央部の二基の墓を掃除し、花を供え、線香を立てて拝む。五輪塔と筒井家累代霊位のそれぞれに向かって、おれは光明真言（オンアボキャー……）を三度唱え、光子は長いこと来なかった言いわけをながながと述べる。周囲にはホテルだのマンションだのが建っているので、直接日は当らないものの、それでも汗びっしょりになってしまった。筒井家の墓のふたつ隣には、あの「今ごろは半《はん》七《しち》さん、どこらどうして」の三勝《さんかつ》半七の墓がある。

いつもなら心斎橋《しんさいばし》筋を歩いたりお好み焼きを食べたりするのだが、今日はその気にならず、待っていてもらった岩井君にまた家まで送ってもらう。最近は「誰でもよかった」という物騒な事件が多く、どうも人混みを歩く気にならないのだ。

帰宅五時半。

二〇〇九年七月十四日（火）

もうあの笑顔は見られないのか。悲しくてしかたがない。

行けなくて残念だったが、昨日は平岡正明《ひらおかまさあき》の葬儀だった。山下洋輔が素晴らしい弔辞を読んだらしい。

煙草もやらず酒も飲まず、大山倍達《おおやまますたつ》と友達だったというほど太極拳《たいきょくけん》に打ち込んでいた平岡正明が、まさか六十八歳で死ぬとは思わなかった。聞けば高血圧で悩んでいたという。そう言えば効果があると聞いて蓴菜《じゅんさい》を送ってやったこともあったなあ。

いつも言うことだが、年下の友人に死なれるくらいこたえることはない。山下洋輔、どんな弔辞を読んだのだろう。

今日は二時に毎日新聞の宮辻政夫《みやつじまさお》がインタヴューにやってきた。平岡正明の話も出る。宮辻政夫も昔なじみだが、彼もまた酒も煙草もやらないと言う。今日のテーマは老人問題だったが、話は多岐に及び、ついうかうかと今考えているアイディアをいくつか話すが、聞けば関西だけでなく、せっかくのインタヴューだから全国版に載せようかという話になっているらしい。これが困るのである。アイディアを話すと、それをうちの雑誌にとか、うちで本にとか言ってくるのだ。

老人はあまり仕事をせず、あっちから何か言ってくるのを待っていた方がいいなどと話していながら、それを引き寄せるような話をしてしまっている。いったい何をしておるのか。

イチローがオールスター出場。それにしても凄《すご》い人気だなあ。

二〇〇九年七月二十四日（金）

角川書店の新名新が迎えに来てくれて、日比谷《ひびや》のワーナー・ブラザース試写室へ。マスコミ関係者で満杯だ。聞けば五十人ほどが入場できず、ことわったというから、えらい評判である。大劇場での試写会には二千人が入り、立ち見や通路に座るなどして、終るとすごい拍手であったともいう。ここでも入れない客が出て、二回上映したとやらである。細田守《ほそだまもる》監督の新作『サマーウォーズ』は、のっけからワーナーのタイトルでわくわくさせられてしまう。出だしも自信たっぷり、面白いぞという期待を否応《いやおう》なしに抱かせようという魂胆。

今回は予算もたっぷりあるため、コンピューター内の仮想世界の映像も思いっきり凝っている。さらには地方の旧家の豪邸も、多過ぎるほどの親戚《しんせき》もよく描けている。そのたくさんのキャラクターの描き分けがまた、みごとである。富司《ふじ》純子《すみこ》が声をやっているお婆ちゃんなどは特にキャラが立っている。

旧家を中心とした古い世界の最も美しい映像と、最新のバーチャルの最も尖鋭《せんえい》な映像が交互にあらわれる効果には、すばらしいものがある。『時をかける少女』から三年。通常それだけ時間が経てば忘れられてしまうという業界にあって、「時かけ」はいまだに話題になり続けていて、細田守、その間慌てず泰然とし、悠悠と自分の仕事を成し遂げた。いやもう、たいしたもんだ。

二〇〇九年七月二十八日（火）

おれは絶対に民主党には投票しないぞ。なんとばらまき予算の財源のために煙草税を増やすというではないか。煙草が高価になるくらいはしれておるからなんともないが、嫌煙権運動に阿《おもね》ってのその心根が卑しい。戦わねばならぬが、どう戦ったものか。

午後三時半にジャーマネ柳井が迎えに来て、一緒に「SMOKE」まで歩く。BSフジの番組「堂々現役」の収録のためである。行くとすでに二十人ほどのスタッフが大量の機材をセッティングしていた。家でやらなくて、ほんとによかったと思う。

四時、福田和也《ふくだかずや》が来る。ふたりとも三島賞選考委員からおろされたため、会うのは三年ぶりだ。女子アナの高橋《たかはし》さんは、俳優の高橋英樹《ひでき》のお嬢さんである。以前共演したことがあるので、お父さんによろしく、いい役者なのでまた共演させてくださいと言っておく。収録は一時間半。昔のことを話しながら、文壇通の福田君がどこまで知っているかわからないのでちらちら顔を見るが、知らん顔をしている。知っているなら頷《うなず》いてくれればいいのに。

終了後、福田君と少し残って飲みながら文壇の話をする。スタッフたちは機材を撤収し、柳井の案内でわが家へ行く。書斎や、出演した芝居やドラマの台本を撮るためである。「堂々現役」のおれの回は九月五日放送、その後も何度か再放送するそうだ。

二〇〇九年七月三十一日(金)

自民党と民主党、共に出来っこないマニフェストを出した。鳩山《はとやま》兄などは「出来なければ責任をとる」と言っておるが、政治家が責任をとるというのはやめるということ。総理になっても何も実現する筈《はず》がないから、すぐやめるつもりなのだ。金持のぼんぼんはこれで困る。早く楽をしたいだけなのである。

午後五時、著作権輸出センターの吉田ゆりかに伴われて、アンドリュー・ドライバーが夫人とやってきた。イギリス在住のアンドリューはわが作品を英語に翻訳してくれている人。土産に、現在は発売されていない高級スコッチ・ウイスキーの十二年ものと、ハバナ産の葉巻ひと箱と、シナモン入りのインドネシアの煙草ふた箱をくれた。こちらは皇室御用達の扇子の、男物、女物を贈る。アンドリューは日本語で駄洒落《だじゃれ》を言える人である。

六時、家の前で記念撮影をしてから、光子も一緒に、五人で近くの「欅亭《けやきてい》」へ行く。座敷の席は掘炬燵《ほりごたつ》風になっているから、外人も楽に足をのばせる。アンドリューは全体の雰囲気はウディ・アレン、笑顔は完全にジャック・レモンである。おれが焼酎《しょうちゅう》のロックを注文すると彼も同じものを注文した。飲みながら、今後の方針について計画を立て、いろいろ相談する。「欅亭」の親方が腕によりをかけたらしく、食事はすべて美味。アンドリューは料理を写真に撮る。話ははずんであっという間に時間が経ち、十時になってしまった。

二〇〇九年八月二日（日）

テレビ東京「ジャパン・オールスターズ　100人の日本人」収録。

最初の、三十四回めの撮りの「日本人ならコレを読め」で丸谷才一『女ざかり』をやる。現存する現役作家の作品は初めてだ。これは八月二十八日放送。

次が順序を入れ替えて、三十三回めの、ちょうど百人めを撮る。五十人めは王《おう》監督だったが、百人めは黒澤明《くろさわあきら》監督である。まずスタジオで薬玉《くすだま》を割るなどのオープニングを撮ったのち、全員ロケバスに乗って横浜《よこはま》へ。元町《もとまち》の「梅林《ばいりん》」という、黒澤監督ゆかりの料亭で収録。

監督と親しかった老齢の女将《おかみ》の思い出話を聞きながら、監督が好んだという料理を頂戴《ちょうだい》する。大変豪勢な料理で、とても食べ切れぬほどだ。最後にでかいステーキが出てきた時にはみな悲鳴をあげていた。そのあとさらに伊勢海老《いせえび》の蒸しご飯が出る。テレビ東京、この間は視聴率が十パーセントを越えたとかで景気がよく、気前がいい。

レギュラーの中で黒澤作品を見ていないというのが何人もいて、あきれ返る。おれみたいに全部見ているというのは例外としても、せいぜいが一、二本。むしろ外人記者四人の方がたくさん見ていて、彼らもあきれていた。恥ずかしいことだ。おれは「見ていない者は料理を食うな」と叫んでしまう。

これは八月七日の放送で二時間スペシャルである。

帰途は柳井ジャーマネとふたり、タクシーで戻る。帰宅九時半。

二〇〇九年八月二十日（木）

いつの間にか朝日の連載は進んで、もう高校時代まで来ちまった。ケッラアマンの『トンネル』を書き終え、その前のショーペンハウエル『随想録』の原稿と一緒に発送する。世の中は衆院選が近づき、インフルエンザが流行し、タレントが麻薬をやって逮捕されるなど、何やかやと騒がしいことである。

夕刻よりハイヤーの迎えで東京會舘へ。谷崎賞の選考会は、パレスホテルが改装されるため今年から場所が変る。改装には三年もかかるそうである。地下にある中華料理の一室に案内された。

五時過ぎから選考会が始まる。今年は低調である。いい作品がないのだ。それぞれが○や△をつけた作品のことを、いつもなら×なのだがと言いながら、欠点を述べ立てるのがおかしい。おれも唯一△にした作品のことを、限りなく×に近い△であると言いながら批判する。

結局、今年は受賞作なしと決った。今年はやばいなあと思っていたのだが、予想通りになってしまった。でも谷崎賞、そんなに甘くはないぞということで、評価はあがるかもしれない。落した作品をばらすことになるので、選評は書かなくてもいい。

そのあと中華料理で会食。井上ひさしはホリプロから依頼されている戯曲をまだ書き終えていないとかで、席なかばで立つ。それにしても作品を全部落し、料理を食い、選評も書かず、おまけに選考料を貰《もら》ったりしていいのかいな。

二〇〇九年八月二十八日（金）

二時に中村満、上山克彦来宅。中村氏（筆名・村中豊《むらなかゆたか》）の長篇『紅蓮《ぐれん》』についての感想など話す。『紅蓮』はすぐれたピカレスク・ロマンである。経験豊富な中村氏の半自伝的な作品で、この独自の猛烈さは類を見ない。お勧めである。第二作の短篇集はもう原稿ができているとのことで、懇願して早速見せてもらうことにする。

二時半に成城《せいじょう》ホールの野際館長と、舞台芸術の菊地廣と、ジャーマネ柳井が来て、企画の中村満、演出助手で役者の上山克彦を加え、懸案だった朗読会の第一回目の打合せとなる。昨年北沢タウンホールで公演した「筒井康隆、筒井康隆を読む」が大好評だったための再演である。あの功績が買われて野際館長は新しくできた成城ホールの館長になってしまった。しかも北沢タウンホール館長とのかけもちだというから大変だ。成城ホールのパンフレットを見せてもらったが、なかなか瀟洒《しょうしゃ》な、いい劇場である。何よりも楽屋から舞台までベタで行けるのがよい。階段が嫌いなのだ。

プログラムは少し変ることになった。まず第一部では、おれの「おもての行列なんじゃいな」の代わりに、ニューヨークをはじめ海外で公演を重ねてきた上山君が、どこでも大受けだったという「陰悩録」を演じる。抱腹絶倒間違いなしの舞台である。そのあと山下洋輔のソロがあり、前回同様おれの「昔はよかったなあ」の朗読とのデュオで山下氏がエリントンの「昔はよかったね」を弾く。これに上山君がチョイ出で登場するのも前回通り。第二部もほぼ前回通りで、わが全作品のタイトルが現れるスクリーンを見ながらの山下氏の即興演奏。次いでおれの朗読「関節話法」で、最後のお楽しみが山下氏とのデュオでおれの「発明後のパターン」六十年代篇と現代篇の朗読。

前回、「これを最後の舞台にする」と宣言していたのだが、野際館長の熱望もあって再演となった。今度こそ、最後の舞台である。ほんとは年内にやる筈だったのが、遅れに遅れて来年の公演となった。日時は二月十九日（金）の午後七時、二十日（土）の午後五時、二十一日（日）の午後五時である。入場料は未定だが、前回とあまり変らぬようである。ほんとに最後の最後だから、多くの人に見てもらいたいので、だから多くの人を招待する。来た人は必ず作家や俳優の誰それをたくさん目撃する筈である。

今回はグッズを売ろうということになった。いろいろなアイディアが出たから、全部実現すればロビーが屋台村の様相を呈することになるかもしれない。さらには前回やったようなサイン本の即売も、もちろんやる。昨年以来いろいろな国からわが著作が出版されているのでそれらもすべて出品する。前回は新潮社に即売を委託したが、今回は文藝春秋にお願いしようかと考えている。

演出・高平哲郎、美術・朝倉摂《あさくらせつ》、ちらしやプログラムなどのデザイン・山藤章二《やまふじしょうじ》、これらも前回通りである。ちらしができるのは十一月だ。みんなで盛り立ててくれるのがほんとに嬉《うれ》しい。おれは幸せな役者である。

二〇〇九年八月三十日（日）

テレビ東京「ジャパン・オールスターズ・１００人の日本人」の収録日だが、今日は天王洲第一スタジオまで行かねばならない。衆院選挙とあって虎ノ門の本社はごった返し、われわれは追いやられたわけである。さらに今日はスペシャルで「日本ツウォールスターズ」を二時間やる。一時半に迎えのハイヤーが来たが、今日は表参道でよさこいパレードがあり、裏道へ入るのにだいぶ苦労したようだ。

収録前、以前「ビーバップ」に出てくれたイケメンの半田健人《はんだけんと》君が楽屋へ挨拶《あいさつ》に来る。この頭のいい子はおれの愛読者であり、本番でもおれを持ちあげてくれたり、おれの論旨を発展させてくれたりした。こんな子が毎回出てくれたらほんとに有難いのだが。「日本人ならコレを読め」は宮沢賢治『注文の多い料理店』をやったが、今回は全員に読んでくるよう言ってあったので、あまり詳しく内容を説明する手間が省けて楽であった。次回は初めてのマンガで、つげ義春「ねじ式」をやる。これも全員に読んでくるよう言う。その次は志賀直哉《しがなおや》「清兵衛と瓢箪《ひょうたん》」でもやるか。「小僧の神様」は上から目線だし、嫌味なので嫌いなのだ。

帰宅して、たちまちテレビの開票速報に釘《くぎ》づけとなる。民主党の圧勝は予想通りだが、ズブの新人を百人も二百人も国会議員にしてどうするのか。小泉チルドレンの時もそうだったが今回はもっとひどい。小選挙区制の弊害ここにあり。なんとかするべきである。

二〇〇九年八月三十一日（月）

午後二時、もうすぐ颱風《たいふう》が来るというのに雨の中を、金の星社の人三人が来宅。わがジュヴナイル作品集の話である。以前、爆発的に売れた『わかもとの知恵』の時の担当である大河平氏と、今度編集を担当してくれる池田さんという女性と、下川さんという出版部の人。下川さんはおれの昔からのファンとやらで、やたらに緊張していた。聞けば今日おれに逢《あ》うというので、朝出社した時からなぜか首が縮んでいたと言う。

作品集は全五冊で、主に学校図書館に納入されるらしいが、一般の書店にも出るという。最初の一冊である「童話集」が来年二月、全巻揃いが三月の発刊予定。正式のタイトルも装丁者も未定だが、値段は千五百円と少し高めになるようだ。

颱風の被害があちこちで出はじめているらしいが、渋谷のわが家近辺は普通の雨であり、それでもいつ来るかわからないというので、妻が買物に行こうとしているのをやめさせ、近くのイタリア料理「リストランテ・フィオーレ」へ行く。最近いいことが続くので祝いの意味もある。いいことのひとつは「オール讀物」に連載していた「現代語裏辞典」が一応最後まで出来たこと。もちろんこれからの手直しもあり、実はそれが大変なのだが。

帰途、雨はやんでいたが、急に温度が下がって寒いくらいになっていた。もう九月か。早いなあ。

二〇〇九年九月三日（木）

丸谷才一より来信。このあいだ『女ざかり』を番組で紹介した礼状である。こちらからはアマゾンでその文庫本が品切れになっているらしいことをお伝えし、ご返事とする。あの傑作が古書でしか手に入らないとは悲しい限りだ。

二時に朝日新聞の大上朝美来宅。チェーホフ「結婚申込」、ズウデルマン『猫橋・憂愁夫人』、クリスティ『そして誰もいなくなった』の三本を一挙に渡す。その次のフロイド『精神分析入門』から、いよいよ大学時代に突入である。大学は今年一杯で卒業し、来年から乃村工藝社《のむらこうげいしや》に入社する予定である。今後は舞台写真やポートレートが多くなる筈《はず》だ。

夜、光子と近くの「重よし」へ行く。「オール讀物」の「現代語裏辞典」連載が終了したため、吉安章編集長と担当の山田憲和が祝ってくれるのだ。吉安君と飲むのは久しぶりであり、昔話に花が咲く。いつもながら料理は旨《うま》く、「魔王」も旨い。ご主人の佐藤さんから穴子寿司《ずし》をみやげに頂戴《ちようだい》する。そのあとわが家まで歩き、あらためてシャンパンで乾杯。さらにキャビアとワインでもてなす。おれはビールを飲む。吉安君はしきりにおれが酒に強いと感心する。十二時まで飲むと、さすがにご両人はふらふら。帰っていくのを心配しながら見送ったが、無事に帰れたのだろうな。

二〇〇九年九月十六日（水）

イチローは偉い。何が偉いと言って、あんな大記録を樹立しながらも、そのことを問われてきちんと自分の言葉で説明できることだ。他の選手のように自動的なことばで返すことをしない。自動的ということは、そのことについて言葉で何も考えていないということである。だからイチローは時に、文学者のように見えることがある。

ところで、今、書いているこのブログというもの、どうも不便である。客が新しい仕事を持ってきてくれても、それを書くことができないのだ。公式発表までしばらくお待ちを、とか、記者会見が終るまで書かないでくださいとか。結局日常のことしか書けないのは退屈なことである。

しかし今日は書けるから嬉しい。

四時半に新潮社の石井昂《たかし》と矢野優がハイヤーで迎えにきてくれて、光子ともども横浜・本牧へつれて行かれる。隣花苑《りんかえん》という、足利《あしかが》時代の建造物である田舎家を伊豆《いず》から移築した瀟洒《しょうしゃ》な料亭に案内された。囲炉裏があり、開け放された座敷からは野牡丹《ぼたん》の咲くすばらしい庭が見渡せる。

実は例の『アホの壁』を、いよいよ本当に書くことになったのである。以前このブログで「書けそうに思えるのは『アホの壁』くらい」と書いたところ、あれを読んだ石井氏がさっそくやってきて、おれの着想に賛意を表し、さっそく書いてくれという話になったのだ。

決して『バカの壁』のパロディを書けば面白いだろうと考えたのではない。『バカの壁』は拝読したが、小生が想像していたものとは少し違った内容であり、読むまでおれが想像していた『バカの壁』の内容は、おれが書こうとしている『アホの壁』に近いものだったのだ。おれが考えた『アホの壁』とは、養老さんの『バカの壁』のような人と人との間のコミュニケーションを阻害する壁ではなく、人それぞれの、良識とアホとの間に立ちはだかる壁のことである。

それでも今日は『アホの壁』のことをあまり言わないでおこうという石井氏と矢野君の打合せであったらしい。だがおれは、席につくなり用意してきた原稿、最初の二十枚ほどを見せた。ご両人びっくり。さっそく読んで、面白いと喜んでくれた。この調子で書いてくれとのことであったのでこっちも安心する。

しばらくは料理を食べながら虫の声に耳をすます。ここの女将《おかみ》の曾祖父《そうそふ》は原三渓《はらさんけい》と言い、谷川徹三《たにかわてつぞう》や和辻哲郎《わつじてつろう》とも親交のあった、実業家で茶人で芸術家のパトロンでもあった人。その人が創設した三渓園という庭園がすぐ隣にある。この三渓が創った自慢の料理で中華風の三渓麵《めん》というのを頂戴する。また、三渓が谷川、和辻に振舞ったと言われる蓮《はす》の実のご飯をいただくこともできた。白飯の上に蓮の実を散らした薄いスープがかかっていて、実に美味であり、これを発案した三渓はこれを浄土飯とも、蓮華飯《れんげ》とも言っていたという。

いつの間にか時間が経ち、また矢野君にハイヤーで送ってもらって帰宅。九時半。

二〇〇九年九月二十五日（金）

昨日で七十五歳になった。今や後期高齢者である。ついこの間、古希を迎えたばかりと記憶しているが、あっという間に月日は経ち、なんとあと二年で喜寿ではないか。昨日は上京してホテルニューオータニへ行き、地下の「ほり川」で光子とふたり、ひそやかに誕生日を祝った。メールやパソコン会議室でもお祝いのメッセージをたくさん貰《もら》い、今日は新潮社の石井昂氏より花が届く。

その石井氏が、阿部正孝君をつれてやってきた。阿部君は以前「新潮」にいて、ほんの少しのあいだおつきあいのあった人。今は新書にいて、今回おれの担当をやってくれることになったのである。今日は序章「なぜこんなアホな本を書いたか」と、先日渡した第一章「人はなぜアホなことを言うのか」の続きを計二十枚ほど渡す。発刊が来年の二月と決定したから、年末にはすべて渡さなければならない。

朝日新聞の連載、井伏鱒二『山椒魚』を書き、カール・A・メニンジャー『おのれに背くもの』の下調べをする。テレビ東京「100人の日本人」の「日本人ならコレを読め」でやる志賀直哉「清兵衛と瓢箪」を含め、昔読んだ本ばかり読み返していると、なんだか若い頃の気持が蘇《よみがえ》ってきて、あの頃の夢ばかり見るのがおかしい。

民主党政府、よく頑張っている。そろそろ悪口を言いはじめる向きもあるようだが、ここはルール通り、ハネムーン期間だけは見守ってやりたいもんだ。

二〇〇九年十月八日（木）

昨日は雨の中を「ビーバップ」収録のため大阪まで往復。帰途はだいぶ雨足が強くなっていた。この間、傘がぶつかったというだけで殺人未遂にまで発展したあの事件は、いつも帰途通りがかっている、中之島西インター近くの場所だったらしい。

深夜、風が強くなってきたので目が醒《さ》める。颱風《たいふう》が上陸したのでテレビが各地から報道している。レポーターが海岸に立って喋《しゃべ》るのは危険だからやめたらどうか。今に誰かが波にさらわれるか吹き飛ばされるかして、えらい事故になるぞ。

実は今日、上京する予定だったのである。しかし颱風が来るというので明日に延期し、明日来宅の予定だった「文藝春秋」本誌の今泉君にはメールして延期してもらった。本誌グラビア八ページの写真を撮影する打合せだったのだが、九日は東京に最も近づく日とあって、今泉君も困っていたようだ。

一日、こちらの滞在が長引いたおかげで仕事がはかどった。朝日新聞連載の「漂流」は横光利一「機械」を書き、飯沢匡「北京の幽霊」の下調べをし、『アホの壁』の第二章「人はなぜアホなことをするのか」を書き、テレビ東京「100人の日本人」で次にやる色川武大『百』を読み返す。

光子は東京の家が無事だったかどうかを工務店に問合せていた。颱風は北へ。やれやれ。

二〇〇九年十月十二日（月）

久しぶりに光子に引っぱり出されて東急本店へ行く。文房具売場でコピー用紙を大量に買い込んでから、レストラン階の「なだ万」へ。松茸《まつたけ》づくしの料理で最後は松茸めし。堪《たん》能《のう》する。ただし七月から全店禁煙になったとやらで、喫煙ルームはなくなっていた。喫うためには遠くまで行かなくてはならない。ここもか。困ったもんだ。

店の前から東急の循環バスというものに乗る。こんなものが出ているとは知らなかった。渋谷の駅前まで十分ほどかかってのろのろと行く。面白い。

光子が通っているエクステの店が渋谷警察署の筋向かいなので立ち寄る。実はこの「Ｃｏｌｏｒ's」という店は近くに二号店を出したのだが、光子は開店祝いの花のスタンドを贈っている。それを見に行こうというわけである。何しろ中川翔子も贈っているというので、それに負けないようにと、少し豪華なものをジャーマネ柳井に贈らせたのだが、なんということか、蘭の花をほとんど抜かれてしまって、しょこたんのスタンドも同様だったが、見るも無残な有様。聞けば開店祝いの花を抜いて持っていると縁起がいいということで、花を抜く者があとを絶たないらしい。おれとしょこたんの名をブログに書いたら、たくさんやってきたという。いくら縁起がよくても、無断で持ち去ればこれは即ち泥棒である。心無いことをするものではない。

二〇〇九年十月十三日（火）

隣にやっと店が入った。オーガニックの店である。隣が無人だと、どうも物騒である。繁昌《はんじょう》し、長続きしてほしいもんだ。カタログハウスから祝いの花が届いていた。

五時に文藝春秋から来客三人。本誌の今泉君と、あの田中光子と、イケメンの若いカメラマン山元君。来年二月号に掲載されるグラビア八ページ、五カットの撮影の打合せである。発売は一月。さっそく今夜の、朗読会打合せの写真も撮影することになる。田中さんには朗読会で即売する書籍類に関して、いろいろとお願いする。

六時前に明治《めいじ》通りの八角館《はっかくかん》四階、タイ料理のチャイヤプームに移動する。わが家の前まで来ていた中村満と上山克彦に合流。店の前で高平哲郎、山下洋輔のジャーマネ村松君と合流、店に入ると奥にはすでに予約席がとってあった。成城ホールの野際館長も、わがジャーマネ柳井も来ている。そこへ朝日新聞の大上朝美と郭カメラマンが到着。最後に山下洋輔がやってきて、しばらくは立ったままの名刺交換や挨拶《あいさつ》でごった返す。おれは大上さんに青猫座入団当時のポートレートと「二十日鼠と人間」の舞台写真、及び「機械」「北京の幽霊」そして高良武久『性格学』の原稿を渡す。

料理と酒が出て、ちらしの案が提示されて、打合せが始まったものの、全員なかなか調子が出ず、カメラマンたちも困っている様子だったが、やがていつものペースとなって、まずは即売するグッズのアイディアの話題となって盛りあがる。中村満がいろいろなアイディアを提案する。入場料は昨年と同じ、前売四千五百円、当日四千八百円に決定されていた。

この店には時おり実に旨《うま》いタイ・ワインが入るのだが、滅多に飲めない。今日は光子が三本予約しておいてくれた。おれはワインが苦手なので皆に振舞う。みな旨い旨いと言ってくれる。ただし山下氏は車で来たので飲めない。おれはいつものカクテル、スターダストなど。

カメラマン、記者、編集者が帰っていくと、打合せが本格化した。入場者数と舞台の大きさの兼ねあいというものがあり、三百人なら舞台は広く使えるが、四百人だと狭くてピアノを置くといっぱいになってしまう。中をとって三百五十人ということで決定。三日間で千五十人ということになる。昨年の実績があるので、今回はおれも「そんなに入るのか」という不安はない。

朝倉摂さんが、なんとおれの顔を描いてくださることとなり、それがプログラムの表紙になるらしい。ありがたいことである。他、いろいろな事項が決定するが、これは当日のお楽しみであろう。

最後は雑談となる。昨年の打上げでは作家I氏が槍玉《やりだま》にあがって、全員腹をかかえたのだが、今夜は作家K氏の話となって、またまた大いに盛りあがる。

帰途、山下氏と村松君は駐車場に向かったが、あとの全員はおれを家の前まで送ってくれた。こんなに大事にされるおれは、実にしあわせな男である。

二〇〇九年十月二十六日（月）

母八重《やえ》の十七回忌である。今回はもう親戚《しんせき》を誰も招《よ》ばず、夫婦二人だけでやることにする。午後一時、家を出発。タクシーで新神戸駅。新幹線で新大阪駅。タクシーで帝国ホテル大阪。このホテル、久しぶりなのでいちいち戸まどう。雨が降るかもしれないので傘を持ってホテルを出る。タクシーで千日前の墓地へ。

墓の掃除をし、花を供えて拝む。そのあと心斎橋筋を三津寺筋まで歩く。来るたびに様子が変っていて、昔ながらの老舗《しにせ》は小倉屋《おぐらや》、松前屋《まつまえや》などの昆布の店と、芝翫香《しかんこう》、福寿司《ふくずし》、鳩居堂《きゅうきょどう》などほんの数えるほどである。

三津寺は本堂に、それまで秘蔵されていた仏像九体すべてが並んでいた。見たがる人が多いので表へ出してしまったらしい。通常、寺の本尊は三体セットなのだが、戦争で焼け出された寺からここへ集ってきたものという。法要が終ったあと、この仏像はみなまっ黒けだが、洗ったり磨いたりしてはいけないのかと住職に訊《き》くと、それはいけない、埃《ほこり》を払うだけでよいとのこと。わが家の仏壇にある仏さまも洗ってはいけないのだそうだ。

三津寺を出てさらに心斎橋筋を北へ。光子は髪飾りを買う。

ホテルへ戻り、最上階の中華料理「ジャスミンガーデン」で夕食したあと、向かいのラウンジで一杯やる。部屋に戻り、マッサージにかかる。ふらふらになり、ぐっすり寝てしまう。明日は上京だ。

二〇〇九年十月三十日（金）

実質上破綻《はたん》しているＪＡＬに大金を注ぎ込まねばならんとは、ＪＡＬをまったく利用していない人間にとってはまことに腹立たしいことである。その赤字を黒字にする方法がひとつだけあるぞ。なりふりかまってはいられまい。喫煙席を作ればいいのだ。航空機を始終利用しているほどの者なら、たいていは喫煙する。喫煙車輛《しゃりょう》や喫煙ルームを作っている新幹線から乗客を奪還すればいいではないか。

山田風太郎《やまだふうたろう》賞というものができると、今日発表された。勧進元は角川文化振興財団及び角川書店。選考委員は赤川次郎、京極夏彦《きょうごくなつひこ》、桐野夏生、重松清《しげまつきよし》、そして筒井康隆。選考対象はプロの作家の作品。最初の選考は来年の十月上旬に行われ、最初の授賞式は同じく十一月末の予定である。今日行われたホラー大賞授賞式のパーティで、角川歴彦《つぐひこ》社長より発表された。といっても、おれは出席せず。

朝日新聞に「漂流」の原稿、福田恆存《つねあり》「堅塁奪取」、ヘミングウェイ『日はまた昇る』、ハメット『赤い収穫』と、三百人劇場で『スタア』が上演された時のカーテンコールの舞台写真と、日活ニューフェイスの応募写真を全部まとめてＥＸパックで発送。『アホの壁』の第三章「人はなぜアホな喧嘩《けんか》をするのか」の下調べ。さらに次のテレビ東京「１００人の日本人」では、大江健三郎の『同時代ゲーム』をやることになったので、読み返さねばならない。明日は神戸に帰る。まことにあわただしいことである。

二〇〇九年十一月十一日（水）

大江健三郎から速達の手紙。一昨日、テレビ東京のわがコーナーで『同時代ゲーム』をやるという連絡の手紙を出したばかりだから、その返事とは思わず、何ごとかと驚く。まったくもう、人を脅かすにも程がある。大雨の日だったから速達の赤インクが溶けて流れている。ほんとに怖かった。

午後五時半、角川重役の新名新がタクシーで迎えにきてくれた。今夜は実写版『時をかける少女』の完成披露試写会である。会場は汐留《しおどめ》の、以前徳間が持っていた、ちょっと立派なホールだった。楽屋が畳敷きなのも、いかにも徳間らしい。ここで主演の仲里《なかり》依紗《いさ》と中尾《なかお》明慶《あきよし》に会う。仲君はアニメ版に出演した際に会った時よりも細くなり、顎《あご》が尖《とが》っていた。おれは肥《ふと》っている彼女の方が好きだったのだが。

舞台挨拶が始まった。おれも出てくれと懇願されていたのだが、映画を見てもいないのに挨拶はできないといって断ったのである。かわりに、司会者に紹介されて席で立っただけ。

映画はなかなかよかった。仲君がよくやっていた。シナリオの功績も大であろう。芳山《よしやま》和子《かずこ》役は安田成美《やすだなるみ》。随所に大林版「時かけ」へのオマージュがある。終了後、監督の谷口《たにぐち》正晃《まさあき》や脚本の菅野友恵《かんのともえ》、その他のスタッフ大勢と銀座の「維新號《いしんごう》」へ移動、中華料理で歓談。来年三月の、新宿《しんじゅく》ピカデリーでの初日の舞台挨拶を約束させられる。また新名さんに送られて帰宅。十一時半。

二〇〇九年十一月十二日（木）

表参道、年末の欅《けやき》並木の電飾、今年からまた復活するということを聞く。不景気なので盛りあげようとしているのだろうが、あれをやると夜はタクシーの猛烈な渋滞となり、わが家に入ってこられなくなるのだ。困ったものである。

午後二時、新潮新書編集長の後藤裕二、わが担当の阿部《あべ》君、「ｙｏｍｙｏｍ」誌の担当・楠瀬君が来宅。後藤さんは『バカの壁』で養老さんの聞き書きをやり、ベストセラーを出した人である。阿部君には『アホの壁』の続稿二十枚ほどを渡し、第四章「人はなぜアホな計画を立てるか」と第五章「人はなぜアホな戦争をするのか」の参考資料を受取る。楠瀬君には短篇「アニメ的リアリズム」を渡す。あまりいい出来ではないことをことわり、これがわが最後の短篇となるであろうことを通告する。実際、もう短篇は書けないと思う。どんなアイディアを思いついても過去のいずれかの作品に似ているのだ。

しばらく歓談。なんと新書担当の石井重役は、おれが断った「人間の器量」という案を忘れられず、福田和也のところへ頼みに行ったらしい。福田君はちょうど二週間ほどの暇ができたばかりとかでなんとなんと、二週間で書きあげてしまい、もう年末には出版の予定だという。なんという離れ業をするのか。あきれてものが言えない。

これが刺戟《しげき》となって今夜は晩酌をせず、『アホの壁』を書き継ぐ。大いにはかどる。

二〇〇九年十一月十三日（金）

森繁《もりしげ》死す。久世ドラマで二回共演した。面白い人だった。

もと文藝春秋のわが担当者・岡崎正隆が、教え子の女子大生三人をつれてインタヴューに来宅。短篇小説について話を聞きたいということだったのだが、その話はほとんどせず、雑談に終始する。全員、わが『短篇小説講義』をすでに読んできているのだから、「短篇小説作法などというものはない」というおれの結論もすでに承知、話すことが何もないのは当然である。ひとりは「恐怖」が好きだと言い、ひとりは「原始人」が好きだと言っていたが、あまり評判のよくなかった変なものばかりだ。それでもやはり、読んで感動してくれる人はどんな作品にも存在するのだなあと思い、嬉《うれ》しかった。

一昨日の大江さんの手紙では、桜蔭《おういん》学園という女子校へ講演に行ったところ、三十年前は大笑いに次ぐ大笑いだったのに、今回はまったく笑わなかったので寒ざむとした気持で帰宅したと書いてあったが、最近の子は落ち込んでいて、本当に笑わないのかと思い、おかしな話をしたら結構笑ったので安心した。大江さんは偉くなり過ぎたのである。笑えば失礼にあたると思っているのだ。

その大江さんの『同時代ゲーム』を紹介した「100人の日本人」を見る。案の定、大事なところをずいぶんカットしてしまっていた。明日はまた大江さんにお詫《わ》びの手紙を書かねばなるまい。

オバマ君が来日。鳩山君との共同記者会見の模様を見る。

二〇〇九年十一月二十四日（火）

日高敏隆《ひだかとしたか》死す。長いおつきあいだった。お嬢さんのレミさんとは、伸輔との縁談じみた話もあった。奥さんのキキさんを通じて、家族でレミさんの結婚について話している時、日高さんが「筒井伸輔なら、よい」と言ったことを聞かされたこともある。山下洋輔の今年のニューイヤー・コンサートで、両方の家族が対面したのだが、それが最後になってしまった。いい人だったなあ。

全身が何かにかぶれて、痒《かゆ》くてしかたがない。いつも貰《もら》っている薬がきかなくなったので、歩いて二分の原宿皮膚科へ行き、診察してもらい、新しく別の薬を出してもらう。原因はわからない。最初は和服の帯による接触皮膚炎だと思っていたのだが、腹から腰、胸から頸《くび》へと蔓延《まんえん》してきた。顔にまで拡がらないことを祈るばかりである。この皮膚科の医院、歩いて二分というのがいい。この辺に住んでいる者の特権だ。

午後四時「文藝春秋」本誌の今泉君と、イケメンの若いカメラマン山元君が来る。一月九日発売の本誌グラビア「日本の顔」に載る写真を撮る。まず門前で、それから書斎で。以上は和服で、最後は洋服に着替え、久しぶりで近くの「SMOKE」へ行き、撮影。そのあと取材を受けてから夕食。ワイルドターキーの十二年物を一本とり、鴨のスモーク、エゾシカのステーキなど。途中で「週刊文春」の若手たちとも合流。バーボンは一本空いてしまった。帰宅は九時。

二〇〇九年十一月二十八日（土）

この間貰った薬がみごとに効いたので、その報告かたがた予備の薬を貰いに原宿皮膚科へ。ちょっと油断するとまた出るのである。

昨日は近くのロカンダ、フィオーレなどイタリア料理店のテラスで朝日新聞の写真撮影。大上記者にカフカ『審判』、カント『判断力批判』、フィニイ『盗まれた街』の原稿を渡し、乃村工藝社での写真を渡した。その次が三島由紀夫『禁色』とメイラー『裸者と死者』になるので、早いうちに読みはじめる。昔、『裸者と死者』を読んだ時にはこんなに分厚い本とは思わなかった筈《はず》だ。抄訳ででもあったのだろうか。

午後、仲輔一家が来る。仲輔がヘアカットしてきた後、家族全員で市ヶ谷《いちがや》にオープンしたミヅマアートギャラリーのニュー・スペースへ行く。展覧会には伸輔も小品三点で参加している。ギャラリー中央のスペースは天井が四メートルもあり、ここは音がよく響くので音入りの展示物を出している。会田誠《あいだまこと》、山口晃《やまぐちあきら》があいかわらず面白い。

夜は家で夕食。恒司はひらがなを書けるようになった。漢字はすらすら読めるのだが、まだ書くことはできない。束見本（ハードカバーで中味は真っ白の本）をやると、さっそく絵を描きはじめた。おれはウイスキーを飲むが、あとの三人は今年は出来がいいと評判のボジョレ・ヌーボーを飲む。

就寝十二時。

二〇〇九年十二月十一日（金）

いやな風邪をひいていた。最初は咽喉《のど》が痛み出して、やがて咳《せき》が出はじめ、鼻血が出た。咳と鼻血に苦しみながら、その間東京と神戸を二往復。さいわい「ビーバップ」も「100人の日本人」も醜態を見せずにすんだ。「100人」の方はあれから川上弘美の『神様』をやり、江戸川乱歩の『孤島の鬼』をやった。次回は山田風太郎『幻燈辻馬車《げんとうつじ》』をやろうと思うが、細部を忘れているので現在再読中である。

耳鼻科へ行って鼻血の出血場所を薬で焼いてもらったのだが、その後もまだ出るので往生した。痒みの方は、胸や首の痒みは治ったものの、今度はふたたび下腹部に発生。どうやら別種の痒みらしく、新しい薬では治らない。前の薬の方がよかったのかもしれない。しかし今は咳も出なくなり、鼻血もおさまり、腹の痒みも薄れてきた。とは言え、油断するなよと自分に言い聞かせている。

朝日新聞の「漂流」は『裸者と死者』を読み終え、次はディックの『宇宙の眼』にとりかかる。やっと家族同人誌「NULL」発刊まで漕《こ》ぎつけることになる。暮の最終日曜日と新年の最初の日曜日は連続二回「漂流」が休みになるので、ひと息つけそうだ。『アホの壁』は、年内の二十一日に入稿したいとのことなので、前の方から順次メール送稿している。今日は第三章「人はなぜアホな喧嘩《けんか》をするのか」の「一、喧嘩するアホの生い立ち」を送稿。「二、アホな喧嘩はアホが勝つ」の手直し。

二〇〇九年十二月二十一日（月）

昨日は「100人の日本人」の収録だったが、着物を着て出ても腹部が痒くなることもなく、鼻血も出ず、無事であった。「コレを読め」の『幻燈辻馬車』では、岡本喜八監督がついに撮れずに亡くなったことや、仲代達矢《なかだいたつや》が主演する筈であったこと、山下洋輔がすでに音楽を作曲していたことなどを話したが、はてカットされないですむのかな。放送は来年一月十五日の金曜日、七時からの二時間スペシャル。

今日は文藝春秋の丹羽健介と、その上司の大川繁樹が来宅。『現代語裏辞典』の打合せである。来年の七月という出版予定にすることで決定となる。最初の方の書直しを急がなければなるまい。どんな体裁にするか、組み方をどうするか、何しろ今までの本とは違うので、いろいろと問題は山積していて、さまざまなアイディアが出る。勘定してみたら、原稿枚数は不明だが、なんと項目数は一万二千語。ちょいとした本物の辞典なみではないか。極めて大部の本になると思うが、なんとか三千円以内に収めてほしいものだ。

今日は『アホの壁』の入稿日である。第五章の三「アホな戦争をなくす方法」と、終章「アホの存在理由について」のデータを送稿。やれやれ疲れた。

鳩山政権の支持率が低下。ハネムーンは終ったようだ。

欅亭へ行こうとしたのだが、電話が通じない。光子が八百屋で、どうやら店を仕舞ったらしいとの噂を聞込んできた。不況だなあ。

二〇〇九年十二月二十四日（木）

煙草がひと箱百円の値上げ。「税金が目的ではない。国民の健康を考えて」何を言やがる。税金が目的なのはわかりきっているではないか。こういうのを御為ごかしというのである。本当に国民の健康を考えているのなら、ガソリン税を値上げしたらどうだ。いっそのことデフレの時代に大きく逆行して煙草ひと箱一万円にしろ。こっちは時と所かまわず大威張りで喫煙してやる。

講談社・太田克史と、その上司の杉原幹之助が年末の挨拶《あいさつ》に来宅。「ファウスト」の次号発行が遅れに遅れ、どうやら来年の三月になりそうだとのこと。恐縮する一方で、何やら新たな企画にふたりとも意気込んでいる。話している途中で上山克彦が、例年のように蜜柑《みかん》を持ってきてくれる。来客と知って、すぐに帰ってしまった。

地デジに替えるための工事の人たちがやってきて、ちょっとごたごたする。年末、恒司が来るまでにアニメチャンネルが入るようにしておいてやらないと、またうるさいのである。この前来た時は、見られないものだから癇癪《かんしゃく》を起してテレビに噛《か》みついていた。光子の報告によれば、表参道ヒルズ周辺、人でいっぱい。特に土日はとても歩けないそうだ。十一年ぶりのライトアップ効果、やはりあったようだな。

メリー・クリスマス。

二〇〇九年十二月二十五日（金）

中村満が新著持参で来宅。わが推薦文が晴れがましく帯に印刷された短篇集『新宿夜想曲』である。前作の長篇『紅蓮』と同じく朝日新聞出版からの出版。新宿の夜景を表紙にした瀟洒《しょうしゃ》なペーパーバックである。来年の一月八日に発売とやら。彼はまた来年の朗読会のプログラムに載せる朝倉摂の絵を額に入れて持ってきてくれた。朝倉さん、わざわざ表紙のために描いてくださったのである。ありがたいことだ。家宝にしなければなるまい。

さらに中村満、何やら平石滋《ひらいししげる》と謀って大がかりな企《たくら》みをしておるらしい。おれの作家生活五十年を祝ってとのことであるが、内容はまだ秘密である。これもまたありがたいことである。こんなことをしてくれるファンが存在する作家は、作家多しと言えどもおれくらいではないか。

朝日新聞の大上記者よりメールで、読者から、「漂流」第三十六回の記事を見て、昔の「新評」を取り寄せたが、卒業論文は掲載されていなかったとのこと。現物が手許《もと》にありながら確認を怠ったための失敗である。さすが朝日新聞、いろんな人が見ているのだなあと感心する。卒論は「ユリイカ」の昭和六十三年の五月号に掲載されたのだった。「新評」の時は、載せようという話だけで、企画段階でとりやめになったのである。本になった時は直っているよう、大上さんに早速データ変更の要請をする。

二〇一〇年一月二日（土）

年末年始は例年通り、伸輔一家が三十日の夕刻に来て、その晩は京都の喜美子さんが送ってきてくれたぼたん鍋《なべ》だ。古傷が痛み出すのではないかと恐るおそる食べるがやっぱり旨《うま》い。三十一日の朝は若夫婦がおせちを取りに行ってくれる。

カートゥーンネットワークが見られるので恒司はずっとテレビにへばりついている。VODで何百とある映画を選んで、有料で見られるようになったのも有難いことだ。大晦日《おおみそか》はクリント・イーストウッドの『グラン・トリノ』を見、昨夜は昔の『カジノ・ロワイヤル』を見た。元旦《がんたん》は年賀状の整理をする。こちらからは出さないことにしているものの、くれた人はきちんと記録しておくのである。

二日の今日はおれひとりが家に残り、皆は歩いて二十分の代々木《よよぎ》競技場オリンピックプラザでやっているシルク・ドゥ・ソレイユの「コルテオ」を見に行く。おれは年末に送られてきた大江健三郎の新しい長篇『水死』を読む。内容が濃いからとても一挙には読めない。楽しみながらじっくりと読んでいく。

元日の夜、テレビでやっていた文学番組でマラルメやセガレンやポール・クローデルのことを話していたので、家にあるセガレンの『ルネ・レイス』や『碑』などを伸輔に見せてやり、話しているうち、言語の身体性、文字の身体性について考えることになった。そこへ大江氏の小説の、「人の書く文字はもうみな辞典に出ておるもので、新しいことはないのかなあ？　それならツマラン！」という一節が重なった。「お父さんは笑うておられた、あれは辞典に出ておらぬことを自分が書くつもりでおるのか知らん、と」

これはまさにセレンディピティである。以前からおれも考えていたことだったのだ。しかし辞典に出ていない文字や言語を創造し駆使して作品にできるものかどうかを考えたことはなかったのだ。そこで、ちょっと本気で考えることにした。だが、新しく作った言語で小説を書くには何らかの必要条件や整合性が必要である。例えば味覚を表現する言語というのは極めて少ない。それを利用して、などと考えるうち、次第に妄想が一定の形態をとりはじめたので、しめしめと思う。ただし数年がかりのどえらい作業になりそうである。とにかく最初のうちは現在存在する、または過去に存在して現在は使われていない難解な漢字を多用し、その文字そのものの持つ身体性を強調し、徐徐に新しい漢字へ移行していかなければなるまい。

中村満から急《せ》かされている、今年の朗読会の招待者名簿を作成し、挨拶状を書く。呼びたい人すべてを招待するとホールがパンクするので、二百名にとどめようとするが、どうしても二百二十人になってしまう。来られないという人はほとんど考えにくいので、全部来たとすると一回の公演に七十名余ということになり、これに同伴者を含めると一般の人が入れなくなってしまう。ええい、追加公演覚悟で全部に送ってしまえ。

二〇一〇年一月八日（金）

中村満、上山克彦が来て、朗読会の打合せ。招待者名簿と挨拶状とプログラムに載せる写真を渡し、申込書や往復はがきの原稿を吟味する。プログラムの原稿というものを忘れていたので、それも書かねばならない。

昨日までに長篇の最初の部分を三十枚ほど書いたものの、これではいつもの自分と同じではないかと思い、本日、破棄する。ヘミングウェイは、気負って凝った書き出しはよくない、あくまでもリアリズムに徹すべきだというようなことを言っていたが、今回だけはいつもの自分ではないのだということを早いめに教える必要があり、読みにくいということを予想させておかねばならない。大江健三郎『水死』を読んでいると、「森」という字によく似た、「水」を三つ重ねあわせた字があることを知る。まだ自分の知らない字や言語がたくさんあるし、知ってはいるものの、使い方が正しいかどうかわからないために今までまったく使わなかった字や言語もある。今回は読者を慮《おもんぱか》ることなく、そういう字を思う存分使ってやろうと思う。言葉の意味を取り違えて不正確に使っている作家はたくさんいるではないか。怖《お》じずにやろう。新しい言語を作るのはそれを充分にやってからだ。だが当分は何も書かないで矯《た》めに矯めてやろう。

耳鼻科へ行くが満員だったので、薬だけを貰《もら》って帰る。郵便局へ行き、電器屋へ行き、薬屋に行く。外の風はとても冷たい。

二〇一〇年一月十一日（月）

一昨日、ニューイヤー・コンサートに行って、山下洋輔とブーニンの競演を愉しんできたのだが、もう東京にほぼ一か月も滞在することになるので、さすがに神戸の家が気になり、昨日帰ってきた。当然のことだが郵便受は郵便物であふれ返り、その整理に深夜までかかってしまった。

ところが今日は、セコムに頼んで暮の三十日に取り込んでおいてもらった郵便物が六袋ばかりどかんと届き、またしてもその整理に一日かかってしまう。これでは仕事にならず、本を読む時間さえない。なんとかならぬものか。

年賀状は東京の約半分くらいの量がまだこちらに届く。年賀状は出さないと宣言しているにかかわらず、これだけ届くというのは、ありがたいことではあるのだが。

早くも「ビーバップ」の収録が近づき、それが終ればすぐ上京して「１００人の日本人」だ。「ビーバップ」用の参考資料『アメリカ人の半分はニューヨークの場所を知らない』を読み、「１００人」用の三島由紀夫『禁色』のコピーを作る。今年は「１００人」の新年宴会も欠席させてもらうことにした。

久しぶりでテアトロ・クチーナに行き、駆けつけ一杯でグラッパを呷《あお》る。ほっとする。鯖《さば》の金柑和《きんかんあ》えと蝦夷《えぞ》鹿のローストにありつく。昨日から全身の痒《かゆ》みが消えたのでやれやれだ。

二〇一〇年一月十九日（火）

急に忙しくなってきた。朗読会のプログラムの原稿を書いてメールで送り、『アホの壁』の書店のポップ用に色紙にタイトルと署名落款をしてEXパックで発送、朝日新聞の次回「漂流」のために『発狂した宇宙』を読み返して執筆、その次の『人間の手がまだ触れない』を読み返しはじめる。このところ、SFが三回続くことになる。明日は『アホの壁』の再校ゲラが届く。自分の小説を書き、好きな本（大江健三郎『水死』）を読む時間がまったくとれない。

それでも夜はやっぱり飲みに行く。今夜は一年ぶりのXUXUと山下洋輔との「SMOKE」新年宴会。XUXUは「Lunalijio」というCDをくれる。タイトルの意味をつかみ兼ねていたら山下氏がたちまち「オリジナル」と解読。さすがジャズマン。収録されている無題の曲を彼女たちが歌ってくれ、他の客たちから拍手が湧く。おれはターキー十二年物をひと瓶とって半分空けてしまったので、山下氏驚いていた。帰途、全員がおれを自宅前まで送ってくれる。

歓談の中でも出た話題だったが、一昨日浅川《あさかわ》マキが亡くなったばかりである。昨年来、歌では浅川マキ、役者では奥村公延《おくむらこうえん》、SFでは柴野拓美《しばのたくみ》、学界では日高俊隆、評論では平岡正明と、知人が凄《すご》い勢いで他界していく。おれの歳になれば皆がこのようなことを経験するのだろうか。多忙で誰の葬儀にも出席できなかったが、なあに、おれだってもうすぐ皆の仲間入りだ。

二〇一〇年二月二日（火）

朝日の連載はセリーヌ『夜の果ての旅』をざっと再読し終え、次回ブーアスティン『幻影の時代』の再読にかかる。一昨日の収録では東海林《しょうじ》さだお「トントコトントン物語」をやったテレビ東京の読書コーナー、あまりの多忙に少し休ませてくれるよう頼む。さらにその次は自分の書いた『アホの壁』の宣伝をやることとし、これも少しは息抜きになる。「週刊文春」清水君が来宅。二月二十五日号「クローズアップ」の取材である。朗読会のことなど、少し話す。清水君はあいかわらずお洒落《しゃれ》であり、先日の新人研修会では皆の前に立たされて「わが社にはこういう者もいる」と紹介されたらしい。

その朗読会で販売するための書籍に、署名落款をする。外国で出版されたものが多く、他では入手できないものがあるので前回もよく売れたが、今回は国籍がより多岐にわたることになる。「裏辞典」の最初の項目の直しを少しだけやる。これも急がなければならない。なんでこんなに忙しくなったのかさっぱりわからぬ。ホリプロには新たな仕事を全部断ってもらっているのだが。

それに加えて鼻水が出て困る。耳鼻科に行ったところ、鼻孔の奥に瘡蓋《かさぶた》ができているとやらで、塗り薬を貰ったのだが、これを塗るとますます鼻水が出る。早く治さないともうすぐ朗読会だ。一度自主的に稽古《けいこ》してみたいのだが、なかなかできない。

二〇一〇年二月十三日（土）

作家が小説を書かないでどうする。そんな内心の声に急かされて、長篇を書きはじめる。何だか今までのここへの書き込みから、みんな新しい言語や珍しい漢字などを鏤《ちりば》めた小説だと勘違いしているようで、この間も朝日ネットのわが担当・森田真基が、彼の作った、画面に表示することのできる難しい漢字のリストを持ってきてくれた。しかしやろうとしているのは必ずしもそうではない。新しい表現のために、主として今まで使わなかった単語を使おうとしているだけだ。朝日新聞の連載のために昔の本を読み返していると、ああ、こんな言葉も知っていたのだ、これもだと思うのだが、ではなぜ今までそれを使わなかったのかというと、知的レベルの低い読者への配慮であったとしか言いようがない。それは無意味ではないのか。

鼻孔の奥の瘡蓋もとれ、やれやれだ。あとは朗読会までこの体調を維持しなければならないが、自主トレをやろうとしても、今日は疲れているからなどと、結局は一日のばしにしている。

今日はその朗読会で販売する書籍の冊数や、レート換算するための国籍を調べに平石滋、尾川健両君が来宅。二人は本を扱っている時、実に愉《たの》しそうだ。平石君は今までのわが書籍、小説、エッセイなどの膨大なリストを作ってきてくれた。尾川君はおれが中学生時代に描いた少年向け科学雑誌の連載漫画をコピーしてきてくれた。両君には感謝感謝。光子は両君にチョコレートを贈る。

二〇一〇年二月十九日（金）

『アホの壁』発売されてすぐ、再版となる。『バカの壁』と並べて売っている書店もあったらしい。

藤田《ふじた》まこと死す。ひとつ歳上だ。一緒に紫綬褒章《しじゅほうしょう》を貰った時、わざわざおれの席までやってきて、賞に関する馬鹿な話を聞かせてくれ、夫婦ふた組で談笑したりもした。いい役者だった。

朗読会初日、上山君の車で光子と劇場へ。舞台は少し張出し、客席も一列前に増える。場立ちと打合せ。ロビーには五店鋪《てんぽ》が並び、わが書籍、山下氏関連書籍、CD、グッズなどが販売される。お祝いの花環が十本以上立ち並んでいる。楽屋に朝倉摂さんがお見えになったので『アホの壁』を贈呈。朝倉さんの舞台装置、今回は「竹」である。竹は大好きで家の周囲にも竹を植えているし、おれの楽屋暖簾《のれん》も竹だ。

七時開演。上山「陰悩録」大受け。山下氏ソロのあと、「昔はよかったなあ」を演《や》る。第二部の最初に裃《かみしも》姿の上山君による口上があり、グレードアップした「組曲・筒井康隆全作品」の演奏と映像。「関節話法」は途中で咳《せき》が出たり鼻水が出たりしたものの、なんとか無事にこなす。野際館長が「旨《うま》くなってる」と言ってくれたので安心する。

本日の来賓、内田春菊《うちだしゅんぎく》さん、大江健三郎さん、石川喬司さん、京極夏彦さん、白石加代子《しらいしかよこ》さん、鴨下信一《かもしたしんいち》さん、その他楽屋にはお見えにならなかった方も何人か。勿論《もちろん》わが会議室の面面、出版社、新聞社、テレビ局関係者も大勢。

二〇一〇年二月二十日（土）

昨夜から伸輔が来て泊っている。

朗読劇二日め。今日は五時開演である。伸輔も同乗し上山君の車でホールへ。平石君、尾川君が頑張ってくれて、昨日は本がよく売れたので、追加の署名本を持って行く。高平哲郎が、昨日は朝倉摂さんがおれの演技を見て大満足だったと教えてくれる。嬉《うれ》しいことだ。役者ねえとおっしゃっていたらしいが、役者に決っているではないか。渡辺《わたなべ》えりが、終演後は大急ぎでテレビ局へ駆けつけねばならぬとかで、開演前に楽屋に来てくれた。光子はロビーで町田康に会ったらしい。最近は夫人同伴でなくても、ひとりで出歩けるようになったようだ。

開演前、朝日の大上さんがカメラマンをつれて楽屋でのおれを撮影に来る。舞台での写真も撮るらしい。今回の舞台では三日間ともビデオの撮影が入る。いいところだけを編集して一本にするらしい。

舞台は昨日もたついたところもよくなり、滞りなく終了。

楽屋に来てくれた本日の主な来賓。ホリプロ堀威夫《ほりたけお》さん、宮崎美子《みやざきよしこ》さん、佐藤亜紀《さとうあき》さん・哲也《てつや》さん夫妻、新井素子《あらいもとこ》さん、森下一仁《もりしたかつひと》さん、楊逸さん、新聞社、出版社など多数。

今夜はわが会議室の面面が勢揃い。遠く鹿児島からも来てくれたりして、二度見る、三度見るという人もいる。有難いことだ。山下氏は彼らと共に食事に行ったが、伸輔は電車で帰り、おれは光子と二人、上山君の車で帰宅。

二〇一〇年二月二十一日（日）

昨日は横尾忠則《よこおただのり》も来ていたと光子に聞かされる。藤原智美《ふじわらともみ》も来ていたようだ。書籍も完売したとやらで、急ぎ追加の本に署名落款する。

今日は楽日で五時開演。またしても上山君の車で夫婦はホールへ。開演前に神津善行《こうづよしゆき》・中村《なかむら》メイコ夫妻が楽屋に。昨日山下氏が思い出してご招待したという。メイコさんと、昔23時ショーでおれと天地総子《あまちふさこ》が司会をしている時、美空ひばりと共に出演してくださった話などする。四十年も昔だ。

舞台は無事終了。カーテンコールで上山君が白石冬美《しらいしふゆみ》さんを舞台に呼び上げたあと、突然おれの役者卒業を祝って客全員を立たせ、山下氏にピアノ伴奏させて「蛍《ほたる》の光」を歌わせたのには吃驚《びっくり》。最後は挨拶《あいさつ》させられたが、前以《もっ》て教えといてくれたらもっとましなことが喋《しゃべ》れたのに。尚《なお》、野際館長は前回と同じく、やはり泣いてしまったと、あとで教えてくれた。

楽屋に来られた本日の来賓。最相葉月《さいしょうはづき》さん、モブ・ノリオさん、大岡玲《おおおかあきら》さん。そして弟正隆の遺児四人が孫まで連れ、大挙してやってきたのに驚く。書籍は開演前に完売してしまったそうだ。

下北沢へ移動し、前回と同じ店で打上げ。朝倉摂さんの前の席だったので、いろいろとお話する。一週間ぶりに焼酎《しょうちゅう》をたくさん飲む。帰途、上山君が自宅まで送ってくれたが、車の中にコートを忘れてしまった。やはりだいぶ酔っていたのだろう。

二〇一〇年三月二日(火)

『アホの壁』は発売十日で四刷七万部。

長妻《ながつま》はアホである。不景気を助長する禁煙政策。庶民に金を使わせなければならない局面で、居酒屋、喫茶店、麻雀屋、ホテルなどのレストランを禁煙にするとは、人気取りのためとは言え、なんというアホか。喫煙者二千六百万人の支持は完全に失ったな。だから言わんこっちゃない。民主党やはり駄目だった。景気対策すべて失敗。今年の末あたりから、えらいことになるぞ。

パソコンは無事なのだが、ワープロが壊れてしまった。蓋《ふた》がぐらぐらで、画面が消えるのだ。フロッピーにはたくさんの内容を納めているが、このシャープのSERIEというマシンは同じシャープの機種にさえ互換性がないので困る。電話すると、さすがにシャープ、今でもワープロの修理をしているらしいので、明日取りに来てもらうことにした。

大上朝美来宅。連載「漂流」に掲載する写真の打合せ。リースマンの『孤独な群衆』、川端康成の「片腕」、オールディスの『地球の長い午後』の原稿を渡す。連載を読んでいると、おれがとんとん拍子に作家になって行くように思えるらしく、「筒井康隆の連載、三月で終るんですか」などと心配して電話してくる読者もいるらしい。あはははははは。まだまだ終りません。作家になってからも作家修行は続くのです。

二〇一〇年三月十八日（木）

あまりの多忙さに、かえってぼんやりしている時間が増えた。契約書を書かずにほったらかしにしていて、中には契約書より前に出版されてしまった本もある。署名落款を頼まれた本がダンボール箱三つに入ったままだ。童話やジュヴナイルが一度に六冊も出たためである。「100人の日本人」の「コレを読め」で紹介すべき本を物色している暇がなく、休ませてもらうことにする。朝日の連載は、やっとつげ義春「ねじ式」とビアス「アウル・クリーク橋の一事件」を脱稿、データ送稿する。『アホの壁』は六刷九万五千部。十万部を越すと革装本が貰《もら》えるが、これは久しぶりのことだ。『虚航船団』以来のことになるのではないか。

ぼつぼつ書き溜《た》めていた長篇は、推敲《すいこう》する根気がなくなり、最初の五十枚ほどを決定稿として保存した。タイトルを「聖痕《せいこん》」とする。光子は読みたがっているが、まだ誰にも見せない。

二〇一〇年三月二十九日（月）

昨日は「世界を変える日本人」の収録で久しぶりに水野真紀《みずのまき》に会った。「七瀬ふたたび」で共演したのだったが、「あれからもう十六年になります」と彼女。テレビでのぶつ切れ放送だった。全部編集したらちょうど映画一本分になると思うが、せめてDVDにでもならないものか。「日本人ならコレを読め」は自分の『アホの壁』をやって以来、休ませてもらっていたが、次回は稲垣足穂『一千一秒物語』をやることになる。

ワープロの修理ができてきた。インクを売っていないからもうプリントもできない。今度壊れたらもう修理できないとやら。「最後まで大事に使ってやってください」とシャープの人。「裏辞典」の完成まではぶっ壊れないでいてほしいものである。

朝日の連載は東海林さだお「トントコトントントン物語」、ローレンツ『攻撃』を、写真と一緒にEXパックで投函《とうかん》。

金の星社の大河平氏と、編集を担当してくれた池田さんと、出版部の下川さんがどっさりとジュヴナイル全集を持って来宅。五冊揃いの箱入りである。

契約書にサイン、本に署名落款。小説の続きはいつ書けることやらわからない。

二〇一〇年三月三十日（火）

文藝春秋の丹羽君が「裏辞典」の組見本を作って持ってきた。字は大きい方にしてもらい、判型は四六判にしてもらう。一見辞典風にするため、函《はこ》入りにしてソフト・カバーという体裁になる。七月発売だから四月五月が集中しての作業となる。ますます多忙になってきて、もーどーしていいかわからぬ。「あ」の項目は以前渡しているので、とりあえず整理のできている「い」を読み返してデータ送稿する。か行二十項目を「お助け」に出す。これが最後のお助けになる。

三時半からNALUへヘア・カットに行く。ほぼ満席に近く、どうやら景気はいいようだ。今日はお気に入りの五味さんが休みなので、いつもデトックスをしてくれている女性が洗髪してくれる。デトックスは時間がかかるが、とても気持がいい。乾燥でだいぶ頭皮が汚れていたようだが、さっぱりした。

帰宅してから「う」を読み返してデータ送稿。夕食後ひと眠りしてから「え」を読み返してデータ送稿。丹羽君は入稿したことをいちいち報告してくる。

明日から神戸に帰り、そのあと骨休めの小旅行をしたりするので、明日の朝「お」を送ってからしばらくは「お助け」の回答待ちとなって、送稿できなくなる。本も何冊か読まねばならず、この歳でこれだけ働いている作家もちょっと珍しい筈《はず》だ。銀座通いで忙しい作家はいるだろうが。

二〇一〇年四月二日（金）

またしてもいいところへつれて行ってもらった。

朝十時、新さん夫婦がベンツで迎えに来てくれる。おれは助手席、光子は喜美子さんと後部座席。

二国を舞子まで走って北上、布施畑《ふせはた》ICから山陽《さんよう》自動車道に入る。シブレ山トンネルを抜けてつくはら湖を渡るとあとは山また山、山腹には緑に混ってまるで吹き出物が爆発したように点点と山桜が咲いていてみごとである。

赤穂《あこう》ICを出て日生《ひなせ》にやってくる。ここの「磯」という魚介料理の店に入る。なるほど評判通りの旨《うま》い店だ。たこ、えび、さざえ、かになどを自分で焼いて食うのだが、当然のことだがいずれも新鮮で、かになどは甲羅が焼け過ぎて破裂していてもまだ脚を動かしているのには驚いた。生牡蠣《がき》が売り切れていて、蒸し焼きにしたものしかなかったのは残念だが、牡蠣の苦手な光子までが食べ、あとは新さんが全部食べてしまった。とにかく新鮮だから、たこもかにもまだ生焼けのままで食べても平気なのでむさぼり食う。

近くに五味の市があり、ここで売っている野菜が滅法安いというので、光子喜美子の姉妹が買い求める。このあたり、備前焼の窯元がたくさんあり、その店の並ぶ通りを車で行ったり来たりする。

備前《びぜん》からまた山陽道に入り、岡山JCTから岡山自動車道に入って北上、北房《ほくぼう》JCTから中国自動車道に入り、また東へ引き返す。目的地に向かって逆コの字形にだいぶ大回りをしたことになるが、道を訊《たず》ねた人の話だと、まっすぐに向かう一般道路はややこしくて、高速で迂回《うかい》した方が早くてわかりやすいということだった。「あんたらどうせ、よそから来たんじゃろうが。そんなら一般道なんか通ったら迷うぞ。高速で行かんかい」と言ったのである。

このあたりになるともう桜はない。山あいの広い田圃《たんぼ》と同じ平面を大きな川がゆったりと流れているというおだやかな風景である。院庄《いんのしょう》で高速をおりて奥津《おくつ》温泉へ到着。ここの道の駅でまたしても野菜が安い安いと言って姉妹は買いまくる。明日買えばいいのにと思うのだがほっておく。それにしてもつくしが一箱百円である。この附近で、採れて採れてしかたがないのだと言う。そう言えば道端に生えているつくしをいくつも見かけた。

奥津荘に到着。肌の綺麗《きれい》なおかみが二室続いている離れに案内してくれた。あちこちに棟方志功の絵がかかっている。隣村に住んでいた志功がよくやってきて、宿泊代として絵を置いていったのだという。ベランダに露天風呂《ぶろ》があり、巨大な五百年の銀杏《いちょう》がある。温泉は他にも四種類あり、最初は貸切り可能の泉の湯といういちばん熱い源泉に浸《つか》る。ここには他にも立ったまま入る立湯だとか、津山《つやま》藩主の森忠政《もりただまさ》が自分専用にするため鍵《かぎ》をかけて一般の入湯を禁じたという鍵湯だとか、川と同じ平面にあって、洪水の時は水に浸かってしまう川の湯などがある。昨日と一昨日《おととい》の大雨で水嵩《みずかさ》が増え、今はいつもよりぬるくなっているというのだが、姉妹は浸ってきた。

彩りの間という食堂で夕食。おれは芋焼酎《いもじょうちゅう》、光子はワイン、新さんはビール。先付が芽芋、うるい、赤貝など、造りは岩魚や白烏賊《いか》、源泉で蒸したという名物の薯用蒸《じようよう》しや強蒸し、焼物が奥津川のあまごの塩焼き、牛肉の源泉しゃぶしゃぶ、さらには源泉で炊いた奥津産コシヒカリの飯。つまりここのアルカリ泉は胃腸によいのである。よく飲め、よく食えたのはそのせいだろうか。

津山城の夜桜を見に行くバスが出るとやらであったが、桜なら昼間見た方がいいだろうというので、これは遠慮しておく。食後は例によって四人、こちらの部屋に集って冷蔵庫の酒やビールをまた飲んで話をする。

ベランダの露天風呂に入る。美肌効果があるというぬるい湯だが、腹部の痒《かゆ》みがずいぶんおさまったような気がする。

就寝十一時。

二〇一〇年四月三日（土）

朝、またベランダの風呂に入る。小雨が顔にかかるが、これは山あい独特のこの辺の天気であり、津山まで行けば晴れているそうだ。

朝食のあとロビーで珈琲《コーヒー》を飲み、出発。姉妹はまたしても昨日の道の駅で野菜をいっぱい買い込む。おれは黍《きび》団子を買う。昔食べて旨かった記憶があるのだが、これは帰宅後食べたらただの甘い餅《もち》だった。ただし食感のよさはなかなかのものである。

国道一七九号線を少し南下して津山へ。車を駐車場に預けて津山城にのぼる。桜がみごとである。売店が立ち並ぶあたりは桜のトンネルになっている。満開の桜の下を歩いているうちにだんだん気が変になってきたので、入園料を払って城内へ入ることはせず、車に戻る。

津山から中国道に入って福崎《ふくさき》でおり、姫路《ひめじ》から昨日の山陽道を龍野《たつの》まで行く。龍野は素《そう》麺《めん》の揖保乃糸《いぼのいと》で有名な揖保川《いぼがわ》に沿っていて、友人堀晃《ほりあきら》の故郷でもある。小京都と言われる町並みを見て、中華料理の八宝閣で炒麵《チャオメン》や拉麵《ラーメン》や焼飯や春巻などで昼食。まったくよく食うと自分でも感心する。

龍野ICから帰路につく。門の前まで車で入ってくれて、大騒ぎしながら買った野菜の区分けをする。新さん夫婦は京都へ帰る。

夕食は買ってきた馬鈴薯《ばれいしょ》、人参《にんじん》などをたっぷり入れたカレーを食べるが、これは絶品であった。こんな柔らかな人参を食べたのは初めてだ。ビールを飲み、寝に就く。ぐっすり眠る。

二〇一〇年四月十九日（月）

「日本人ならコレを読め」の次回には、メリメの「マテオ・ファルコーネ」をやろうと思っていたのだが、井上ひさしの訃報《ふほう》があったため予定を変更して彼の作品をやってほしいとプロデューサーから依頼があった。『吉里吉里人』が有名だがそれでは芸にならないから、それに並ぶ傑作とおれが思っている『腹鼓記』をやることにする。細部を忘れているので読み返したが、これとて大長篇であり、えらく時間がかかる。やはり大傑作だ。彼の才気がこれほど縦横無尽に発揮された作品はあるまい。資料の裏打ちの確かさは言うまでもないことだ。

井上ひさしが死んでからしばらくは、茫然《ぼうぜん》として何も手につかなかった。まったく、彼が死んでこんなに寂しいのであれば、自分が死んだらどれだけ寂しいことか。死んで井上ひさしに逢《あ》えるのならいいがどうせひとり、暗くて冷たいところへ行くのに決まっている。ああいやだいやだ。自分が死ぬなんて場所には立ち会いたくない。副調あたりへ逃げてモニターで見るくらいならできるだろうが。

彼の追悼文を書いてくれとあちこちから言ってくるが、ほとんどお断りする。苦吟して「新潮」に書いたので、もう同じことしか書けない筈であろうからだ。朝日新聞の連載は次のル・クレジオ『調書』を渡しただけなので次の阿佐田哲也『麻雀放浪記』を書き、さらに新田次郎『八甲田山死の彷徨』を書く。他は何も手につかず。

二〇一〇年五月五日（水）

ＧＷ最終日、東行きは混んでいるだろうと思っていたのだが、いつも通りに出発して、途中故障車のための渋滞が五キロほどあっただけで、いつも通りの時間に楽屋入りができた。もう少し遅くなってから混みはじめるのだろう。

今日の「ビーバップ」は一回目が「龍馬《りょうま》を愛した女たち」で、二回目が「もしドラ」である。「もしドラ」は即ち『もし高校野球の女子マネージャーがドラッカーの『マネジメント』を読んだら』のこと。龍馬の方は『天翔る龍』の著者でＮＨＫ大河ドラマ「龍馬伝」の時代考証をしている山村竜也《やまむらたつや》氏自身、「もしドラ」も作者の岩崎夏海《いわさきなつみ》氏自身が来たから、どちらも小説だし、やりやすく、面白かった。

特に「もしドラ」は、現在ベストセラー一位の五十万部突破本であるだけに、帰西する時の新幹線三時間半で読んでしまったほど、実にまことに面白かった。ベストセラー本にしては珍しく文学的感動さえあったくらいだ。岩崎氏が楽屋へ挨拶《あいさつ》に来たのでそのことを言い、岩崎氏はぼくの昔からのファンだと言って、ずいぶん古い『虚航船団』にサインを求めてきた。

朝日新聞「漂流」の次回は山田風太郎『幻燈辻馬車』、これはテレビ東京でやったばかりだから読み返す必要はなかったから、収録一回目と二回目の間の休み時間には、その次のトゥルニエ『赤い小人』を読み返す。「龍馬」の収録が延びたため、帰宅八時過ぎ。

二〇一〇年五月六日(木)

皮膚の痒みはすっかりなくなり、昨日の収録から戻っても痒みがぶり返すことはなかった。やれやれだ。

「聖痕」は、推敲《すいこう》するのがいやになってきて、また五十枚を保存する。八か月かかって百枚とは遅筆もいいところだ。

『赤い小人』を読み継ぐ。この本を読んだあたりから、いい小説は神話でなければならないという考えに至ったのかもしれないなあと思う。

今日は光子が金塊を持って田中《たなか》貴金属へ売りに出かけた。ずいぶん重かったようだ。心配して、大丸の担当者とその上役が二人で付き添ってくれたと言う。「こんな古い金の延板をよく持っていましたね。わたしは見るのは初めてです」と田中貴金属の人は驚いていたらしい。結局、買った時の三倍の値段で売れたとやらで、光子はほくほく顔で帰ってきた。田中貴金属の人は購入した時の証書を見て「えっ。筒井康隆さんでしたか」と驚いていたという。「今夜はビーバップですね」とも言ったらしい。ファンであったようで、どこにでもいるものだなあと思う。

これはそもそも、住宅ローンを早く返してしまって身軽になろうというので売ったものである。金の値段の高騰がなければ、まだしばらくローンを払い続けていなければならなかったところだ。こんなでかい金塊を量る機械がないので、大阪まで持っていかねばならないとのことで、代金の支払いは明後日になるが、銀行振込なので、これを読んだ人が強盗に来ても金は家にないので悪しからず。

二〇一〇年五月二十八日（金）

昨日から急にインターネットへの接続が出来なくなってしまった。ちょうど今日、朝日ネットの連中が来ることになっていたので、昨夜対応を依頼したら、技術サポートの三浦君も加え五人でやってきた。三浦君にはマックにとりかかってもらい、広間でインタヴューを受ける。朝日ネット創立二十周年のパーティをやるので、会場で上映するヴィデオの撮影をするのである。

まず自筆のフリップを持っている絵を撮られる。フリップには「電網快快」と毛筆で書いて署名する。次いでお祝いを述べている絵を撮られる。「偽文士日碌という日記でお世話になっております。この歳になると作家というものの日常は毎日同じことの繰り返しなので書くことがなく、時には半月以上も間を空けたりしてご迷惑をおかけしております。そうですかあ。もう二十年になりますかあ。二十年ものおつきあいだったわけですなあ。そんな昔なら、社員の中にはまだ生まれていなかった人も。いや、それほどのことはないか。あはははは。まあ今後とも、よろしくお願い申し上げます」

撮影が終わってもまだマックは接続できぬまま。森田、三浦両君だけ残って悪戦苦闘。やっとマックには何の問題もなく、NTTの回線に問題があるのだと判明する。最近わが家の周辺で新築やら改装やらで電話の工事が多く、そのせいであろうということ。そんなこともあるんですなあ。というわけで、接続はできぬままである。

二〇一〇年六月三日（木）

「週刊ポスト」のインタヴューのゲラを直す。突然の鳩山総理の辞任で、書き直さなければならない。週刊誌で時事問題をやると、これがいやだ。いつ情勢が変るかわかったものではない。

昨日「ビーバップ」の収録に行き、増山君が「筒井康隆の『仕事』大研究」というのを持っていたので、強奪した。おれはまだ見ていないのだ。今日、ぱらぱらと読んだがなかなか面白い。おれはこんなに偉い作家だったのかと感心する。

シュガー・カンパニーの山添美保からメールが来た。この社は十年前に東京のおれのマックをセッティングしてくれたところなのだが、去年社を移転した際、NTTに登録変更をし忘れていたのだと言う。旧住所に送られた請求書が宛先《あてさき》不明で返送されてしまっていたことが接続不能になった原因らしい。登録変更と支払い処理をしたので、つながる筈《はず》だと言う。明日から上京だが、もしつながらなかったら、いささか困ったことになる。

それにしても、NTTにずっと支払い続けていてくれたとはなあ。おれは何も知らず、朝日ネットが支払ってくれているものだとばかり思っていたのだ。莫迦《ばか》ですね。

朝日新聞の「漂流」、ノースロップ・フライ『批評の解剖』と、マルケス『族長の秋』を書く。メールで自分に送ったものの、東京のマックが接続不能なら、プリントアウトできない。困ったもんだ。

二〇一〇年六月五日（土）

朝がた、まだ蒲団《ふとん》の中にいる時、何やら階下で聞いたような男性の声がして、光子と話している。誰だろうと思っていたのだが、「筒井康隆の『仕事』大研究」を監修してくれた平石滋であった。おれの発言集というものを超厚いファイルにして持って来てくれたのだ。まだ寝ていると聞き、すぐに帰ってしまったらしい。

午後、朝日ネットの森田君たちがまた来てくれて、インターネット接続が可能になった。

やれやれである。早速朝日の大上さんにプリントアウトした原稿と写真を送る。一日に届いていた大江さんからの手紙にも返事を書く。ついでに伸輔の個展の案内状も同封する。光《ひかり》さんは音楽家になり、わが息子は画家になったのがなんとなく面白い。『現代語裏辞典』のゲラを直し、謝辞を書く。着想を提供してくれたわが会議室の連中の名前とハンドルネームをすべて列記する。なんと四十二人である。この人たちはおれが行き詰まった時に「お助け」と称してアイディアを募った時に力を貸してくれたのであり、この人たちがいなければ「裏辞典」の完成はなかったであろう。感謝感謝である。「井上ひさしさん　お別れの会」という案内状も来ていた。ビーバップ収録の翌日だ。朝早く起きるのは大変だし、収録後は新幹線に乗れるかどうかわからない。とりあえず出席の返事だけ出しておく。

二〇一〇年六月八日（火）

文藝春秋の丹羽君が、可愛いカメラマンの女性同伴で来宅。「裏辞典」のゲラ約半分、著者校のできたところまでを渡し、体裁について打合せをする。出来合いの写真の提供を断ってきたので、何かと思っていたら、とんでもない工夫があるのだった。なるほどカメラマンをつれてきて新たに写真を撮らねばならなかったわけである。どんな仕掛けかは本になった時に明らかとなるが、いろんな方角から撮影されて疲れてしまった。あと、各見出しのイラストカットにも工夫を凝らし、「あ」なら「あ」のいずれかの項目をデザインして載せるのだと言う。すでに出ている広告では千数百円と書かれていたが、とてもそれではおさまるまいと思って訊《たず》ねると、案の定二千五百円ほどになってしまうという。「筒井康隆作家生活五十周年記念出版」と銘打つのだし、辞典なのだからむしろそれくらいの値段の方がいいと丹羽君は言うのだが。
「週刊ポスト」のわがインタヴューが掲載されている号の広告、一昨日に続き今日も朝日・読売の両方にでかでか載っているので驚く。大増刷したらしい。ぶっ続けに週刊誌の同じ広告を出すとは小学館、大したもんだ。売れとるのだなあ。それにしても大増刷の原因は何か。まさかわれわれのオピニオンのページではあるまい。「菅直人《かんなおと》VS小沢一郎《おざわいちろう》」に違いない。小沢は国民からすっかり嫌われてしまったように書かれているものの、マスコミは彼に感謝すべきだろう。

二〇一〇年六月十日（木）

夕刻、文藝春秋の今泉氏と山元カメラマンが、本誌「日本の顔」に掲載された写真をアルバムにして持ってきてくれる。第一頁に載った写真がよく撮れているので、しばしば他への使用を許可してもらっているあの写真だ。いずれこの日碌の最初の頁を飾ることにもなるだろう。そのあと光子も同行して外苑《がいえん》前の交差点、郵便局の裏にある中華料理「礼《らい》華《か》・青鸞居《せいらんきょ》」に移動。晩餐《ばんさん》を供され、紹興酒を飲みながらの歓談となる。料理は今天好小菜がアロエベラとフカヒレの赤酢漬、前菜盛合せがフルーツトマトとクリームチーズの酢《す》味噌《みそ》漬け、冬瓜《とうがん》の蜂蜜《はちみつ》漬け、イベリコ豚の叉焼《チャーシュー》、牛ロースの野菜巻き、マンボウの腸、次いでメロン入り湖南風蒸しスープ、鮎《あゆ》の春巻バジル酢添え、フカヒレの土鍋《どなべ》入り姿煮込み、メインが牛肉の舌・腱《けん》・胃の四川《しせん》風煮込み、最後が海鮮冷麵《れいめん》、デザートがメロンのジュレと冬瓜のタルトと西瓜《すいか》。いつも夫婦二人であれば一時間半ほどですむ夕食が、話が弾んでいてゆっくり食べたからだろうか、九時半になってしまった。

帰宅すると仲輔が来ていた。個展の飾りつけの帰りである。恒司は元気で小学校へ通っているという。プールへも週二回行き、背も伸びたらしい。給食が旨《うま》いので評判の小学校だから、残さず食べているようだ。仲輔、明日は照明の吊《つり》込みに行き、いったん帰宅して明後日の個展初日にまた出てくると言う。夕刻からのオープニング・パーティにはわれわれも夫婦で出かけるつもりである。

二〇一〇年六月十二日（土）

仲輔の個展もこれで十回目になるらしい。オープニング・パーティで三瀦《みずま》氏が挨拶《あいさつ》し、おれはスタッフの苦労に感謝した。いい画廊である。最新の照明設備もすばらしい。山下洋輔からは胡蝶蘭《こちょうらん》が届いている。上階にあがると会員制のクラブになっていて、ガラス越しに画廊が見おろせるようになっている。

仲輔の絵は明るくなった。自然のままの色彩だけではなく、さまざまな色を使いはじめたからであろう。今回は三瀦氏がずいぶん力を入れてくれている。現代美術のトップの地位にある三瀦氏が、五十人に一人という選《え》り抜きのスタッフと共に後ろ楯《だて》になってくれている。仲輔は幸せである。

せっかく神楽坂《かぐらざか》の近くまで来ているのだから、夫婦で行く料理屋はないかと三瀦氏に訊ねると、葉歩花庭《はぶかてい》という店を教えてくれた。タクシーで五分、瀟洒《しょうしゃ》な店だが中はたちまち客でいっぱいになる。若い人が多い。ハーブ会席というのが珍しいのでそのコースを選び、初めて飲む「夢《ゆめ》の十三里《じゅうさんり》」という芋焼酎《いもじょうちゅう》を戴《いただ》く。トマト寄せ湯葉ソースに雲丹《うに》のジュレ、車海老《えび》のルッコラ巻、葡萄《ぶどう》酢の寿司《すし》、蓮根餅《れんこんもち》に鱧《はも》、鰆《さわら》の西京焼には蓼《たで》の酢が添えてあり、蓴菜《じゅんさい》の茶碗《ちゃわん》蒸しなど、珍しいものばかりであった。帰途、神楽坂をぶらつき、帰宅十一時。料理の出るスピードが遅かったせいである。仲輔が帰ってくる筈だが、待っていられずに就寝。

二〇一〇年六月十八日（金）

朝九時前、新さん夫婦が迎えに来てくれて、光子とベンツに同乗。例によって姉妹は後部座席、おれは助手席である。神戸淡路《あわじ》鳴門道に入り、明石海峡大橋を渡り淡路島を縦断、うず潮を見ながら大鳴門橋を渡る。ここで高速をおりてしまい、国道五五号線を行く。新さんが海を見ながら走りたいと言っていたからだが、あいにく雨が降ってきたのと、道路は滅多に海沿いを走らないため、最初のうちはちらちらと海を拝める程度であった。

藍《あい》問屋をしていた昔はわが親戚《しんせき》の多かった懐かしい阿波《あわ》徳島を通過し、小松島《こまつしま》市、阿南《あなん》市を通過、美波《みなみ》町の日和佐《ひわさ》というところで昼食。大浜《おおはま》海岸を見渡せるうみがめ荘の食堂で、ここには天皇ご夫妻も来られたらしく写真が飾ってある。この海岸の砂浜は海亀の産卵地とやらで、近くには海亀の泳ぐ水槽もあった。魚介類が主体の和定食などがあり、朝食をとっていない新さんたちはこれを注文した。漁師丼というメニューに食指が動いたものの、軽く朝食を食べてきているので天ざる蕎麦《そば》にし、光子は若布《わかめ》うどん。

道は山に入ったり海岸に出たりをくり返す。朝から降ったりやんだりの小雨が、次第に激しくなってきた。黒い海の白い波頭、突き出た岩塊が物凄《すご》い。無謀にもサーフィンをやっている者の姿も見られた。室戸《むろと》阿南海岸国定公園というだけあって、やっと海岸沿いの道を走ることができたものの、防波用の塀が見晴しの邪魔をする。颱風《たいふう》情報では常に「室戸岬南方海上」という言葉が聞かれるように、このあたりの家家、常に颱風に脅かされてきたのであったろうし、わが誕生日を見舞った昭和九年の室戸颱風はまさにここを通過したのである。若き弘法大師《こうぼうだいし》が修行したと言われる洞窟《どうくつ》がふたつ並んでいたので、入ってみる。ここで聞える波の音は日本の音風景百選に入っている。

中岡慎太郎《なかおかしんたろう》の銅像が立つ岬の突端をまわり、高知市へ。懐かしや路面を走る市電の姿。

ホテル日航旭《あさひ》ロイヤルに着く。室戸岬をまわってきたと言うとホテルマンは驚いていた。九時間もかけて車でそんなことをする人は滅多にいないのだとか。

夕食はりまや橋の近くにある「司《つかさ》」という料理屋へ行く。皿鉢料理の店である。おれは芋焼酎、光子は日本酒、新さんはビールを飲む。鰹《かつお》のたたき、扇のように拡がったうちわ海老、鯨の舌つまりサエズリの酢味噌、ウツボの刺身、鯖鮨《さばずし》、チャンバラ貝、どろめという釜揚《かまあ》げシラスの酢味噌など、珍味を頂戴《ちょうだい》する。

食後はアーケード商店街を散策し、ひろめ市場の中を見る。周囲の店で作っているものを中央の広場で食べるという珍しいフードコート形式の市場だ。東南アジアのどこかに来ているような熱気がある。

ホテルに戻り、またしてもおれの部屋にみんな集って、ビール、ワイン、日本酒などを飲み、話す。ただひとつしかない喫煙ルームだそうだが、いちばんいい部屋だそうであり、二十一階なので眺めもなかなかよろしい。就寝十一時。

二〇一〇年六月十九日（土）

朝は晴れていたのだが、いつ雨になるかわからないというので、新さんは早く出発したがっている。すでに朝食は食べたらしいので、おれたちもホテル二十二階のレストランで朝食をとる。ヴァイキングはいつも家で食べているのとほとんど同じものがすべて揃っていて、特にしらすの大根おろし和えはすばらしい。

ホテルを九時に出発。浦戸《うらと》大橋を渡って桂浜《かつらはま》へ行く。ここの砂は黒い。雨が強くなってきたので坂本《さかもと》龍馬像は見なかった。

高知ICから高知自動車道に入り、高松《たかまつ》に入って川之江《かわのえ》からは高松自動車道となる。高松を過ぎてさぬき市に入る。まさに讃岐《さぬき》うどんの本場である。これを食べたかったのだ。津田《つだ》の松原《まつばら》SAで、讃岐うどんを食べる。以前に讃岐うどんの名店と言われた店で食べたのとだいぶ違うので、半生の讃岐うどんを買っていくことにする。ここの展望台からは津田の松原が見渡せた。

ふたたび高松自動車道で鳴門に出て、大鳴門橋を渡る。昨日来た高速道路を神戸に向う途中、津名一宮《つないちのみや》でいったん降り、近くのたこせんべいの里というところで蛸《たこ》せんべいを買い込む。食べ出すとやめられないから買うなと新さんが言う蛸せんべいである。その向かいの野菜ばかりの直売店で、またしても姉妹は安い安いと言いながら大量に買い込む。岩屋《いわや》から船に乗ろうとしたものの、船は出たばかり。一時間も待ってはいられないのでまた明石海峡大橋を渡り、垂水に帰着。

二〇一〇年六月二十三日（水）

朝日新聞「漂流」の次の回、T・イーグルトンの『文学とは何か』を書き上げていながら、メールで東京に送るのを忘れてしまった。垂水のプリンターがオシャカになったので、いちいちこっちへ送ってからプリントアウトしなければならないのだ。次の日曜日に出る原稿だから、もう間に合わない。歳のせいで次第にやることが疎《おろそ》かになり、自分が困ることになる。駄目ですなあ。しかたがないから順番を変えてもらい、その次の筈《はず》だったホセ・ドノソ『夜のみだらな鳥』をあわてて書き上げる。さいわい昨日の移動日に新幹線車中で、分厚い本だから往生しながらも全部読んでしまっていたのだ。写真と一緒にレターメールで発送する。やれやれ。

次のディケンズ『荒涼館』が大上朝美から届く。これまた分厚い本である。文庫本なら四巻になるという大冊だが、筑摩《ちくま》の全集で送られてきたから実に重い。つまりは大江健三郎の手配で昔筑摩から借りて読んだのと同じ本だ。さっそく読み始めるが、字が細かくてすぐに眼が疲れ出す。一度眼の検査に行かねばなるまい。その大江健三郎から彼による編集の『伊丹《いたみ》万作エッセイ集』が送られてきていて、中にはがきが入っていた。「『漂流』ストーカーめいてきましたが、今朝のそれを見てアッ！　と言いました」『批評の解剖』の訳者・山内久明《やまのうちひさあき》が、駒場《こまば》以来の友人で英文学の師匠だと言うのである。大江さんもノースロップ・フライに深入りしたらしい。縁が深いなあ。

二〇一〇年六月二十五日（金）

文壇パーティに行くのは久しぶりだ。三島賞授賞式とパーティはホテルオークラで開かれた。ロビーでホリプロの大健裕介と映画『七瀬ふたたび』の件で話をしていたので式に遅れ、地下二階のホールに行くとすでに東浩紀の挨拶は終っていた。パーティに移ると、なにしろ久しぶりだからいろんな人と目まぐるしく挨拶を交わす。京極夏彦と今度の山田風太郎賞について話し、東君と阿部《あべ》和重《かずしげ》の三人で何だかやたらに難しいことを話し、川端賞受賞の髙樹《たかぎ》のぶ子にお祝いを言い、久しぶりなので何やかやと話す。「相変らずいい女だなあ」とも言うが彼女は怒らず。野谷《のや》文昭《ふみあき》とドノソについて話し、その他多くの編集者と仕事のことを話す。ドナルド・キーン氏と挨拶《あいさつ》を交わす。お話しするのは二度めである。奥様がわが愛読者だと言うので久里《くり》洋二《ようじ》が話しかけてくる。八十二歳だそうで、実に元気である。美しい名刺を戴《いただ》く。

銀座で東君の二次会があるというので大上朝美を誘い、平野《ひらの》啓一郎《けいいちろう》と新潮社の矢野優のハイヤーに同乗し、会場に行くと川上弘美がやってきたので、ここでまた東浩紀を加えて何やら難しいことを話す。東君が酔っぱらってわけのわからぬ挨拶をしたので、気分直しに川上、大上、新潮社の楠瀬啓之と共に、近くの「エル」へ行く。おれのボトルはまだ無事であった。ここで十二時ごろまで飲む。ずいぶん飲んだものだ。ようやるわ。

二〇一〇年六月二十七日（日）

わが戯曲『スタア』を上演しているので、夫婦で六本木《ろっぽんぎ》の俳優座劇場へ行く。なんと大江健三郎が来ていた。「実にアホな芝居ですが」と、恐るおそる招待したのだったが、まさか同じ日になるとは。「偶然ですね」と言うと「偶然でもないのですが」と大江さん。わざと同じ日を選んだのだろうか。

芝居はよかった。三幕の芝居をひと幕にしてテンポアップしたのは正解だったと思う。なにしろ三十五年前の話だから、設定の古さは否めない。最初に昭和四十年代であるという断わり書きが幕に映写される。一時間五十五分で全部やったから、心配していた古さや時代感覚のずれはさほど感じないですんだ。役者もみんなよくやっていた。アッと驚かされた演技も二、三あったし、仕掛けの多い舞台装置だが、その仕掛けでも一か所、三河屋が登場するくだりで驚かされた。

大江さんが帰る時にもそう言ったのだったが、しかしまあ、われながらなんと虚無的な、身も蓋《ふた》もない芝居であろうか。あきれ果てるばかりである。それでも光子は面白かったと言い、見に来てよかったと言う。帰途、北村総一朗《きたむらそういちろう》に呼び止められ、『銀齢の果て』が芝居にならないものかと訊《たず》ねられる。『スタア』初演の時の主役だが、お互い歳をとったものだ。

今日は昼の部だったので四時に終る。いったん帰宅したのち光子とMIYASHITA

へ行き、夕食。

二〇一〇年七月五日（月）

二千五百枚を越す大作『荒涼館』をやっと再読し終え、「漂流」の原稿にし、ついでに、これは最近再読して内容を熟知している丸谷才一『女ざかり』も原稿にし、写真と共にレターパックで送る。郵便局へ行き、ゆうパックがひどく遅れているらしいが、これは大丈夫ですかと訊ねると、女性局員同士で何やら相談した末、これは大丈夫ですと言うから、やや心許《もと》ないながらも託す。

午後、新潮社の石戸谷君とコンテンツ事業部の加藤氏が、某映画会社の人をつれてくる。わが長篇『銀齢の果て』映画化の話である。まだ詳細まで公に発表できないのは残念だが、配役の事についての相談は実に愉《たの》しかった。わが危惧《きぐ》するところといえば老優の誰かが撮影中に死ぬという事態である。主演者を除けばみな楽なスケジュールだから、そのような心配はないでしょうと映画会社の人。そう願いたいものである。

中央公論新社から谷崎賞候補の四作品がどかっと送られてきた。候補作品は発表しないことになっているので、残念ながらこの作品名と作者名も書けない。それにしても、一冊などはなんと七百頁にもなる大冊である。読みはじめるにはやはり覚悟が必要であろう。

夜は久しぶりに「重よし」へ行く。ご主人佐藤さんと波多野《はたの》承五郎《しょうごろう》やその孫の犬養智子《いぬかいともこ》女史や、ブリア・サヴァランの話などをする。

二〇一〇年七月六日（火）

今朝、深夜の一時ごろ、誰かがドアチャイムを鳴らした。ただ者ではあるまい。光子はモニターを見て「あの子だ」と言う。われわれ夫婦の上京前の三十日、庭仕事を頼んでいる庭師の野末さんが仕事していると挙動不審な青年がやってきて、いつまでもチャイムを押し続けた。野末さんが応対すると、おれの熱烈なファンだと言い、おれとは始終電波で交信しているなどと言い、果ては家の前の道路中央に土下座して祈るなどの行為に及んだという。野末さんは警察に電話して来てもらい、青年は保護された。野末さんが向かいのビルの警備員から聞いたところではこの青年、それまでにも二度来ていたらしい。野末さんから男の年格好を聞いていた光子は、おそらくその男性がまた来たのだろうと言う。ほっとけば帰るだろうと思ってほっておいたところいつまでも帰らず、二時ごろまで断続的にチャイムを鳴らし続け、さらには庭に入ってきたらしく砂利を踏む靴音とともに何やらひとりごとをぶつぶつ言う声が聞えたので、光子はたまらず警察に電話をした。

私服の刑事も交え、おまわり約二十人がやってきて包囲網を敷くという騒ぎになった。青年の姿はなく、どうやら逃げたらしい。附近を捜索したものの、行方知れずである。絶対に外へ出ないでください、今度来たらすぐ電話してくださいと言いおいて警官たちは引きあげたが、光子によれば十分ほどのち、近くの路上で何やら怒鳴る声が聞こえたという から、青年が戻って来て、待ち伏せしていた警官に保護されたのかもしれない。おかげで 四時ごろまで眠れず、眠りも浅くて変な夢ばかり見続けた。

神戸の家にはおかしな女性が訪ねてきたことは何度もあったが、原宿では初めてである。男性も初めてだ。神戸にやってきた女性については以前の日記にも書いている。わたしはあなたの妻であり、女の子もひとりいるから認知してほしいと主張する、山形から来た、のちファンたちが「水撒《ま》き女」と名付けた女性だとか、「わたし七瀬です」と言ってやってきて、警官相手に暴れまわった女性などである。

午後、朝日ネットの大野君と市川さんがお中元を持って来訪。とらやの羊羹《ようかん》セットと、山本社長からはマッカランの二十五年物を頂戴《ちょうだい》する。

大江健三郎からはがきが届いたので、さっそく返事を書いて出す。『荒涼館』を読み続けていたので、以前のはがきに対してもながいこと返事を書いていなかったのだ。

光子は友人と待ち合わせている伸輔の画廊へ出かける。夜は夫婦で近くのイタリア料理「フィオーレ」に行く。少し遅れて伸輔もやってくる。牛肉の炭火焼が絶品。

伸輔は逗子へ帰り、光子は就寝。おれはひとり、今度の『銀齢の果て』を映画化してくれる監督の候補のひとりの最近作をDVDで観賞する。いささか荒っぽく、老人たちの心理をうまく表現してくれるかどうか疑問。

二〇一〇年七月七日（水）

大相撲の野球賭博《とばく》騒ぎが続く。テレビでは名古屋場所開催についての是非を名古屋の人にインタヴューしているが、テレビ局の思い通りのコメントをする人ばかりの画像に編集していることがあきらかなので腹が立つ。警察の捜査がまだ終っていない段階で解雇だの除名だの勝手に決めて人の一生を左右する権利がどこにあるのか。

文藝春秋の丹羽君が来宅。『現代語裏辞典』の最終チェック。さまざまな仕掛けを凝らしていて面白い。装丁と本文頁のデザインが関口信介《せきぐちしんすけ》、飾り文字のイラストが阿部伸二《あべしんじ》（カレラ）。頁数が四百四十八頁という大冊になる。四六判のニューハード函《はこ》入りで定価が二千三百円とはずいぶん安い。発売は今月末になる。仕掛けのひとつはたいへんわかりにくい。これは読者が発見して吃驚《びっくり》するまで何も言わない方がいいだろう。

昨夜見たのと同じ監督の別の映画を見る。この方があきらかに面白いが、なにしろ三時間に及ぶ大作なので、見終ったら十二時になってしまった。外国の賞も受賞しているようだが、やはりあちこちで乱暴さが目立つのでやや心配である。

伸輔の五十万円ほどの絵がまた一枚売れた。お買い上げ先は三菱《みつびし》重工業のもと重役さんの自宅用である。

二〇一〇年七月二十三日（金）

「漂流」で紹介したため、丸谷才一『女ざかり』が以前の増刷では間に合わないほど売れているらしい。丸谷さんからは一度、お礼のはがきを頂戴したのだが、その後文藝春秋の村上和宏からメールで、さらに増刷するので、あの「ただごとでない面白さ」というのをオビに使わせてくれと言ってきた。丸谷さんもそれを希望しているというので了解したところ、また丸谷さんからお礼のはがき。他にも何やかやと申し上げるべきことがあったので、返事を書いて封書で投函《とうかん》。「漂流」は最終回のハイデガー『存在と時間』を脱稿し、発送。これにて無事「漂着」。大上朝美からは打上げの日時などを訊ねてきた。

暑い中、それも午後の二時に文藝春秋の丹羽君が『現代語裏辞典』の見本刷りを持ってきてくれる。造本、装丁、共にすばらしい。彼はおれの名前でTwitterを開設し、毎回「裏辞典」の一項目をとりあげてつぶやいているらしい。ツイッターが、いつの間にかツイッターと名づけられて、今や五千を越すフォローがあるという。それにしても本人が出てこないので、失望の声があるとやら。そこで一度「降臨」してくれと頼まれる。

前回の「世界を変える日本人」ではローソン「爆弾犬」をやったのだが、次は「裏辞典」をやることにし、テレビ東京へ本を送るよう依頼する。同様に「ビーバップ」の方へも送るように頼んでおく。

谷崎賞候補作をぼつぼつ読みはじめる。

二〇一〇年七月二十九日（木）

ツイッターがツイナビのアカウントランキングで、次点を二百六十一票も引きはなしてトップだ。フォローもすぐ一万に達しそうな勢い。この間から何度か「降臨」したので、フォロワーが増えたらしい。『現代語裏辞典』は今日から発売だが、アマゾンを見ると二日続けて百位以内に入っている。高い本なのによく売れているらしいのは有難いことだ。

森毅《もりつよし》さんが亡くなった。対談をしたり、新幹線で共に夫婦連れでしばしばお目にかかったり、観劇でご一緒したり、なんとなく気が合ったので親しみを感じていたのだが、あの他にない独特の笑顔はもう見られない。

老人の火傷《やけど》は、骨折同様いのち取りである。ガスの火で火傷されたらしいが、わが家のようにＩＨクッキングにされておられたらよかったのにと、つくづく思う。ガスはよほど使い慣れていないと、特に老人にとっては危険だ。まして天麩羅《てんぷら》など、とんでもないことだ。

蒸し暑い東京から神戸に帰ってくると、嘘のように涼しい。雨はよく降るが湿度はさほどでもない。

基礎的な設定の間違いでしばらく放置していた長篇だが、これは書き直しに時間がかかりそうだと思っていやけがさしていたためだ。今日書き直してみると案外簡単だったので、執筆を再開する。

二〇一〇年八月一日（日）

「世界を変える日本人」の収録だったが、ゲストが野口聡一《のぐちそういち》だったので吃驚する。いろいろ聞きたいことがあったのだが、大江健三郎の謂《い》う「愚かなテレビ人種」が、「どうしたら宇宙に行けますか」などの馬鹿な質問ばかりするので、とうとう何も聞けなかった。でも握手を二度もしてもらったし、最後に「もっとお話をうかがいたかったのですが」と耳打ちしたところ、プロデューサーに、何かあればいつでもとJAXAのロゴ入り、「宇宙飛行士」の肩書きの名刺を託《ことづ》けてくれた。NASAという字の入ったメール・アドレスも書いてあったので甥《おい》っ子（東大・宇宙航空工学大学院在学中・宇宙飛行士志望）のことなどを書いて送り、いろいろ教えてもらうことにしよう。

池上彰《いけがみあきら》もゲストだった。「世界を変えたエラい人BEST3」というのをやったのだが、いつも子供を相手に話しているだけあって、常識的な話をえんえんとやられると、まるで小学校で授業を受けている気分になってしまう。それでも未知の基礎的知識をいくつか得られたことは収穫だった。

次のゲストは内藤大助《ないとうだいすけ》。小柄なので驚いたが、実にいい男である。訥弁《とつべん》だし方言も出るし、こういうゲストは番組始まって以来だが、おれにとっては実に新鮮だった。高速のピンポン玉をよけるゲームをやった時も魅力的だった。

二本撮りで、一本は二時間スペシャルだったので、帰宅は八時半。

二〇一〇年八月十六日（月）

アマゾンで「裏辞典」は一時百位以下に落ちたのだが、また復活し、二十日連続百位以内にしてくれている。随筆・エッセイの部では城山三郎《しろやまさぶろう》を抜いてトップである。ツイッターのフォローも一万六千を越えた。昨日の産経新聞で清水義範《しみずよしのり》がいい批評をしてくれたこともあり、売上げが増えたのだろう。文藝春秋・丹羽君によれば、この分では重版も近いとのことである。

夕刻、その丹羽君がタクシーで迎えにきてくれて、光子とふたり同乗し、青山《あおやま》通りのフランス料理「ブノワ」へ。今日はお招《よ》ばれなのである。ここはビストロであるが巨匠アラン・デュカスがプロデュースした店で、十階のスペースの一室に文藝春秋の大川、吉安、山田の各氏が待ってくれていた。まずシャンパンで「裏辞典」出版を祝って乾杯。料理はわれわれのための特別のコースが用意されている。海老《えび》の冷たいスープはその海老の脳味噌《のうみそ》で味つけされていて絶品。あと、鯛《たい》も、牛肉も結構な味であった。最近のフランス料理、昔ほどしつこくなくてずいぶんあっさりしてきた。

裏通りを歩いて全員わが家へ移動。ドンペリを抜き、また乾杯。キャビアを食べ、ワインを飲み、京都の手づくり工房どんこぶから送られてきた貝柱風味のしなちくを食べ、サボテンのジュースを飲み、おれは焼酎《しょうちゅう》を飲んで歓談は深夜まで続く。就寝一時。

二〇一〇年八月十七日（火）

ホリプロ大野君と一緒にマジックアワーの吉田啓氏が『スタア』のフィルムを取りに来た。地下の倉庫からフィルムを運び出す。吉田氏は以前、豊川悦司《とよかわえつし》『男たちのかいた絵』の撮影現場で逢《あ》ったことがあるプロデューサーである。彼によるとフィルムは時おり映写機を通したり油をつけたりしないと傷むというので、今回は試写の時にメンテナンスもしてくれるという。神戸の家に置いてあるベティ・ブープや『大いなる助走』などのフィルムのことが心配になってきた。

『スタア』は『七瀬ふたたび』の上映に併せて九月十八日から十月一日までシネ・リーブル池袋《いけぶくろ》で催される「筒井康隆映画祭」で上映されるわが映画化作品のひとつで、他の上映作品は『俺の血は他人の血』『ウィークエンド・シャッフル』『俗物図鑑』『時をかける少女（大林宣彦《おおばやしのぶひこ》版）』『ジャズ大名』『文学賞殺人事件・大いなる助走』『怖がる人々』『男たちのかいた絵』『時をかける少女（角川春樹《はるき》版）』『わたしのグランパ』『時をかける少女（アニメ版）』『日本以外全部沈没』『パプリカ（アニメ）』のうち上映可能な作品。本年公開されたばかりの『時をかける少女』のみ上映しない。こう書きつらねてみるとずいぶんあるものだ。

九月二十五日の土曜日にはおれもシネ・リーブル池袋での舞台挨拶《あいさつ》を乞《こ》われている。芦《あし》名星《なせい》ちゃんに会えるのも楽しみである。

二〇一〇年八月十八日（水）

郵便局へ行き、国際ペン東京大会２０１０のための寄附金、一口二万円を五十口、百万円振込む。実は阿刀田高から「おれ、おれ」という電話があり、というのは嘘だが、「金銭面で不足」という手紙が二度もあり、もうあと一か月で開会というのに何ということだ、海外からたくさん客を招いているのにこのままでは日本ペンクラブの恥になると思い、寄寄附を思い立ったのである。ペンクラブには一度だけギャラなしの公開ディスカッションに出演しただけで、ほとんど何もしていないから、この機会に恩返しをと思ったのだ。

その足で渋谷のビックカメラへ行き、インクジェットのカートリッジやプリント用紙など、大量に買い込む。往復ともタクシーである。歩いて行けない距離ではないが、この暑さでは汗びっしょりになってしまうだろう。

「愛煙家通信」という雑誌から、ＧＯ　ＳＭＯＫＩＮＧの佐藤氏を通じてインタヴューの依頼がくる。第二号の巻頭でということだが、第一号を読んでいないので、至急送ってくれるよう頼んでおく。おそらく応じることになるだろう。

夜、伸輔一家がやってくる。恒司はだいぶおとなしくなったが、まだ挨拶をちゃんとできないし我儘《わがまま》はそのままだし、まだまだである。十二時頃まであれやこれやと家族で話し、就寝一時。

二〇一〇年八月十九日（木）

昼過ぎに家を出発。家族五人、タクシーで東京駅八重洲《やえす》口へ。こだまで熱海まで来て伊豆《ず》線に乗換え、城ヶ崎《じょうがさき》海岸で降りる。ここからタクシーで国立公園城ヶ崎の吊橋《つりばし》に行く。吊橋の中ほどまで進んで大室山《おおむろやま》からの火山流でできた崖《がけ》などを見る。恒司は伸輔と一緒に岩の上まで登る。

待たせておいたタクシーで川奈《かわな》の温泉旅館「月《つき》のうさぎ」に到着。案内されたのは二階建ての一軒家で、ひと棟におれたち夫婦、隣のひと棟に伸輔一家。どちらも同じ造りで、一階がプールのような露天風呂《ぶろ》のある庭を見渡せる座敷で、二階が寝室である。こういう旅館は珍しい。さっそく露天でひと風呂浴びる。

家族揃って母屋の一部屋で夕食。先附が冬瓜《とうがん》、鶏肉《とり》、黄身の味噌《みそ》漬などのコンソメ・ゼリーかけ。地魚の刺身、伊勢海老と栄螺《さざえ》の陶板焼き、鮑《あわび》の踊り焼き、ふじやま和牛のステーキ、飛魚と鰻《うなぎ》の茶漬けなど美味珍味が盛り沢山。恒司はまたしてもひと口食べただけでぐうぐう寝てしまい、料理がなんとも勿体《もったい》ないことであった。

また湯に浸《つか》り、おれのみマッサージにかかる。九十分揉《も》んでもらったらふらふらになった。

明日、伸輔たちは下田《しもだ》の水族館へ行って海豚《いるか》と戯れる。おれたち夫婦は川奈駅で別れて東京に帰ることになる。

二〇一〇年八月二十一日（土）

五時半、『現代語裏辞典』の署名落款本三十冊を運びに来てくれた文藝春秋の丹羽、山田両君と共に、光子同伴で近くのイタリア料理店「ロカンダ」へ行く。今夜は『現代語裏辞典』の出版記念謝恩パーティである。協力してくれた朝日ネットのわが会議室の連中三十人ほどを招いての祝宴だ。文藝春秋からは会長の上野徹が来てくれて、わが「漫画読本」時代からのつきあいのことなども含め、最初に発言してくれた。来てくれた人をすべて書き列ねることは略すが、プロの作家三人（堀晃・北野勇作・上田《うえだ》早夕里《さゆり》）を含めてほぼ全員に挨拶してもらう。いずれも錚々《そうそう》たる連中であり、こういう連中に支えられているおれは実に幸せだ。夏はジャズの季節だから山下洋輔が多忙で、参加してもらえなかったのはまことに残念。

司会をしたのでほとんど何も食えず、薄いめに作ってもらったバーボンの水割りを五、六杯飲んだだけ。料理は旨《うま》く、特に最後に出たデザートは好評だった。九時過ぎにお開きとしたが、連中はまだ喋《しゃべ》り足りなかったらしく、そのあと二十人ほどが原宿駅前の「牛角」へ行って、看板まで話し込んでいたらしい。さすがに注文したのは枝豆と冷奴《ひややっこ》とビールだけで、ホルモンを食べたのはひとりだけだったと言う。疲れたが、愉《たの》しいパーティだった。なんとなく責務を果したような気分であり、ほっとした。茶漬けを食べ、ビールを飲み、就寝は十一時。

二〇一〇年八月二十二日（日）

百歳以上の行方不明者が何百人も出ているらしい。死体を持ち歩いたり放置したりして年金を貰《もら》うのは不埒《ふらち》であるが、行方がわからないというだけならば年金を貰ってもいいのではないかという気がする。子供が親を捨てた姥《うば》捨ての時代とは逆に、親が自分で出て行くというのは、七十五歳の老人の立場から見ると、なかなか洒落《しゃれ》ていて、いいのじゃなかろうか。おれも九十歳とか百歳とかになって死期を悟ったら、「捜すな」と言い置いて出て行き、行方不明になるのもひとつの身の処し方であろう。「まあ、二年くらいなら年金を貰ってもよかろう」と書いておけばよろしい。

二時にワックの松本出版局長と編集の小森明子と、シュガー・カンパニーの佐藤社長と山添美保が、「愛煙家通信」第二号のためのインタヴューにやってきた。何やかや話す中で前記の話題となったのも、酒や煙草がストレス解消になるので、このままでは百歳まで長生きしそうだと言ったからである。健康と喫煙には何の関係もないということがこれだけはっきり医学的に証明され、あちこちに書かれているのに、それを見ぬふり、聞かぬふりをして未《いま》だに喫煙は健康に害があることを前提にして反喫煙を主張する馬鹿が多い。だからこちらは喫煙と健康が無関係であることを前提にしていろいろと喋ったのである。ヒステリックな反喫煙者が逆上しそうなことを思いっきり吐き出したのですっきりした。

二〇一〇年八月二十三日（月）

四時半に迎えの車が来て、東京會舘へ。今夜は谷崎賞の選考会である。二階の一室にはすでに川上弘美と新選考委員の桐野夏生が来ていて、おれのすぐうしろから池澤夏樹、最後に「初めてなのに遅れてすみません」と新選考委員の堀江《ほりえ》敏幸《としゆき》。新人お二人は「緊張してます」と言いながらも、いざ選考が始まると堂堂と意見を述べる。桐野さんは以前『東京島』で受賞のあと、おれが授賞式で選考経過を述べ、その後彼女の『女神記』発刊の折に対談したりもしているので、意見は安心して聞いていられた。推薦する作品も同じだった。

昨年は受賞者が出なかったので心配していたのだが、今年は阿部和重『ピストルズ』に決定したのでほっとする。他にも、二作受賞にしてもいいのではないかと思える力作がもう一作あったのだが、これは反対する人が多くて受賞に至らなかった。

フランス料理の会食となる。丸谷才一、井上ひさしという座談の名手が欠けただけに、最初はみな言葉が少なく、特に桐野さんは「緊張して」などと言ってほとんど喋らない。おれと池澤氏が責任上、話題提供の努力をする。それでもアルコールが入るとみな次第に元気になり、大笑いも交えて愉しく時を過す。選考で正反対の意見だったことなど忘れて和気藹藹《あいあい》となるのはいつもの通りであり、さすがはベテラン作家ばかりである。

帰宅九時半、就寝十一時。

二〇一〇年八月二十八日（土）

谷崎賞の選考があった二十三日の昼間、時事通信が取材に来たことを書かなかったが、これは『現代語裏辞典』のインタヴューだった。記事になるのは二週間ほどのち、地方紙に順次掲載されるそうだ。

その次の二十四日に神戸へ戻り、二十五日には「ビーバップ」の収録があったのだが、この日来る筈《はず》だった行動分析学の先生は、恩師の急逝で来られなくなった。佐藤春夫《さとうはるお》の子息だったということの先生は、酔っぱらいの行為によってプラットホームから落され、轢死《れきし》されたのだ。行動分析学というのは、例えばいかにして煙草をやめさせることができるか、などの研究をする学問だが、いかにして酒をやめさせるかを研究した方がよかったのではないか。代りのゲストの若い学者がカウボーイ・スタイルだったので驚いた。この日は番組の最後に『現代語裏辞典』の宣伝をした。

二十六日にはアニメ『パプリカ』の監督だった今敏《こんさとし》が亡くなったことを知り、吃驚《びっくり》する。神戸のパソコンが不具合で詳しいことがわからないためいらいらした。苛立《いらだ》ちながらも東京へ移動。東京のパソコンで「さようなら」と題された彼のブログを読み、涙する。あまりにも早い死である。

昨日と今日とで「谷崎賞選評」を書き、「愛煙家通信」のインタヴューの校正をし、発送する。明日はテレビ東京「100人の日本人」の収録である。表参道のよさこい祭りのため、迎えは十二時十五分。

二〇一〇年八月三十一日（火）

昨日は朝日新聞出版の池谷真吾が、文芸の芝田編集長をつれてやってきた。「漂流」の出版打合せである。今年は本が出過ぎたので、発行を来年一月とさせてもらう。新聞連載した作品は、本屋やアマゾンよりも新聞販売店でよく売れるのだと聞かされた。朝日新聞出版は本社から独立して別会社になり、以後は売る気満満になっているとも聞く。

夕刻、東大の宇宙航空工学大学院へ行っている甥《おい》っ子、松野賀宣《よしのり》がやってくる。夏休みだが、たいてい毎日研究室へ行き、航空機の模型を作っているのだと言う。ＪＡＸＡへ行って宇宙飛行士になるのが夢であるが、なかなか最初から宇宙船の模型などは作らせてもらえないようである。

光子と三人で「重よし」へ行く。四年前、ご両親ともども東大合格をこの店で祝ったのがほんの数か月前のようだ。それが今や大学院一回生。早いものである。大学院は二年で修了。それから三年かかって博士課程を履修すると言う。その時は二十八歳になっているわけだ。でもそれがJAXAへ行ける確実な道ならしかたあるまい。しかもJAXAは入るのが難しいらしい。去年も今年も、一人も入れなかったという。研究室には五十人もいるのだから、たいへんな競争だ。だが賀宣、自信があるらしくてにこにこ笑っている。たいしたもんだ。

朝食用の弁当を持たせて賀宣を送り、帰宅九時半。

二〇一〇年九月一日(水)

九月になったが、暑さは変らず。水道の蛇口からはいつまでたってもぬるま湯が出てくる。

二時、「yomyom」の楠瀬啓之と長谷川麻由が、NHKで収録を終えた的川《まとがわ》さんとカメラマンをつれて来宅。JAXAの名誉教授で技術参与の的川泰宣《やすのり》氏とは、今日相模原《さがみはら》のJAXAでお目にかかることになっていたのだが、近くの代々木で収録があったので小生宅へお越しになったのである。楠瀬君はわが甥っ子が宇宙飛行士志願と聞いて、インタヴューの相手をおれにさせたのだ。
この前の日曜日に収録したテレビ東京「世界を変える日本人」で、先日帰還した「はやぶさ」のプロジェクト・マネージャー川口淳一郎《かわぐちじゅんいちろう》氏を取りあげたので、さっそく彼の話になる。ビデオで見た限りではやさしそうな先生だったのだが、甥の賀宣によれば怖い先生だと言うので確認したのだ。確かに厳しい人だが、「はやぶさ」帰還以後はなぜかやさしくなったと言うことであった。「はやぶさ2号」のプロジェクト・マネージャーはせず、今は「イカロス」に力を入れているのだとか。的川さんは友人のSF作家・石原藤夫《いしはらふじお》のこともよくご存知だった。レーダー衛星二基の故障の原因は北朝鮮がリモコンでOFFにしたからではないかという光子の意見を紹介したり、その他話題はあちこちへ飛んで盛りあがり、面白い対談になった。校正を急いでいたので次の号に掲載されるのだろう。

二〇一〇年九月二日（木）

五時半過ぎに朝日新聞・大上朝美がハイヤーで迎えに来る。今日は光子ともどものお招《よ》ばれで、「漂流」連載の打上げだ。以前から築地《つきじ》へ行ってみたいと洩《も》らしていたため、市場とは少し離れているものの築地・本願寺《ほんがんじ》裏の「ふじ木《き》」という、小さいが新しく綺麗《きれい》な料理屋へ連れて行かれる。店には文化グループ編集長・佐久間文子とその上司の福地献一が待っている。福地氏とは初対面である。さっそく乾杯。おれはのっけから焼酎《しょうちゅう》、光子はスプマンテのあと白ワイン、他の人はビールのあと白ワインや焼酎や、その他いろいろ。蛸《たこ》の卵などの先附八寸のあと、スッポン仕立ての土瓶蒸し。その次の刺身はさすがに旨《うま》かった。活車海老《いきえび》、中トロ、真鯛《まだい》、鮃《ひらめ》その他だがいずれも新鮮。この店を選んでくれたのは朝日の料理や料理店担当の女性だと言う。次いで帆立のしんじょう焼、煮物は冬瓜《とうがん》のスッポン煮や小芋などにフカヒレのあんかけ、揚物は鱧《はも》のアスパラ巻と銀杏《いちょう》、酢の物は鰈《かれい》の南蛮漬に蕎麦《そば》の芽、ご飯は蟹《かに》の粽《ちまき》、デザートは紫芋の葛饅頭《くずまんじゅう》という、いやはや風流で夏向きのけしからぬご馳走《ちそう》であった。

女性が三人いるだけに話は大いに盛りあがり、料理のこと、JAXAのこと、ペンクラブのこと、大江健三郎のこと、ファッションのこと、まるでシュンポシオンのようであり、時間の経つのを忘れ、なんと四時間半も話し続けてしまった。全員が食べ終えてから次の料理を出すという店の手順だったからであろう。帰宅十一時。

二〇一〇年九月三日（金）

「文學界《ぶんがくかい》」から「三十年後」をテーマに二十枚の短篇をという依頼。ここ数年、短篇は何も書けず、テーマ自由、枚数自由で出来次第いただきたいという依頼すべて抛《ほ》ったらかしという状態を編集者氏は知らないようだ。そういう説明のご返事をするのも憂鬱《ゆううつ》で、やはり抛ったらかしにする。朝日新聞からは今敏監督の追悼文を書けという依頼。これも憂鬱になる話だ。抛ったらかしにするしかあるまい。『現代語裏辞典』がアマゾンで品切れ、書店でも売切れ続出ということになってから、やっと重版決定。できるのは二週間先。どうなっておるのだ。営業部は薄情だぞ。もっと読者のことを考えてリサーチし、早いめの重版を願いたい。

二時、日経新聞の浦田氏がカメラマンと共に「裏辞典」のインタヴューで来宅。この人は文壇の動静に詳しいので、逆にこちらからいろいろと訊《たず》ねる。この記事は今月末に掲載されるそうだが、それまでに書評が出るということだ。

五時、伸び過ぎた髪をカットするため「NALU」へ行く。

夕食のあとテレビ東京「世界を変える日本人」を見る。おれのコーナーで「裏辞典」の紹介をしたのだが、そのせいもあったのだろうかアマゾンでは予約だけで勢いを盛り返し、文藝《ぶんげい》で二十位になっていた。

明日は神戸に帰る。ちくしょう。なんでこんなに忙しいのだ。

二〇一〇年九月十四日（火）

日本、中国、台湾が尖閣《せんかく》諸島をめぐって三つ巴《どもえ》の争い。面白い面白い。いっそのこと尖閣諸島に米軍基地を作ってしまえばもっと面白くなると思うがどうか。

夕刻五時四十分に新潮新書のわが担当・阿部正孝がハイヤーで迎えに来てくれる。今夜は『アホの壁』十万部突破の祝いなのである。すぐ近くの「青山浅田《あおやまあさだ》」へ光子ともども出向くと、ビルの地下にある店では和服、制服の女性十人余がずらり出迎えてくれて圧倒される。部屋では石井昂、後藤裕二が待っている。ここは以前『銀齢の果て』出版の時やはり石井氏に招かれた店である。おれはあいにくまたしても皮膚炎が出たので酒が飲めず、皆が旨そうに美酒・白山を飲むのを眺めるだけ。糖尿で飲めない筈《はず》だった石井氏までが飲めるようになっていたので悔しい。

料理は鮎《あゆ》づくしだ。鮎の煮物から始まって鮎の姿寿司《ずし》、鮎の白味噌《しろみそ》仕立て、鮎の洗い、鮎の唐揚げ、鮎の汐《しお》焼き、鮎と野菜の炊合せ、鮎とにがうるかの石焼き、土鍋《どなべ》炊きの鮎御飯と、まことに結構なものであった。女将《おかみ》が挨拶《あいさつ》に来て、昔金沢《かなざわ》の本店で一泊し、女将と若女将と未来の女将である娘さんの三代が給仕してくれ、若女将が市場までついてきてくれて土産の蟹を選んでくれたことなど、光子との間に話が弾む。ここの女将はあの時の女将の孫、若女将は伯母《おば》さんであったのだ。帰宅八時半。

二〇一〇年九月十六日（木）

午後二時、文藝春秋・丹羽君がNHKラジオの鈴木良治、アナウンサーの野口博康《のぐちひろやす》を伴って来宅。「土曜あさいちばん」の「著者に聞きたい本のツボ」というコーナーで「裏辞典」の紹介をするためのインタヴューである。ラジオに出るなんて久しぶりだ。土曜日の朝六時十五分からのコーナーなので聞けないが、放送後NHKラジオのウェブでしばらくの間聴けるらしい。

二人が帰ったあと、丹羽君はそのまま残り、今度は「週刊朝日」のライター朝山実とカメラマンがやってきて、やはり「裏辞典」のインタヴュー。一頁の記事の中に写真と書影が入るという。再来週あるいはその次の週に掲載される。

丹羽君は「裏辞典」の再版分を二冊持ってきてくれた。やれやれ、やっと再版が出た。アマゾンでは長いこと品切れだったので、中古品が三千円以上に値上りしていた。コレクター商品はなんと五千円近くまで値上り。おれが署名落款した本であろうが、せこいやつもいるもんだ。

夜に入って、とんでもない依頼が飛び込んできた。まだ返事もしていないし詳細も明かせないが、「裏辞典」ヒット記念の大イベントをやってくれというのである。「裏辞典大賞コーナー」もあるという。クイズ形式にするのなら、参加者は今から「裏辞典」を読んで丸暗記しておかねばなるまいね。あはははははは。

二〇一〇年九月二十三日（木）

十一時十五分、光子とタクシーで出発。光子をディオール前で降して、おれは兵庫県立美術館へ。十二時着。水木《みずき》しげる展をやっているので子供が多い。中村貞夫《なかむらさだお》の「黄河《こうが》展」

の展示場へ行く。中村貞夫が迎えてくれる。今日のもうひとりの講師である、前大阪大学総長の鷲田清一《わしだきよかず》氏とは旧知の間柄である。展示されている巨大な絵画の膨大な数に圧倒される。黄河の源流から河口に向って旅をしたと言う。最後は河口の絵で終る。

レストランで食事をしながら打合せをし、控室へ。中込制の客席は早くに満杯となり、補助椅子まで出したという。二時、開会。おれが最初に出て、中村貞夫との交遊歴を三十分話す。中村貞夫とは大阪市内の小学校の知能指数の高い子ばかりを集めた特別教室以来の友人であり、中学校もずっと一緒で、作家になってからは画集を送ってもらったり、伸輔の絵を見に来てもらったり、新聞連載のカットを描いてもらったり、彼の富士山《ふじさん》の絵を買ったり、というつきあいであった。

終了後の茶席で、特別教室の友人たちと出会う。みんなそれぞれ偉くなっていて、引退後もすばらしい貫録の人物ばかり。懐かしくて嬉《うれ》しいひと時であった。

六時に帰宅すると、光子が誕生祝いだというのでディオールのペンダントをくれた。明日二十四日は誕生日なのである。

明日からまた上京。

二〇一〇年九月二十五日（土）

午後二時五十分、ジャーマネ柳井とマジックアワーの人が迎えに来てくれ、ハイヤーでシネ・リーブル池袋へ。「筒井康隆映画祭」の会場なのである。控室で『七瀬ふたたび』の小中和哉《こなかかずや》監督と、これは初対面のヒロイン芦名星に逢《あ》う。

上映中の『ジャズ大名』が終り、トークショーとなる。まずおれひとりが出て挨拶。司会者からいろいろ訊《き》かれる。適当に答える。小中監督と芦名星が登場して、三人でトーク。適当に話す。壇上からはわが会議室のメンバーの顔も見えた。

巨大なバースデー・ケーキが運び込まれ、蠟燭《ろうそく》の吹き消しをやらされる。七本でよかった。七十六本立っていたら目眩《めまい》を起してぶっ倒れていただろう。星ちゃんからは花束を貰《もら》う。星ちゃんは宝塚の男役ならさぞ人気が出るだろうと思える凜凜《りり》しい雰囲気のお嬢さん。

控室へ戻ると「週刊新潮」の小藪玲子がカメラマンをつれてやってきて、星ちゃんとツーショットの写真を撮られる。胸にさげたペンダントは白金ですかと訊ねられたので、光子から誕生祝いに貰ったディオールの二十万円の品であることを言うと小藪さんは眼を丸くし、値段を書いてもいいですかと訊ねる。別段隠すことでもあるまい。この写真は来週号のグラビアに載るそうだ。

小椋悟《おぐらさとる》から白ワインを貰い、花束と共にまたハイヤーで自宅まで送ってもらう。帰着五時半。

二〇一〇年九月三十日（木）

珍しく「群像」から原稿依頼。寄越したのは新人の女性だが、おれが「群像」に小説を書こうとすると必ず呪いがあるということをまだ知らぬらしい。だから今まで一度も小説を書いていないのであるが、とにかく一度逢うことにする。

「裏辞典」が三版決定。高価な本なのにこの早さでこの売行き。たいしたもんだ。アマゾンでは文学・評論の部で十五位。

午後二時、阿川佐和子《あがわさわこ》が「週刊文春」の松本大輔、ライターの芝口育子、カメラマンと共に来宅。弘之《ひろゆき》氏、まだお元気らしい。連載「この人に会いたい」はずっと以前から登場を乞《こ》われていたもので、やっと今回実現した。「裏辞典」のことを手始めに、演技のこと、断筆のこと、ＳＦのこと、その他ありとあらゆることを訊かれる。すべてに答えたのだが、二時間もかかってしまった。五頁で大丈夫なのかと思うが、分載はせず、一回で収めてしまうとのこと。次は十年以上経たないと登場できないそうなので、惜しい部分はそれまで残しておけばいいわけだが、その時おれは八十六歳。文学や文壇についての悪知恵をいくつか教えたことは、佐和子さんにとって大いに役に立つ筈である。最後はツーショットの写真を撮って終る。十一月四日号（十月二十八日発売）は、あくまで予定。

夜、中川翔子監督『七瀬ふたたび』プロローグのＤＶＤを見る。面白くわかりやすく音楽もいい。しょこたん自身も出演している。

二〇一〇年十月十日（日）

煙草が値上りしても、一昨日乗った新幹線の喫煙ルームにはお仲間が次つぎに現れ、甚だ心強いことであった。あるいは買溜《だ》めした煙草を盛大にふかしているのかもしれないが、だいたい百円くらいの値上げで禁煙しようなどという者は少数派であり、これをきっかけに禁煙しますなどという者が多数いるなどはテレビや新聞の意図的編集によるものであろう。そういえば新聞の社説では、まったくない筈の値上りの経済効果その他は論じないで、なんたることか、ピント外れの喫煙の害について書いていた。今まで煙草税の値上げという馬鹿な政策に異論を唱えてこなかった新聞が、罪障意識によってけんめいに論点をずらそうとしているかのようであり、面白かった。それにしても両極端の異なる立場がある時は両方の意見を取り上げるというマスコミの良識はどこへ行ったのだろうな。ったくもう、嫌煙か値上げかどちらかにしろ。

テレビ東京の番組は装いを新たに「この日本人がスゴイらしい。」とタイトルを変えての、今日は最初の収録である。主に国連をやるというので明石康《あかしやすし》さんを引っぱり出してきた。いささか硬派の番組になるとはいえ、全員背広になっただけでメンバーはほとんど変らない。明石さんはよく喋《しゃべ》ってくれたものの、ほとんどカットされるのは気の毒だ。二時間スペシャルの収録に四時間もかけちゃいけない。椅子が堅いので尻《しり》が痛くなって困る。

帰宅九時。

二〇一〇年十月十二日（火）

山田風太郎文学賞の候補作品はいずれも長大で読むのに難渋。貴志祐介『悪の教典』などは四百頁を越す大冊が上下二巻であり、綾辻行人《あやつじゆきと》『Another』も七百頁に近い大作なのである。

「美しい人だわ」と妻が言った。やってきた「群像」編集部の須田美音は東大英文科出身の才媛《さいえん》で入社三年目。今までおれが「群像」に一度も書いていないことも初めて知ったと言い、しきりに不思議がる。おれも不思議である。おれの小説も『ダンシング・ヴァニティ』以外はほとんど読んでいず、何も知らずにおれにメールしたことを自分でも向こう見ずだと言う。

小説の依頼なのだが、今書いている「最後の小説」は「新潮」の矢野優も見せてほしいと言っていたので、不公平になるからできている部分を彼女に見せることはなかったが、一応こちらの条件だけを述べて編集部内での相談の結果待ちということにする。現在執筆を中断している理由は、どうしても取材が必要になってきたためなのだが、どこかに取材の手配を頼めば結局そこへ原稿を渡さねばならなくなるから困っているのである。他にも条件はあり、これはまだ矢野君にも話していないのでいずれ逢った時に話すつもりでいる。

取材に出かけるのはまだ一か月ほど先になるから、どこに書くかはそれまでに決めなければならない。もし他にも名乗りをあげる誌紙があれば今のうちにどうぞ。

二〇一〇年十月十三日（水）

午後二時、文藝春秋・丹羽君が出版メディア担当の目崎敬三《めざきけいぞう》と、東京カルチャーカルチャー店長の横山伸介をつれて来宅。十一月二十三日の火曜日（勤労感謝の日）お台場の東京カルチャーカルチャーにて行われる「筒井康隆作家生活五十周年記念〜現代語裏辞典ライブ」の打合せである。これは飲食しながらのトークイベントであり、開場十七時・開演十八時・終演二十時で定員は百二十名。前売券が二千八百円から三千円。たちまち売切れになりそうである。来られない人は生ライブのネットから参加していただくことになる。
まずはスクリーンにウィキペディアの「筒井康隆」を修正できる状態で映し、この間違いを生ライブで修正しながら、作家生活五十年を振り返る。次いでネットやツイッターで集めた「筒井康隆への質問」におれが答えるというトーク。続いて「現代語裏辞典テスト」というのを行う。これは本に収録されている項目、収録されていない項目をとりあげ、早いもの勝ちで答え、これは本の通りに答えてもよし、本より面白ければ、また、収録されていない項目の場合はおれの審査で面白いものを次の版に載せるというテスト大会である。優秀な人にはその場で賞品が授与される。最後はおれの朗読で終るが、作品は未定である。当日は『現代語裏辞典』、『壊れかた指南』、外国の翻訳書などの署名落款本を販売することになる。やれやれ。当分このための準備に追われそうだ。

二〇一〇年十月十四日（木）

昨夜遅く、文藝春秋の明円一郎から菊池寛《きくちかん》賞受賞の電話があり、今日詳細がFAXで送られてきた。わが受賞理由は「作家生活五十年、常に実験的精神を持って、純文学、SF、エンターテインメントに独自の世界を開拓してきた」というもの。他は俳句の金子兜太《かねことうた》、NHKスペシャル「無縁社会」、「はやぶさ」プロジェクトチーム、染色の吉岡幸雄《よしおかさちお》、「万葉みらい塾」の中西進《なかにしすすむ》である。

五時、迎えのハイヤーで東京會舘《かいかん》へ。谷崎賞の授賞式である。控室で受賞者の阿部和重、中公文芸賞の江國香織《えくにかおり》と会い、選考委員の堀江敏幸、桐野夏生、川上弘美と会う。会場の選考委員席では渡辺淳一と林真理子の間に座らされる。中公文芸賞の選評を淳一さんがやる。今年、谷崎賞の選評は堀江君がやってくれるので気が楽だ。阿部和重はかっこいい。四十二歳なのに若く見えるので淳一さんが驚いていた。受賞作が二作とも講談社だったから、講談社の人が多い。「群像」編集長の松沢賢二とは初対面。明円一郎を始めとする文藝春秋の連中はみな声をひそめて「おめでとうございます」と言う。菊池寛賞、まだマスコミには未発表なのである。矢野優と一緒に控室へ煙草を喫いに行った時、エレベーター前で須田美音と遭遇。具合が悪い。JTの人たちが「愛煙家通信」の礼を言いにくる。二次会、三次会で会ったその他の人は楊逸、川上未映子《かわかみみえこ》、奥泉光、鹿島田真希《かしまだまき》、その他大勢。飲み過ぎた。ふらふらになって帰宅一時半。ようやるわ。

二〇一〇年十月二十五日（月）

中国の反日運動は嫌煙権運動に似ている。政府への不満を反日にすり替えようという中国共産党の策謀は、アルコールや自動車産業への風当たりを煙草にすり替えようとする日本の政府やマスコミの策謀と同じであり、地球から日本を消滅させてしまえというヒステリックなプラカードの文句はそのまま、煙草文化を消滅させようという嫌煙権運動家のヒステリーぶりに相似である。誰かそのことに気づいている人はいるのだろうか。

「裏辞典」の四刷りが決定。オビには「祝・菊池寛賞受賞」の文字が入る。その菊池寛賞授賞式の招待者名簿を作ってメールで発送する。一受賞者につき三十人しか招待者枠がないので苦渋する。結局四十人を越えてしまった。

二時、朝日新聞出版の芝田暁、池谷真吾が「漂流」のゲラを持って来宅。大江さんが推薦文を書いてくれるという嬉《うれ》しい報告。返事のはがきのコピーを見せてもらった。

「あの連載は、ひとりのじつに独特な面白さと真面目さの知識人の自己形成史として、その本に対する記憶力の大きさ、細かさに感嘆しつつ愛読しました。筒井さんに心からおよろしくおつたえ下さい」

ありがたいことである。

菅《かん》首相がだんだん泣き顔になってきた。誰か何とかしてやれ。一国の総理があの顔では、いくら何でもまずいぞ。

二〇一〇年十月二十九日（金）

午後三時過ぎ、新名君がわざわざハイヤーで迎えに来てくれる。山田風太郎賞の選考会なのである。東京會舘につくとすでに部屋には赤川次郎、京極夏彦、桐野夏生が来ていて、すぐに重松清も到着。エンターテインメントを評価するのは久しぶりだが、批評レベルの高さは谷崎賞と変らない。一番の論客は重松清で、この人はもと編集者だから作品の欠点をこまかく見ていく。赤川氏は基本を押えた発言。桐野さんは文学的な視点からこだわっていく。京極夏彦は山田風太郎の名を冠した一回目の賞であることを重視し、ユーモラスに評価していく。いいメンバーであり、面白かった。

昔、おれなどは文学の最先端の手法や技術による成果をエンターテインメントに取り入れて新味を出そうとしたものだったが、今回のようないいエンターテインメントばかりに出逢《あ》うと、今の若い人の書くやわな文学など、逆にもっとエンターテインメントに学ぶべきではないかとさえ思ってしまう、それほどいい作品が多かったのだ。激論の末おれが二重丸をつけた貴志祐介『悪の教典』に授賞が決定。おれは授賞式の挨拶《あいさつ》にまわり、今日の記者会見は京極君がやることになる。京極君ぶつくさ言いながら食事の途中で会見場に向かう。夕食ではステーキをいただく。京極君戻り、ほどなく受賞者到着。貴志君は京大出身で、風太郎さんやおれの愛読者だったとのこと。

　ウイスキーのロックを二杯飲み、歓談のあと八時半帰宅。

二〇一〇年十一月十一日（木）

世の中はAPECだのロシア大統領だの胡錦濤《こきんとう》だのと何やら騒がしいが知ったことではない。午後二時に家を出て、新幹線で京都へ。八条口《はちじょうぐち》に出ると岡本新・喜美子夫婦がベンツで待ってくれていた。例によって夫婦二組が同乗、新さんが運転、おれは助手席、妻たちは後部座席。京都市内を通って一号線で山科《やましな》を抜け、一六一号線、即ち無料の湖西《こせい》道路を走る。よく晴れている。まだ山は紅葉も黄葉もしていない。今年はずいぶん遅いようだ。右手に琵琶湖《びわこ》が見えてくる。仰木雄琴《おおぎみごと》で湖西道路を降りて温泉地へ午後五時到着。

　この雄琴温泉には、乃村工藝社時代に社員の慰安旅行で一度だけ来たことがある。戦前は色街で有名だったところだから、雄琴温泉へ行くと言うと今でも女遊びに行くのかと勘違いする人もいるが、現在はまったくそのようなところではない。ここの「花街道」という旅館は新さんの洛北《らくほく》高校時代の女友達のお兄さんが経営しているとかで、歓待を受ける。

五階の部屋に通され、カーテンを開けると左右はるか、湖が見渡せる。やはり湖の見えるでかい檜《ひのき》の風呂《ふろ》が部屋についていてさっそくひと風呂浴びる。これは温泉かけ流しであり、ひと晩中入れる。

われわれの食事のための和室に四人集って夕食。伊勢海老《えび》のバター蠟《ろう》焼き、近江《おうみ》牛の陶板焼、目板鰈《かれい》の唐揚げなど。最後は松茸《まつたけ》ご飯。おれは風変りな銘柄の芋焼酎《いもじようちゆう》を次つぎに試す。食事が終りかけた頃、新さんの息子の篤君一家がやってくる。篤君も歯科医であり、ここから車で三十分ほどの湖畔の守山《もりやま》というところで奥さんの敬子さんと一緒に歯科医院をやっている。おれの受賞を祝って挨拶に来たのだと言う。家族は敬子さんと小学三年の岳洋君と小学一年の悠平君の四人。小さな兄弟は双子のようにそっくりである。おれたちのデザートを子供たちが食べ、そのあと全員、ラウンジへ移動、女性たちは珈琲《コーヒー》、子供たちはまたケーキを食べ、おれはウイスキーのロック、新さんはずっとビール。

一服しようとして喫煙室へ行くと和服姿の美しい若い女将《おかみ》がついてきて、何やかやと談笑する。さすがに現代っ子で、おれのことはブログやツイッターを見て知っているらしい。書き込みをするとか言っていたから、そのうちツイッターにあらわれるだろう。この女将は三代目で、この温泉を見つけ、旅館を建てたのがお祖母《ばあ》さんだと言う。

さらに全員がおれの部屋に移動。夜は対岸に点点と灯《とも》が点って実に美しい。みんなが交代で風呂に入る。光子と喜美子さんは湖を見渡せる露天風呂に行ってきたらしいが、いつ行ったのか憶《おぼ》えていない。子供たちが隣の座敷で寝てしまったので、少ししてから篤君一家は帰っていき、新さんたちも自室に戻る。おれはマッサージにかかる。初老の男性がやってきて揉《も》んでくれたが、実に上手だった。深夜、もう一度風呂に入る。

二〇一〇年十一月十二日（金）

朝は雨が降っていた。紅葉や銀杏《いちょう》の黄葉が美しい。八時に昨夜の部屋で朝食のあと、九時に出発。昨日の道路を京都まで戻り、京都東から名神高速に乗る。草津《くさつ》田上《たなかみ》からは初めての新名神に入る。出来たばかりで綺麗《きれい》な道路だ。大峡谷の間を抜けると山山が霧に包まれていて物凄《すご》い。信楽《しがらき》あたりから晴れてくる。三重県に入り、亀山《かめやま》から伊勢線に入る。鳥羽《ば》で高速を降り、賢島《かしこじま》へ行く。久しぶりである。

貝類を焼く小さな店が並んでいて、新さんたちが以前来たことのある「海女《あま》小屋ちさと」という店に入ると、おかみは新さんのことを憶えていた。ここで蛤《はまぐり》、大あさり、牡蠣《かき》、伊勢海老、あわび、サザエなどを次つぎに焼かせて食べる。これをやりたかったのである。

鳥羽アクアリウムを覗《のぞ》いたあと、鳥羽から伊勢湾フェリーに乗る。伊勢丸という船だが、乗客は少ない。有料の特別室、広いラウンジでのんびりする。このフェリーは九月にいったん廃止することになっていたものの、やはり運航することになったらしい。ここから三河《み》《かわ》の伊良湖《いらご》までには四つの小島があり、いちばん大きな答志島《とうしじま》が左手に見える。人口二千六百人だと言う。さらに右手の神島《かみしま》というのは三島由紀夫の『潮騒』の舞台となった人口五百人の島で、小説では歌島となっていた。見るとビルなども建つなかなか立派な島である。黄砂の影響だろうか。遠くは霞《かす》んでいてよく見えない。

渥美《あつみ》半島の突端、伊良湖に五十五分で到着。ここからは四二号線を浜松《はままつ》へと走る。浜松市街を抜け、浜松西インターから東名高速を東に向う。焼津《やいづ》インターで降り、道がわからずうろうろした末、予定の六時半をだいぶ過ぎた頃、やっと焼津グランドホテルに到着。たしかにここは山の上にあってわかりにくい。しかし巨大なホテルで客も多い。八階の部屋に案内される。海の見える温泉だというので地下の露天風呂に行ってみたが、若い男性客でごった返していたので退散。

食堂へ行き、夕食。生しらすが旨《うま》い。ここは鰹《かつお》と鮪《まぐろ》が名物だが、特に鰹は、ふだんは苦手であまり食べることはないものの、ここのチャンジャ和《あ》えと戻り鰹の造りだけは旨かった。むろん本まぐろも旨い。あとはわさび豆腐、鰹の蒲鉾《かまぼこ》、鮪の生ハム、土瓶蒸し、あわびの磯香蒸し、駿河《するが》軍鶏《シャモ》のすき鍋《なべ》、しらすの味噌《みそ》汁など。水菓子はコラーゲン胡麻《ごま》ムース。ここでは地元の芋焼酎を飲んだが、これは不味《まず》かった。あわてていつもの銘柄に戻して計四杯飲む。四人でわが部屋に集ったものの、冷蔵庫がからっぽなのでしかたなくルームサービスでビールを頼む。光子と喜美子さんは露天風呂へ行く。夜なのに女風呂もやはり混んでいたそうだ。

新さんたちが自室に戻ったあと、またマッサージを頼む。光子も揉んでもらう。ひと足先にやってきた光子のマッサージ師は男性で、これは上手だったらしいが、あとからやってきた女のマッサージ師は下手糞《くそ》だった。注文をつけて立腹され、変な揉みかたをされては困るから黙っていたが、手抜きもいいところだ。

二〇一〇年十一月十三日（土）

朝、窓から一望すれば見渡す限りの海、海、海。黄砂で霞んだか富士山はかすかに見えただけ。八時に食堂で朝食。九時出発。二日続きの早起きでさすがに眠い。また東名《とうめい》高速に乗って西へと戻る。浜名湖《はまなこ》ＳＡに立ち寄って喫煙所に行くと、ＪＴの社員だかアルバイトだかの美しい女の子がＬＡＲＫの宣伝をしていた。煙草の煙の中で一日中立っているのかと思い、偉い偉い偉いと感心する。嫌煙権のアホに爪の垢《あか》を煎《せん》じて飲ませたい。豊田《とよた》から伊勢湾岸自動車道に入る。刈谷《かりや》ＰＡに立ち寄って昼食。新さんは拉麺《ラーメン》、光子はうどんを食べる。喜美子さんは姿を見せなかったから何を食べていたのかわからない。おれは団子をふた串《くし》買って立食いし、光子の残したうどんを食べる。そのあと新さん以外の三人は珈琲。

名古屋港にさしかかると、いつも新幹線から見ていた名港《めいこう》トリトン大橋を初めて渡ることになる。亀山ジャンクションから新名神に入って信楽インターで降りる。信楽焼の店が並ぶ三〇七号線、近江グリーンロードを走り、長野中心地区にある窯元の大谷陶器というでかい店まで来ると、立ち並ぶは大小無慮数千数万の信楽焼。狸をはじめ蛙、フクロウ、犬、猫その他あらゆる動物から壺《つぼ》、花瓶、食器に至るまでがぎっしり。圧倒される。ここで東京の玄関先用にフクロウを買い、伸輔の家には可愛い狸を送る。ちょうど「信楽まちなか芸術祭」というものが催されていた。

　ふたたび信楽インターから入って草津から名神に入り、京都東で出る。山科である。京都に来ると南禅寺《なんぜんじ》の紅葉が色づきはじめていた。岡崎《おかざき》の法勝寺《ほうしょうじ》町にある洛陽《らくよう》荘に到着。この旅館は大正時代に建てられたもので、山階《やましな》鳥類研究所で有名な山階子爵が邸宅として居住。平成十五年に数寄屋《すきや》造りの東屋《あずまや》を建増して「洛陽荘」としてリニューアルオープンした。和服の女将が出迎えてくれる。いったんわれわれ夫婦の荷物だけ置いて、新さんの歯科医院へ行き、一服。五時、タクシーで四人、八坂《やさか》神社に詣《もう》でる。懐かしや同志社時代に芝居をした祇園甲部《ぎおんこうぶ》歌舞練場まで四条花見小路を歩いて、鶏料理の「侘家古暦堂《わびやこれきどう》」に入る。この店は光子が「ヴァンサンカン」誌で、焼鳥の旨《うま》い店として京都吉兆《きっちょう》のご主人が推薦されていたのを見て、喜美子さんに頼んで予約してもらったのだ。カウンターに掛け、炭火焼きのコースを頼み、おれは「明《あか》るい農村《のうそん》」や「農家《のうか》の嫁《よめ》」などの芋焼酎を飲む。鶏は侘家鶏といって、鳥取の大山《だいせん》の麓《ふもと》で育てたオリジナルの雌鶏《めんどり》であり、串焼《くしや》きはつくね、ささみ、ねぎま、砂肝のニンニク挟みなど、いずれも美味である。おれは砂肝を追加で戴《いただ》く。我ながらよく食べるのに驚く。

　新さんたちにタクシーで送ってもらい、洛陽荘に戻る。数寄屋バーへ行き、女将の接待でおれはビールを戴く。女将といろいろ話す。この加畑有香子さんは子育てを終えた素人の人妻なのに女将としてスカウトされたという才媛《さいえん》である。光子は浴場に案内され、ひと風呂《ふろ》浴びてきた。就寝十一時。

二〇一〇年十一月十四日（日）

眼醒《ざ》めたのは「満月庵《まんげつあん》」という数寄屋造りの東屋であった。美しい庭園、棚に揃った茶道具、掛軸などいずれも一級品である。ひと晩に四組しか宿泊させないという超高級な旅館で、昨日通された大広間も凝りに凝った造りであった。今朝はその大広間で他の客が朝食をとるため、われわれ夫婦は昨夜のワインバーで朝食。何しろ昨夜は炭火焼きをたくさん食べたため、光子などはほとんど何も食べず。

九時半、新さん夫婦が迎えにきてくれて、洛陽荘を発《た》つ。女将の見送りに再来を約す。名神高速で神戸へ。摩耶《まや》―京橋《きょうばし》間が工事のため通行止になっていたので、西宮《にしのみや》からは第二国道を走る。水曜日のビーバップ収録の日もまだ工事中らしいので、ちょっと心配である。

駐車場にベンツを置いて、中華街を通る。姉妹はここで買い物。十二時にインド料理の「ラジャ」へ行く。新さんお馴染《なじみ》の店であり、おれも何度か来ている。新さん夫婦は朝食を抜いてきているので、タンドリー・ミックス・グリルやチキン・カレーを食べ、光子も少し食べるが、おれはまったく食べられず、すべてテイクアウト。今夜の夕食が楽しみである。

新さんたちはわが家の前まで送ってくれる。次の旅行を約束して別れる。あちこちでしてきた買い物の整理が大変だ。ともあれ、旅は終った。

二〇一〇年十一月二十一日（日）

昨日から恒司が家にいる。ミヅマでやる人形劇を手伝うとかで伸輔・智子夫婦が置いていったのである。恒司は両親がいなくても平気になり、おとなしく有料テレビでウルトラマンを見ている。ライブの最終打合せにやってきた平石君、尾川君が恒司を見られたというので喜んでいた。

悪い。昨夜は伸輔たちを待って遅くまでひとり飲み続けていたので、二日酔いとなり、気分が悪い。昨夜は結局彼らが帰ってきたのは十二時を過ぎていたのだ。あと片付けがたいへんだった上、そのあと山口晃の個展の打上げパーティをやったのである。

一時、迎えのハイヤーが来る。恒司がおれを見送るとかいって玄関先に出ていたのに、肝心の運転手出迎えでハイヤーに乗込むおじいちゃんの勇姿を見ることもなく、どこかへ行ってしまっていた。

テレビ東京「この日本人がスゴイらしい。」の収録。今日は仕掛人特集とかでゲストはコピーライターの仲畑貴志《なかはたたかし》。「のびたラーメン」のコピーを作れという出題に「二日酔いで気分が悪いのに、なんでこんな気持の悪いコピーを考えなきゃならんのか」と言って怒る。できたコピーは「餓えたあなたに猫舌ラーメン」。仲畑氏は合格点をくれた。お櫃《ひつ》の飯をほぐし、碗《わん》に盛付ける優香ちゃんの手つきに感心。こんなこと誰に習ったのだろう。

帰宅すると仲輔一家はすでに帰っていていなかった。

二〇一〇年十一月二十三日（火）

三時、丹羽君が迎えに来てくれて、お台場のカルチャーカルチャーへ四時前に到着。ゼロアカ道場以来である。オールの山田君、平石・尾川両君もすでに来ている。朗読に備えてのど飴《あめ》を頼んだら、山田君は近くに店がなく駅まで買いに行ってくれた。わが作品名を冠した飲食物のメニューがあり、客に供するらしい。最高級有機質肥料カレーなどというのもある。われわれもウィークエンド・シャッフルというノンアルコールのジュースを頼む。

ちょっとしたリハーサルののち五時開場。店長の横山シンスケが、先に席の確保をと声を嗄《か》らすが客はすぐに物販の前に黒山の如く立って署名本が飛ぶように売れて行く。我われは楽屋でモニターを見ながら、あっ、ジュヴナイルのセットが売れただの、誰それが来ているなどと騒ぐ。カメラマンの山元君、朝日の大上朝美も到着。そして六時開演。まずはウィキペディア修正。丁寧にやっているとダレるのであっさりと終えるが、間違いのあまりの多さに驚く。重大な間違いも直せなかったが、あとでゆっくり修正してもらうことになる。「十の質問」では「ビアンカ・オーバースタディ」はどうなっていますかというのがあったので、昨日来場するというメールをくれた太田克史を壇上に呼び上げ、弁解させる。星海社という講談社の子会社を立ち上げ、副社長になったのでその準備に追われていたこと、「ファウスト」の次号が来年になることなどを汗びっしょりで説明したので面白いハプニングとなった。

十分間の休憩のあとは「現代語裏辞典テスト」である。次つぎと正解者が出る。収録されていない項目では【ツイッター】つい言った。【人殺し】法務大臣。【3D】ダメだ。どうしよう。どうでもいいや。というい回答があったので、これを次の五版から収録することとする。各班に分けて競わせたらA班が最優秀だったので、全員に賞品のバッジが与えられる。真ん中に山元君撮影のわが顔写真の入った丸いバッジである。

おれは朗読に備えていったん楽屋へ戻り、平石・尾川大活躍のカルトクイズとなる。『残像に口紅を』の中で三番目に消える音はだの、「NULL」二号の表紙の色はなど、おれに関したカルト的な質問に何問答えられるかを競うものであり、十五問中十二問正解した人が優勝した。最後はおれの朗読。「鬼仏交替」をやる。魚沼氏の人格が仏から鬼に替るところで「こら」と大声を出してテーブルを叩《たた》いたら、グラスが倒れて割れたので驚く。客の半数が演出だと思ったらしく、大拍手となってしまった。二時間を二十分ほど超過して八時二十分に無事終了。

「群像」の須田美音が楽屋に来て菊池寛賞の祝金五万円をくれる。そのあと店内でスタッフ、221、症候群など身内の連中二十人ほどと打上げ。おれの注文の魚介類のマリネやパスタなどでウイスキーのロックを飲み、歓談する。丹羽君に送ってもらい帰宅十一時。

二〇一〇年十一月二十四日（水）

二時、朝日新聞出版の池谷真吾が今日は一人で「漂流」の再校ゲラを持って来宅。あいかわらず朝日の校正はこまかく丁寧だ。

四時過ぎ、角川の新名君がハイヤーで迎えにきてくれ、みごとに色づいた銀杏《いちょう》並木を見て東京會舘へ。控室に行くと風太郎賞の選考委員は全員揃っていたが、受賞者の貴志《きし》祐介《ゆうすけ》はホラー小説大賞の選考委員でもあり、風太郎賞に落ちた綾辻《あやつじ》行人《ゆきと》は横溝《よこみぞ》正史《せいし》ミステリ大賞の選考委員でもあり、今日はその三賞の授賞式だから控室はごった返していてややこしい。ミステリの方は大賞、優秀賞、テレビ東京賞があり、ホラーは大賞、長編賞、短編賞があり、すべてに受賞者がいるものだから、これは授賞式が長引くぞと覚悟して会場に入り、いざ開会となるとみな新人とは思えぬ気のきいた挨拶《あいさつ》をして、四十分ほどで案外早く最後の風太郎賞の選考経過、つまりおれの出番となる。

すでに選評に書いたのと同じことは話せないから、選考委員それぞれの論評のユニークさを語り、候補作すべてに勢いがあったのを最近の純文学はむしろ見習うべきであることなどを語り、受賞作『悪の教典』については小説の反社会性や文学的不快さなどを論じてから、何よりもこの作品には読ませる力があり、全員が読み続けないではいられなかったということであり、自分も後半を一気に読んでしまったがこの作品は上下巻に分れているから一冊を一気に読んだことになり、他の委員は忙しくてそんな時間はなかっただろうが外出していても続きを早く読みたくてしかたがなかったということであり、自分にしてもこんな経験をしたのは何年ぶりかであり、これは稀有《けう》なことだと締めくくる。あとで聞くと委員の誰かが「筒井さんは何でも言えていいなあ」と言っていたらしいが、なんのことやらわからぬ。

パーティ会場へ移動。おれは選考委員御席と書かれたテーブルについて挨拶にくる編集者の誰それと話したが、十人ほど座れるテーブルには桐野夏生が少し座っていただけで他の選考委員や作家はひとりも来ないから、なぜだと新名君に訊《たず》ねると「みんな、筒井さんが怖いんですよ」と言う。わしゃ鬼か。純文学関係のパーティではこんなことは一度もなかったのだが、初めて先駆者の孤独と悲哀を味わう。

以前おれの担当者で今は貴志君担当の大嶋《おおしま》由美子から二次会の誘いを受けていたのだが、パーティ終了後ホラー大賞の二次会にも貴志君が出席するため一時間ほどの間があるというので、飲めない新名君には気の毒だが「エル」に誘い、ママの岩波恵子をハイヤーに同乗させて銀座六丁目の店まで行く。ここで預けてあったターキーのボトルを女の子たちにも飲ませて空にする。またハイヤーで一丁目の何とかいうビルの何階かの何とかいう二次会会場へ行くと、早速乾杯の音頭をやらされる。その後さらに何か喋《しゃべ》れと言われるが、もう喋ることもなく、何だか下品なことを言って皆を笑わせたようだ。貴志君の横にずっといたのだが、おれがいると編集者が寄りつかないらしいから京極夏彦の横へ行く。宮部《みやべ》みゆきが挨拶に来た。十時半に抜け出してまた新名君に、今日一日中乗り回した同じハイヤーで送ってもらう。

二〇一〇年十二月三日（金）

四時に丹羽君がハイヤーで迎えに来る。少し前に来ていた伸輔と共に家族三人が同乗してホテルオークラへ。菊池寛賞の授賞式である。すでに松野賀宣が本館ロビーに来ていた。家族を先に式場へ行かせ、控室へ行き、選考顧問の東海林さだおと平岩弓枝《ひらいわゆみえ》に逢《あ》い、挨拶。もうひとりの選考顧問・養老孟司にはのちに廊下で逢い、ちょっと話す。文藝春秋社長の平尾《ひらお》隆弘《たかひろ》が「受賞されてどうお思いですか」などと心配そうに訊《き》いてくる。五時過ぎになり、受賞者全員が式場へ。途中、川口淳一郎先生と挨拶。受賞者席で隣になった現代俳句の金子兜太と初対面の挨拶をし何やかやと話す。金子さん、九十一歳なのに元気である。前の方の席には家族と松野吉晃一家。賞の贈呈式と平岩さんの挨拶のあと、いよいよおれの受賞の挨拶。三分でやってくれと言われたので、きっかり三分でやって見せた。記憶通りに再録する。

「文藝春秋からやっと賞を戴《いただ》くことができました（笑）。昔、直木賞候補にされて落されて、それが三回続いて、それから四十五年（笑）、やっと戴くことができて、まあ嬉《うれ》しいんですが、同じことならもっと早く欲しかった（笑）。と言いますのも、受賞して、過去の受賞者の顔ぶれを眺めているうち、次第に有難みが薄らいでいくということがあります（笑）。だから早く欲しかった。しかし賞金の百万円というのは非常にありがたい（笑）。実は私、つい先ごろ日本ペンクラブに百万円寄附したばかりなんですよ。ペンクラブ東京大会をやるので世界各国から作家を招いたのに予算がないから寄附してくれ寄附してくれと何度も手紙がくるので、世界中から客を呼んでおいて何をやってるんだと思い、えいとばかりに百万円寄附したら、それが今回戻ってきた（笑）。やはりお金というのは、出さないと入ってこないんですね（笑）。今回いちばん嬉しかったのはやはり、はやぶさのプロジェクトチームと同時受賞したことです（拍手）。われわれの世代にとって「はやぶさ」と言えばやはり加藤隼《かとうはやぶさ》戦闘隊ですが（笑）、そのはやぶさのことについて先日ＪＡＸＡの的川名誉教授と「ｙｏｍｙｏｍ」という雑誌で対談をしました。その時先生に「まったく訓練を受けていない老人が宇宙船に乗れるのはいつごろになるだろう」と伺いましたら、「それはやはり三十年くらいかかるだろう」と。すると私は百六歳なんですよ（笑）。でももしその時までに死んでいず惚《ぼ》けてもいず、行方不明にもなっていなければ（笑）、ぜひ乗りたいという希望を申しあげた。実は私の甥《おい》っ子がその的川先生の後輩になるんですが東大の航空宇宙工学の大学院で、今日の受賞者でもある川口淳一郎さんの講義を受けたりもしているのですが、これが宇宙飛行士の野口さんに憧《あこが》れておりまして、いずれはJAXAに入り、NASAへ行き、そして宇宙飛行士になりたいと希望しております。もしそれが実現した時には私を、訓練を受けていない老人がどこまで宇宙に堪えられるかという実験動物の一匹としてでいいから（笑）、一緒に乗せてほしいと頼んでいるんですが、今回のこの受賞は、ほんとに宇宙へ行った最初のSF作家と言われる夢に、いささか近づいたような気がいたします。どうもありがとうございました。サンキュー（笑いと拍手）」

続いて金子さんが登壇、筒井さんのような威勢のいい挨拶はできないがと言いながらも、対抗するように「ウンコ」を連発して笑いを取る。以下、NHKスペシャル「無縁社会」、「はやぶさ」プロジェクトチームの川口淳一郎、染色の吉岡幸雄、「万葉みらい塾」の中西進が挨拶する。おれが短かったためかみんな挨拶が短く、長かったのは中西さんのみ。平尾理事長がおれの「裏辞典」を引用しながら挨拶したあと、全員が登壇して記念写真を撮り、パーティ会場へ。

会場はごった返していた。前の方に受賞者席をとっているというので行ってみたらそんな席はなく、テーブルはあっても椅子がなく、椅子は壁際に並んでいて席の上に料理の皿を置いていたりするありさまで誰がどこにいるのかわからない。親族ともはぐれてしまい、逢ったのはおれが招待した堀威夫、尾川健、平石滋、日活社長の佐藤直樹《さとうなおき》。朝日放送の矢沢《やざわ》プロデューサーには朝日の佐久間文子を紹介して「漂流」の宣伝を頼む。この矢沢君に紹介しようとしていたテレビ東京の平山プロデューサーに逢った時には矢沢君はいない。

招待した人の誰が来てくれたのかわからず、招待した人も受賞者がどこにいるかわからないと言っていたそうだから不手際もいいところで、このパーティはあきらかに失敗であったろう。その他、逢えたのは小林亜星《こばやしあせい》やJTの人たち。おれが招待したものの、「あんな人混みには行かない」と言って来なかった丸谷才一や、大江健三郎その他の招待者はよき判断をしたと言ってよい。いい加減時間が経ってからやっと、受賞者席が別室に設《しつら》えられていることを、それを知らなかった当の文藝春秋の社員が教えに来る。行ってみれば親族一統がちゃんと来ていたので安心する。平山君は相内優香をつれてきていたので、この二人も家族席に加える。そこへおれのスピーチを聞いていたペンクラブ会長の阿刀田高がやってきて、やっと寄附した百万円の礼を言ってくれた。さらに久しぶりに小林信彦《こばやしのぶひこ》がやってきて話し込む。文藝春秋の人たちの他、堺屋太一《さかいやたいち》などいろんな人が挨拶に来る。それでも招待した人の誰だれが来たのかは最後までわからなかったし、パーティ会場の方では「受賞者がどこにもいない」と言っていたそうだ。

明日に仕事を控えた歯科医の吉晃君が訓子さんと帰って行ったあと受賞者だけの二次会があるとかで、別館一階のバー「ハイランダー」へ移動するが、その途中、東野圭吾を見た彼の大ファンの光子が紹介してくれとせがむので、ほとんど初対面に近いのに紹介する。バーには他の受賞グループ誰も来ていず、集ってきたのはわが親族と引退した昔馴染《なじ》みも混えて過去現在の各社担当者のみ。懐かしやわがシュバリエ章受章記念パーティの司会をしてくれた元「文學界」編集長の雨宮秀樹《あめみやひでき》、その他大上朝美、須田美音などお馴染の面面が三十人ほど。矢野優と伸輔が何やら熱く語りあい、読売新聞の鵜飼《うかい》君や日経新聞の浦田君とは新作について熱く語る。そのあと吉安、丹羽両君に伴われて六本木「中国飯店《ちゅうごくはんてん》」に親族四人のみ移動。あまり食べられなかったおれたちのためにご馳走《ちそう》してくれる。ハイヤーで帰宅十一時半。伸輔と賀宣はわが家に泊る。皆でワイン、ビールなど飲み、就寝一時半。

二〇一〇年十二月六日（月）

昨日のテレビ東京での収録で憧れの人・戸田奈津子《とだなつこ》に逢えたので興奮して眠れず、バーボン三杯を一気に飲んだため二日酔い。最初の仕事がコッポラから依頼された『地獄の黙示録』だったと言うが、そのずっと前から知っているように思えてならない。聞けばそれまでにB級映画を何本かやっているらしいから、それを見たのかもしれない。彼女を元女優だと思った大女優の名前を「メリル・ストリープ」と一発で当てたのは我ながら上出来。

二時に丹羽君が「クロワッサンプレミアム」の副編集長・齊藤賢治と記者の一澤ひらりとカメラマンを案内してやってくる。『現代語裏辞典』について、ずいぶん遅蒔《ま》きのインタヴューである。記事の下段に「裏辞典」以外の五冊を写真と共に紹介するとかで、「ダンヴァニ」などに加え、「漂流」も紹介してもらうことにした。一月二十日発売だということなので、その頃にはもう書店に並んでいるからである。一昨日、朝日新聞出版の池谷真吾が「漂流」の最終著者校を受取りにきた時、表紙カバーと大江氏の推薦文の入ったオビを巻いた束見本をくれたから、その写真を撮ってもらう。「漂流」の方は発行日こそ一月三十日だが、一月六日ごろの発売である。大江氏はオビのゲラを見てさらに加筆してくれたらしい。

例によって和服姿の写真を撮られる。一澤ひらりは新作長篇について聞きたがったが、何も答えず。

二〇一〇年十二月二十一日（火）

昨夜のニュース番組で、ご存じ前NHKワシントン支局長の手嶋《てしま》さんがおれと同じことを言っていた。米軍基地が国外は駄目、沖縄県内も駄目というなら、今問題になっているあの島に移設するしかないではないかと言うのである。尖閣《せんかく》諸島のことであろう。大変な金がかかりますねとキャスターが言っていたが、なあにおれの試算では、国民ひとりが八千二百円出せば建設できる筈《はず》だ。

先日の菊池寛賞でのおれの挨拶《あいさつ》を、どうやらホテルオークラの人が聞いていたらしい。丹羽君を通じて講演会の依頼があった。これは断るつもりである。パーティ会場が禁煙で、喫煙には屋外へ出なければならぬなんてホテルで、誰が講演なんてするもんか。

中央公論新社・書籍編集局の三人がやってくる。小林局長、石田局次長、そしてわが担当・並木光晴である。作家生活五十周年記念とやらで、わが最初の短篇集『東海道戦争』の文庫本を立派な革装本、函《はこ》入りにして三冊を渡される。冷しておいたドンペリで乾杯し、キャビアなどでもてなす。愉《たの》しく話したのはいいが、やはり昼間から酒を飲むと、あと眠くなって困る。と言って、眠れないし、とうとう何の仕事もできなかった。

夜、朝日の大上朝美から電話。「漂流」に関して大江健三郎と対談してくれと言うのである。大江さんは乗り気だと言う。丸谷才一にも声をかけるらしいし、これはやらねばなるまい。

二〇一〇年十二月二十二日(水)

ホリプロのジャーマネ柳井を通じて「週刊現代」から、好きな店のメニュー・ベスト3として三か所紹介してくれ、それを一軒ずつ三週間にわたって紹介したいと言ってきた。客が増えて席が取れなくなると厭《いや》だからこの日記にもあまり書いていないおれの贔屓《ひいき》の店だ。誰が紹介するものかと断ってしまう。

なんだか取材依頼が増えた。今度は「週刊朝日」から、帯津《おびつ》三敬《さんけい》病院の帯津良一《りょういち》名誉院長と養生について語り合ってもらいたいと言ってきた。これは勉強になるし出てもいいだろうと思い、喫煙可能な場所であることを条件にOKする。

新潮社・石戸谷君が「ダンヴァニ」の文庫を持ってきてくれる。菊池寛賞受賞祝いにと夫婦箸《めおとばし》をくれた。この作品に賞をくれた絲山秋子《いとやまあきこ》と清水良典《しみずよしのり》が共に喜んでくれていたと聞かされる。清水良典の書いてくれた解説はすばらしい。石戸谷君とは現在進行中の映画化、ドラマ化などについていろいろと対策を練る。

テレビではやはり多くの番組で老人問題、介護問題が論じられている。介護されるのは厭だなあと思う。以前、自分がどんな死に方をするか予想せよというアンケートがあり、本になった。その時は気に食わぬ若者と喧嘩《けんか》して殺されるなどと格好いいことを書いたが、入院して苦しむだけ苦しんで死ぬというのも、せっかく生きてきたのだから死ぬ時の苦痛も充分味わえるわけであり、それもいいかなと思う。

二〇一〇年十二月二十四日（金）

飲食店に禁煙、分煙を徹底させるとか言っているが、各店主へのアンケートの結果では客優先が五十パーセント、まったく考えていないが二十パーセント弱である。心強いことだ。禁煙が徹底されている神奈川県でも「店の奥で喫ってください」という店が多いらしい。これを報じる新聞は「逃げ道はなかなか断てないようだ」などと書いていて、喫煙者をまるきり鼠のようにこそこそしている小悪党扱い。喫煙者はまだ犯罪者ではないのだから、こういう書き方は差別である。むろん差別して喜んでいるのであろうが。

駐ロシア大使が更迭された。情報収集能力のなさを問題視した結果である。しかし今さら何をしようと手おくれで北方四島には立派なビルが林立してしまっているから、これを返還せよというのは無理であり、もはや諦《あきら》めるしかあるまい。北方四島、とうとうロシアに取られてしまった。まったくもう、嫌煙権どころの騒ぎじゃあるまいに。

「漂流」に関する大江健三郎との対談には、丸谷才一も加わって鼎談《ていだん》ということになった。御両所がわが書物をテーマに話してくださるとはまことにおそれ多いことであり、うぞ震いがする。しかしありがたいことだ。

その「漂流」の見本が出来《しゅったい》。池谷真吾が持ってきてくれた。小ぶりだが洒落《しゃれ》た本である。オビには大江さんの推薦文もあり、なんだか売れるような気がする。

二〇一〇年十二月二十七日（月）

煙草を買いに行く。「VOGUE」一カートンとシガリロひと箱で五千円だ。ずいぶん高価になったものである。しかしわしは喫い続ける。一本一万円になっても喫い続けなければならないのである。なぜなら、禁煙すると死ぬからだ。禁煙すればたちまちストレスから大量に食べ、肥満する。そしてお決まりの心臓病である。わかっているのである。

六時に新潮社・矢野優が迎えに来る。今夜は最後の忘年会ということになる。場所は溜《ため》池山王《いけさんのう》・六本木一丁目にあるアークヒルズの高層ホテル、ANAインターコンチネンタルホテル東京の中の「雲海《うんかい》」という日本料理店である。昨日あたりから都内の日本料理店はおせち料理に対応するらしくほとんどが休業。そのせいかこの店は繁盛していて満杯のようだ。小部屋に入るとすでに石井昂重役と出版担当者の鈴木力が来ている。光子も加えて五人、まずはシャンパンで乾杯。料理は旨《うま》かった。焼甘鯛《あまだい》の入ったみぞれ仕立ての椀《わん》、白栗麩《ふ》鶏《とり》のそぼろ包み、焼き河豚《ふぐ》、のど黒のしゃぶしゃぶ、最後は蟹《かに》の釜飯《かまめし》。森伊蔵があるというのでおれはシングル一杯、ダブル一杯を飲み、矢野君、鈴木君にもすすめる。いろいろと話し、文壇の面白きことをいろいろと聞く。帰途、また矢野君が送ってくれたので、わが家に誘い、ビールを飲み、数の子、カラスミなどを食べながらまたいろいろと話す。

就寝一時。

二〇一〇年十二月三十日（木）

午後、伸輔一家が来る。恒司はいつも家では見られないカートゥーンネットワークや有料チャンネルのウルトラマンに齧《かじ》りついている。日記を見せてくれたが表現は控えめで字の間違いもない。ウルトラマンには若き日の石田《いしだ》えりや浅野真弓《あさのまゆみ》が出ている。

夜はうどんすき。大魔王《だいまおう》をロックで飲む。いつも行く美容室の五味さんという可愛い子がもうひとり美容師の女性をつれて挨拶に来る。この五味さんは美容師をしながらアニメの声優をしている。いつも来るオーナーの浜口君は今夜は来ず。土産はワイルドターキーのライ。おれは酔って出られなかったが、光子と智子さんが広間で相手をしてくれていた。

大魔王とワイン四本とヱビスビール六本が空になった。就寝十二時。

二〇一〇年十二月三十一日（金）

朝、伸輔と智子さんが「重よし」へおせちを取りに行ってくれた。毎年の恒例である。昼はおれが吉兆のにしん蕎麦《そば》を作る。夜は猶薫《なおしげ》という麦焼酎《しょうちゅう》の封を切る。昨夜と同じようどんすきで、テレビを見ながら何やかやと話す。おれ以外はワインとビール。就寝一時。

二〇一一年一月一日（土）

屠蘇《とそ》で祝い、味噌《みそ》雑煮。賀状数百枚の整理をする。夜は伸輔の買ってきてくれた純米吟醸・越淡麗の封を切る。うまいのでぐいぐい飲み、光子も少し飲み、一本空ける。あとはビール。おれ以外はワイン。料理は暮に神戸から届いた鯛《たい》の浜焼き。少し焙《あぶ》って山葵醤油《わさびじょうゆ》で食す。全員で一尾平らげる。テレビは盲目の天才ピアニスト辻井《つじい》伸行《のぶゆき》のリサイタルと、「ハーバード白熱教室」を見る。就寝一時。

二〇一一年一月二日（日）

朝は正月二日目なので澄まし雑煮。家族はみなで銀座三越へ行き、おれは賀状の整理。長篇「聖痕」を少し書く。夜は喜美子さんが京都から送ってきてくれた猪でぼたん鍋《なべ》。おれはワイルドターキーのライの封を切り、伸輔と共にロックで、そのあとはビールを飲む。ワインも二本空く。映画『シャーロック・ホームズ』を見る。暴力的なホームズである。そのあと「ハーバード白熱教室」を見る。物事を単純化し過ぎである。就寝十二時。

二〇一一年一月三日（月）

仲輔一家、三時半に帰り、家の中が急にひっそりする。賀状の整理。「聖痕」ほんの数行書く。夜は猶薫のロック。光子はワイン。肴《さかな》は京都から送ってきた鱈《たら》の味噌《みそ》漬。テレビでスコセッシの『アビエイター』を見る。ハワード・ヒューズの伝記だが、キャサリン・ヘプバーン他の俳優がまったく似ていないので幻滅。特殊技術でなんとかならぬものか。就寝一時。

二〇一一年一月四日（火）

朝、可燃ゴミを九袋出す。賀状の整理。ある事情から思う所あり、返事の賀状は出さないものの、転宅、死亡、異動、新規などはばっちり把握しておく。「聖痕」の下調べ。十数行書く。一度取材に行かねばなるまい。夜はまた猶薫のロック。光子はワイン。湯豆腐の鍋に湯葉の包みなどを入れたものと、石垣牛の焼肉。テレビでお笑いを見て就寝一時。

二〇一一年一月五日（水）

朝、眼が醒《さ》めたら八時半で、資源ゴミ出せず。二時、朝日新聞出版の池谷真吾と、以前

『現代語裏辞典』の時にも来たライターの朝山実がカメラマンをつれて『漂流――本から本へ』のインタヴューにやってくる。これは二月一日発売の「一冊の本」に掲載される。一時間半ほど喋《しゃべ》る。「聖痕」の新たに書いた部分やその他、東京で書いたものをメールで自分に送る。神戸で続きを書くためだ。夜はワイルドターキーのライ。光子はワイン。スモークサーモン、鱈の味噌漬、焼売《シューマイ》、焼きビーフンなど。テレビでお笑いを見て十二時半就寝。

二〇一一年一月六日（木）

朝、不燃ゴミを出す。二時半出発。今日は神戸への移動日である。新幹線の車中、丸谷才一『星のあひびき』を読む。喫煙ルームへ四回。お仲間の喫煙者は入れ替わり立ち替わりひきもきらず。頼もしい。新神戸のANAクラウンプラザの「菊水《きくすい》」で寿司《すし》。おれは芋焼酎《じょうちゅう》の「古秘《こひ》」をロックで二杯、光子は地酒を燗《かん》で。刺身と寿司はトロ、鯛、鮃《ひらめ》、雲丹《うに》、鯖《さば》の酢締め、鮑《あわび》など。持ち帰りで太巻き二本。八時半帰宅。郵便物の山であり、おれはビール、光子はワインを飲みながら整理にかかる。二時までかかり、空腹になったので太巻き一本を夫婦で食う。

二〇一一年一月七日（金）

帳簿と原稿の整理。メールで送った原稿のあちこちが文字化けで困る。夜は「青酎《あおちゅう》」という芋焼酎を飲むが、空いてしまったので甕《かめ》貯蔵八年という米焼酎の「寝太郎《ねたろう》」の封を切る。肴は光子が買ってきた車海老《えび》よりもでかい真っ赤な足赤海老を焼いて食う。こういうものはこっちでしか食えない。

二〇一一年一月八日（土）

領収書類の整理とあちこちへの返事書きと「聖痕」の下調べ。夜、歩いて三分のイタリア料理「テアトロ・クチーナ」へ行く。ピエモンテ州の白ワイン、シャルドネを妻と一本空け、おれはあとプレミアムモルツを一本飲む。前菜はイイダコ。スパゲッティのあと、メインは仔《こ》猪、つまり瓜《うり》ん子のワイン蒸し。罠《わな》で捕えた瓜ん子だそうで、こういうものもこっちでしか食えない。帰宅後、ビールを飲みながらスター・チャンネルで『アバター』を見る。よくできていて面白いが、感動がまったくないのは『タイタニック』と同じ。

二〇一一年一月九日（日）

「ビーバップ！　ハイヒール」の次の参考図書が送られてきたので眼を通す。『あなたの街のご当地ソング・ザ・ベストテン！』。著者の合田《ごうだ》道人《みちと》は以前、童謡の回にも出てもらっている。夜は天然ブリの照焼き。それに遅まきながらの七草がゆだ。「寝太郎」がまずかったので、本格さつまいも焼酎の「なゝこ」を開ける。やはり芋はよい。ムービープラスでスコセッシ監督の『ケープ・フィアー』を見るが、つまらない。

二〇一一年一月十日（月）

「聖痕」、珍しく二枚書けた。夜は光子が買ってきたイイダコとナマコで「なゝこ」を飲む。スカパー！　で『カットスロート・アイランド』と『スパイ・ゲーム』を見る。どちらも古い映画だが、まずまず面白い。

二〇一一年一月十一日（火）

文進堂と青空書房から百冊以上「漂流」が送られてきたので署名落款。山崎医院に行くが、患者でいっぱいだったから、処方箋《しょほうせん》だけ貰《もら》い、近くの薬局でノルバスク、バイアスピリン、ガスター10、酸化マグネシウム、スピリーバを貰う。夜、テアトロ・クチーナのマダムが手搗《つ》き餅《もち》を持ってきてくれたので雑煮をする。他に肴は光子が作った昼網の鰺《あじ》の南蛮漬けと焼鳥と天然ブリの照焼き。酒は「なゝこ」。映画はスカパー！　の『グラン・ブルー』と『イベント・ホライゾン』。酔っぱらったままで「漂流」に署名落款し、やっと五十冊。就寝十二時。

二〇一一年一月十二日（水）

朝食を済ませるなりお迎えの車が来る。今日は「ビーバップ！　ハイヒール」の収録である。チュートリアルの福田が膵臓《すいぞう》炎で入院して今日は徳井一人。福田の席に彼の写真がパネルで置いてあり、驚く。一本目は「ご当地ソングに秘められた物語」。女性ゲストは安藤絵里菜《あんどうえりな》。最後に「漂流」の宣伝をする。

和服に着替えて二本目は「天王寺《てんのうじ》動物園にドラマあり！」。十七代目園長・長瀬健二郎《ながせけんじろう》。女性ゲストは森《もり》はるか。三代目園長であったわが父の話などする。収録終了七時。帰宅八時。吉兆の鯛鍋《たいなべ》、酢蛸《すだこ》、お浸し。下村の焼き穴子。「なゝこ」が空になり、あとはヱビスビール。懐かしやジェシカ・タンディの『ドライビング・Ｍｉｓｓ・デイジー』を見る。

二〇一一年一月十三日（木）

東京へ移動。車中で『星のあひびき』を読む。晩飯はニューオータニ地階の「伊勢廣《いせひろ》」で焼鳥のフルコース。おれは芋焼酎、光子は燗《かん》酒。食べ切れず、合鴨と手羽先はテイクアウトにする。帰宅後、郵便物の整理をしながら光子はワイン、おれはターキーのライとビール。

二〇一一年一月十四日（金）

朝はゴミ出し。東京では朝から人通りが激しく、光子はスッピンで外へ出るのを厭《いや》がるためゴミ出しはおれの役である。神戸に来た年賀状を持ってきて、こちらで整理。溜《たま》っていた郵便物の返事を書く。下手にリライトされたインタヴューの校正は特に厄介。夜は鱈《たら》の味噌《みそ》漬と蒸し鮑、それに昨夜の合鴨と手羽先。酒は猶薫、光子はワイン。

二〇一一年一月十五日（土）

昨日の続きでインタヴューの直し。神戸から送った青空書房の本に署名落款。小説がちっとも書けない。にしん蕎麦《そば》で腹ごしらえして初台《はつだい》のオペラシティへ。恒例・山下洋輔のニューイヤー・ジャズ・コンサートである。いろんな人に逢《あ》う。今夜は林英哲《はやしえいてつ》とのコラボレーションだ。大太鼓は腹に響き、脱構築されたボレロに感激。アンコールではジャズ大名が演奏され、席で立って挨拶《あいさつ》させられた。五十三階の「八《はっ》かく庵《あん》」でフルコースの豆腐料理を食べる。おれは焼酎《しょうちゅう》の富乃宝山《とみのほうざん》、光子はグラスワインの赤。帰宅十時半。ビールを飲み、就寝。疲れた。

二〇一一年一月十六日（日）

テレビ東京から迎え。「この日本人がスゴイらしい。」の収録である。ロビーでバナナマンの日村《ひむら》に、先日貰ったライブのDVDを褒める。最初の回のゲストは国語学者の金田一《きんだいち》秀穂《ひでほ》。以前ビーバップに出てくれた人だがおれのファンでもあり、新刊の署名本をくれて本番ではいきなり『バブリング創世記』や『残像に口紅を』や『ヘル』の話になった。次の回「『地下』がわかる。」のゲストは元副都知事の青山《あおやま》やすし。終了六時。夜は真鯛《まだい》の刺身。テレビでマーラーの交響曲「復活」を最後まで聞いているうちにターキーのライが空いてしまった。

二〇一一年一月十七日（月）

月曜の昼ごろはいつも野口屋がリヤカーで豆腐などを売りに来る。旨《うま》いので光子が買い込む。久しぶりで長篇を一枚書く。インタヴューの直しなどでなかなか小説を落ちついて書けない。夜は野口屋の厚揚げや納豆、それに光子が伊勢丹で買ってきた吉兆の弁当。今夜は二日酔い気味なのでヱビスビール三本にしておく。デニス・クエイドの『オールド・ルーキー』を見る。

二〇一一年一月十八日（火）

長篇二枚書く。夕刻、梅村隆之が迎えに来て、「週刊朝日」の養生対談に出向く。神田神保町《じんぼうちょう》の「揚子江菜館《ようすこうさいかん》」は、冷し中華発祥の店であるが、神戸にも同様の主張をしている店があり、争っているらしい。対談のお相手は帯津三敬病院の名誉院長、帯津良一氏。副編集長の河畠大四と共にすでにお待ちであった。帯津さんは小肥《ぶと》りの気さくな人。共に小肥りだからこそ長生きするだろうという結論になった。全員、酒は紹興酒のロック。最後に茅台酒《マオタイしゅ》をぐい飲みで一杯。料理は麻婆《マーボー》豆腐や豚の揚物などで、最後は久しぶりに冷し中華。帰宅九時半。ビール二本を飲み就寝。

明後日はいよいよ丸谷才一、大江健三郎との鼎談《ていだん》である。

二〇一一年一月二十日（木）

三時十五分、池谷真吾が迎えに来てくれて、築地・朝日新聞本社内の「アラスカ」へ。佐久間文子、大上朝美など文化グループの面面の出迎え。丸谷才一はすでに来ていて久しぶりの挨拶。やがて大江健三郎。彼は地下鉄で来たらしい。コーヒーを飲みながら鼎談開始。

四時から始まった鼎談はそれからえんえん五時間にわたって続いたのだった。この三人の鼎談は初めてだった。大江さんはよく喋《しゃべ》った。昨夜三時まで書いていたという原稿用紙二枚ほどにびっしりの準備のメモを見ながらの、のっけに「あなたはよく喋るからほどほどに」と奥様から言われていたことを告げながらの、ほとんど独演であり、落語までやったのには驚いた。四時間ほどは彼が喋っていたのではないか。おれが四十分、丸谷さんが二十分くらいか。素敵に面白かった。七時ごろからは食事が出たが、そのままほとんど質を落すことなく鼎談を続けたのだ。鼎談でこんなことは初めてである。

コース料理では、三人ともステーキではなく、ここの名物と言われているハンバーグを選んだが、こんなところにも全員の年齢があらわれている。昔なら一も二もなくステーキを選んだであろうメンバーなのである。しかしみな元気なので安心した。食事の最初にシャンパンが出て、その後お二人は白ワイン、おれがビールを飲んだのだが、最後の方でお二人に少し酔いがまわったかな、と思える程度で終了。なごやかに別れを惜しみ、帰宅十時。ビール、焼酎を飲んで就寝二時。

二〇一一年一月三十一日（月）

「聖痕」で枕詞を多用するため、伸輔に「枕詞逆引き辞典」の入手を頼んだのだが、三種類ほどある筈《はず》の逆引き辞典がいずれも絶版品切れで、古書店にもないと言う。それだけ求める人が多いということなのであろう。しかたがない。あちこち調べて自分で作ることにした。時間がかかるが三か月くらいでできるだろう。その間「聖痕」の執筆は休むことになる。しかしこれ完成して本にしたら売れるだろうなあ。どこか出すところはないか。
午後二時、どやどやと六人来宅。ビームスというところが出している「Ｉｎ Ｔｈｅ Ｃｉｔｙ」の取材である。プロデューサーの永井秀二、編集長の堀口真由美、そのご主人の川崎大助、カメラマン、それに文藝春秋の丹羽・清水の両君まで一緒にやってきた。四十年前住んでいた頃の原宿について何やかやと訊《き》かれ、光子に助けを求めてあの頃の店やファッションのありさまなどを話す。家で和服の写真を撮ったあと、洋服に着替えて外へ出る。寒かった。遊歩道で撮り、コロンバンの前まで行ってまた撮る。「Ｉｎ Ｔｈｅ Ｃｉｔｙ」というのは謳《うた》い文句がいまこそ「書を街に連れ出そう！」という新書判の大きさの文芸雑誌であり、阿部和重や中原昌也《なかはらまさや》が書いている。文藝春秋のバックアップがなければ成り立たない雑誌であろう。

夜は豆腐の野口屋がリヤカーで売りにきた納豆、厚揚げなどの健康食。

二〇一一年二月十日（木）

昨日は「ビーバップ！ ハイヒール」の収録があったのだが、『インセプション』という映画の予告篇を見せられて驚く。『パプリカ』と同じではないか。セラピーと企業スパイの違いだけだ。番組は七年目突入をもうすぐ迎え、夜はたむけんの店で新年宴会、福田は膵炎《すいえん》、ブラマヨも来られず。

ハピネットというところからまた、印税の報告書が送られてきた。請求書を送れと言うのだが、金額は毎回数千円、数百円の小額だ。だいたい作家に対して請求書を送れなどというのは失礼千万なのだが、文壇以外の業界では通用しないらしい。『時をかける少女』のDVDの販売をしているところだが、えらいところに販売を委託したものである。一度、請求書を勘弁してくれと電話で言ったのだが、聞く耳持たぬらしく、やはり送ってくれとのこと。面倒なのでここ三年ほどはほったらかしにしている。他の作家も誰かが書いていたが、ほったらかしにしているそうだ。皆がそうしたらこの会社は丸儲《もう》けだろう。宛名《あてな》を書く手間がまた大変だ。郵便番号を書き、「東京都台東区《たいとう》駒形《こまがた》二の四の五 駒形CAビル四F 株式会社ハピネット ピクチャーズユニット 映像企画部 製作管理チーム 何の某《なにがし》」書いているうちにカッカとしてくるのである。困ったことだ。

NHKの新しいドラマが古語をテーマにしていて、これまた現在書いている長篇とアイディアが重複する。腹の立つことばかりだ。

二〇一一年二月十三日（日）

十二時半、いつものようにハイヤーが迎えに来て、テレビ東京へ。「この日本人がスゴイらしい。」は今回の収録で終了となる。何があったのかわからないが、突然の打切りであった。ヴァレンタインデー前日なので繁田《はんだ》美貴《みき》、相内優香がチョコレート、矢口真里が和菓子をくれる。こんなこともあろうかと光子が持たせてくれたお返しのハンカチ、きっかり三包みが役に立った。

二本撮り一本目のゲストは以前ビーバップにも出てくれた吉村作治《よしむらさくじ》で、ファラオやピラミッドの話。偶然にもエジプトは昨日政権が倒れたばかりだ。ムバラクに逢《あ》ったことがあるかと訊くと、何度も逢ったという返事。気さくないい男だということであった。昔は英雄だったし、現代のファラオと呼ばれたりもしたのだから、当然いい男だったのであろうが。

二本撮りの二本目の最後で、なんとおれがショウアップされた。十分ほどの紹介VTRのあと、ピンスポットの中に立たされ、今書いている長篇のことなどを少し喋る。VTR

には映像にもナレーションにもずいぶんおかしな部分や間違いがあり、だいたいが不備なので、本番直前、放映当日までに直してくれるよう平山プロデューサーに依頼し、どう直すかをジャーマネ柳井を加えて相談し、映像撮影の日時なども決定した。終了後、全員で記念写真。そのあとはレギュラーたちと別れを惜しんだりするのがいやなので、匆匆《そうそう》に帰宅する。

二〇一一年二月十七日（木）

ＧＤＰで世界三位に落ち、中国に抜かれたのは、増税値上げで煙草の売上が落ちたからだそうである。またしても長妻だ。子ども手当で味噌《みそ》をつけ、最近はテレビに出ても顔を伏せておる。煙草の値上げさえなければ、僅《わず》かの差なのだから中国に抜かれずにすんだだろうに。ま、いずれはもっと差が拡がることだろうが。

テレビ東京から四人ばかり来て、海外で出版されたわが著書の写真を撮る。ジャーマネ柳井に手伝わせて地下の書庫から五十冊ほどを運びあげ、広間に拡げて撮影。丹念に一時間半ほどかかって撮影していた。これは「この日本人がスゴイらしい。」の最終回、三月十一日に放送される。

久しぶりに光子とリストランテ・フィオーレへ行く。今年はじめてだ。アペリティーヴォはスプマンテ、そのあと光子はワイン、おれはウイスキー。アンティパストは最初が金《きん》目鯛《めだい》のサラダ、次が白アスパラとオズワルド、次いでイカとアンチョビのペーストをかけてバーニャ・カウダ風に食べる冬の根菜。これが旨《うま》かった。こんなソースならいくらでも野菜を食べられる。次いで冬の花のオーブン焼き。可愛い花を憐《あわ》れみながら食べる。前菜の最後がホウボウのコトレッタ。魚のカツレツは初めてである。パスタは百合根《ゆりね》のスパゲッティ。セコンド・ピアットが珍しやホロホロ鳥にトリュフのソースをかけ、その上にトリュフをいっぱい散らした料理。堪能《たんのう》したが、飲み過ぎた。

二〇一一年二月十八日（金）

角川書店より、辻善之助《つじぜんのすけ》が編纂《へんさん》した『多聞院《たもんいん》日記』第一巻が届く。これは枕詞逆引き辞典を作りながら古語辞典などを読むうち、いつの間にか古文が読めるようになっていたことに気づき、それならば『多聞院日記』を現代文に訳してやろうではないかと思いついたのだ。実はこの『多聞院日記』、本来ならば昔「筒井順慶」を書いた時に読んでおくべきだったのだが、難しそうだと思って手が出なかったのである。無論、怠惰のせいもある。結果、実にいい加減な順慶《じゅんけい》を書いてしまい、その罪悪感も引きずっていたのだが、それを払拭《ふっしょく》しようと考えたのだ。読んでみると何とかこなせそうだ。
角川書店が復刻したこの『多聞院日記』、全冊では五巻あり、古書として十万円で売られている。しかし買い込んでから現代語訳をあきらめたのでは無駄になってしまうから、新名君に頼み込んで第一巻のみ角川の資料室から借り出してもらった。少し訳してみて、やれそうであれば改めて全巻買うことにしようと考えている。

またしても腹立たしいことに、発生した印税に対して請求書を送れと言ってきた。『富豪刑事』をテレビドラマにしてビデオ販売をしているテレビ朝日である。ここもまた宛名が長い。郵便番号を書いた上で、東京都港区《みなとく》六本木六の九の一、株式会社テレビ朝日、編成制作局制作二部、コンテンツビジネス局、コンテンツビジネスセンター、何の某。腹が立つからこれもやはりそのままにしている。

二〇一一年二月二十八日（月）

午後二時半、テレビ東京のスタッフが、ジャーマネ柳井や多くの機材と一緒にどやどやと来宅。平山プロデューサーは手土産がわりだというので相内優香をつれてきた。こんな手土産なら大歓迎である。ほかには焼菓子とバターケーキ。こちらはユーハイムのバウムクーヘンや京都豆政《まめまさ》の茶団子などでもてなす。

スタッフは紫綬褒章《しじゅほうしょう》やシュバリエ章など勲章の写真を撮り、パゾリーニ賞や文化デザイン賞や日本SF大賞のトロフィーなどを撮り、ダイヤモンド・パーソナリティ賞の賞品のダイヤモンドを撮り、谷崎賞をはじめとする、日本間に掛けてある各賞の賞状の写真を撮り、その他書庫など家の中のあらゆるところを撮りまくった。

そのあと書斎の机に向っていて振り向いたというポーズで取材を受ける。なんで次つぎと違うジャンルに挑戦するのか、それまでの自分を壊そうとするのはなぜかなど、多くの質問を受け、ながながと喋《しゃべ》らされる。そんなに長く喋ってもどうせ全部は放送できまいと思うのだが、番組の収録でも、どうせオンエアできまいと思えるお喋りをずいぶん撮るから、もしかすると出演者へのサービスのように思っているのではあるまいか。

四時半、一行はタクシー二台に分乗して帰っていく。優香ともこれでお別れであり、玄関先でしばし名残りを惜しんだのだった。

二〇一一年三月三日（木）

「枕詞逆引き辞典」が、たった一か月で仕上ってしまった。さてこれをどうすべきか。原稿用紙にしてたった五十七枚では本にならぬ。できるだけ多くの人に利用してもらいたいと思うが、どうすれば宣伝できるのだろう。世話になっている朝日ネットに提供し、「笑犬楼大通り」のメニューのひとつとして、広告代を稼いでもらおうか。現在思案投首のさなかである。

ひと仕事終ったので骨休めに、光子を伴いオリエンタルホテルへ。タクシーに乗っていると霰《あられ》がぱらつき出し、ホテルに荷物を置いてから大丸まで歩いていく途中では少し雪が降る。ゼニアへ行き、ワイシャツのボタンが分厚く、ボタンホールが小さいことの文句を言い、カフスボタンを買う。光子は落したイヤリングを買ったのと同じ店でまたイヤリングを買う。

ホテルに戻り、眺めのいいバーで食前酒を一杯やってから隣室の鉄鈑焼に行く。ここのカウンターのうしろの窓も実によい眺めである。帆立貝柱、野菜、飛騨《ひだ》牛のヒレなどを焼いてもらう。おれはバーボンのソーダ割り、光子はフランスワイン。

部屋でマッサージにかかる。光子はいつもの女性だったが、おれは初老の男性で、どうもこの男性マッサージ師というものはいい人にかかったことが一度もない。手抜きもいいところで、「もっと強く」と言われぬために時どき無闇に力を入れる。気分が悪くなった。

二〇一一年三月七日（月）

カタログハウスの連中がやってきた。午後二時から取材と写真撮影が始まる。テーマは「想い出のホテル」。「通販生活」の夏号に載るそうだ。「通販生活」といえばわが断筆騒動の時にバックアップしてくれた上、テレビCMにも出してもらった恩があるから、断るわけにもいかないのだ。

何しろ七十六年も生きてきたのだから、想い出のホテルはいっぱいある。語りつくせないくらいだが、いざとなると面白いエピソードを思い出せない。それでもホテルの名前だけはたくさんあげることができた。できるだけ喋った順に、思いつくまま列記すると次の通りである。

帝国ホテル、ホテルニューオータニ、山《やま》の上《うえ》ホテル、ヒルトン・インターナショナル、キャピトルホテル東急、ホテルオークラ、フォーシーズンズホテル椿山荘《ちんざんそう》東京、ホテル西洋銀座、リーガロイヤルホテル大阪、新神戸オリエンタルホテル、オリエンタルホテル、志摩《しま》観光ホテル、ホテル・ラ・スイート、ホテル阪急インターナショナル、奈良ホテル、ウェスティンホテル淡路、ホテルリッツ、等等。

だいたいひとつのホテルにつきひとつくらいのエピソードは思い出すことができた。ずいぶんいろんなホテルに泊り、うち三つ四つは長逗留《とうりゅう》もしている。それでもあとから、言うのを忘れたホテルをいくつも思い出した。こんなインタヴューもなかなか面白い。

二〇一一年三月十一日（金）

新神戸駅から光子と二人、新幹線に乗ったのが二時四十五分。新大阪の手前で停ってしまい、この時はじめて大震災のことを知ったのだが、情報不足で精《くわ》しいことがわからない。光子は新大阪で降りて帰ろうと言ったが、おれは東京の家が心配なのでどうあっても東京まで行くと主張し、乗り続ける。京都に着くと光子がまた降りようと言う。妹の喜美子さんの家が京都にあるからだろうが、これもはねつけて乗り続けた。

岐阜羽島《はしま》でとうとう停止してしまい、ここで約五時間待たされる。弁当もお茶も売り切れて水さえない。停車しているのが追越し路線なので、プラットホームにも出られないのである。ここでついに、ホームに接している隣の車輛《しゃりょう》へ梯子《はしご》をかけ、乗り移ることになり、大勢がぞろぞろ二号車へ向ったが、おれは頑張ることにする。だいたい腹も減らず、喉《のど》も渇かないのである。その直後、静岡—東京間の点検が終ったとやらで発車となる。前の席にいた人が二号車から戻ってきた。あと五、六人で梯子に乗るという時になって発車が決ったのだそうである。隣席にいた人は前の方に並んでいて、そのまま降りてしまったらしいが、あんな駅で降りてどうするつもりなんだろう。前の席の人も次の名古屋で降りてしまった。この人は喫煙ルームでおれと話をした紳士服関係の人で、おれと同時期に朝日新聞で不定期のコラムを書いていたらしいが、ホテルはとれたのだろうか。

それからも列車はのろのろと進行し、光子は座席で携帯電話をかけるというルール違反をしながら、停電と混雑のためになかなか電話がつながらなかった伸輔一家の無事をやっと確認し、喜美子さんと話して伸輔たちの無事を喜ぶあまり泣くなどの大騒ぎをする。

東京の状態がわかってくるにつれ、自宅へたどりつく手段に悩む。タクシーは長蛇の列だというので、インペリアルクラブの会員だから何とかなるだろうと帝国ホテルへ電話をしたが、ほとんどの部屋が使用できない状態だという。品川《しながわ》から先は列車がつっかえていて、東京駅につくのは何時になるかわかりませんと女車掌に教えられたが、品川などで降りたら尚《なお》さら収拾がつかぬ。ここまで来たのだからと頑張ることにした。

東京駅へ着く寸前、電光掲示板の乗換え案内に「表参道」の文字を見て喜ぶ。大手町《おおてまち》まで五分ほど歩けばわが家の近くまで行けるのだ。

東京駅に着いたのはなんと十二時過ぎ。九時間半も乗っていたことになる。ためしにタクシー乗場へ行ってみると最後尾が見えないほどの人なので、これはあきらめる。丸の内口にまわって地下鉄の駅まで行くと、ここから乗って赤坂見附《あかさかみつけ》で乗り換えた方がいいと駅員が教えてくれた。運賃は無料だった。空《す》いていた列車が次第に混んでくる。赤坂見附まで来て銀座線に乗ったが、渋谷が車輛で満杯とかでまた待たされ、青山一丁目駅でも待たされ、表参道駅から十分ほど歩いてわが家に辿《たど》りついたのは一時半。テレビで惨状を見て、飯を炊いて食べ、寝たのは四時半である。

二〇一一年三月十三日（日）

あれから二日、ひどい状況がますますはっきりしてきた。朝日新聞が「あなたは神戸で震災に遭われているので、被災地の方に何か教えてあげてください」とコメントを求めてきたものの、「規模がまったく違う。おれなどの体験はしれているのだから、そんな偉そうなことはとても言えるものではない」と言って断る。

被災地のあちこちには過去、旅行したところが多い。「親切にしてくれたあの人たちはどうなったかしら」と光子は気を揉《も》んでいる。この日碌を読んだ知人たちからも見舞のメールが届く。新宿の本社ビルにいたという弟の之隆《ゆきたか》からも電話があり、地震初体験だけに、いかに怖かったかを訴える。足が震えて階段が降りられず、大通り中央の安全地帯にずっと立っていたとのこと。近所のスーパーへ行くとおかみさんが、怖くて家におれず、犬を抱いてずっと道路にいたとのこと。都内も相当ひどく揺れたらしい。

紀ノ国屋へ買物に行った光子によると、食料は買い占められ、あまり残っていなかったらしい。おれは近くのスーパーへ行き、いつも通りの食品を買うことができたのだが、ここもやがて何もかも売り切れるのだろうか。

一昨日、東京駅では気の毒な外人観光客を多く見かけた。ただでさえ不案内なところへこの騒ぎ。どうしていいやらわからず、夫婦が眼を丸くして歩きまわっていた。

二〇一一年四月十一日（月）

「枕詞逆引き辞典」は「笑犬楼大通り」で無料公開することに決定。現在朝日ネットで鋭意準備中である。利用してくれる人が多いことを願う。

「吉川英治《よしかわえいじ》文学賞」の授賞式に行こうとしたら、突然の大雨。しばらく待ったがやみそうにない。光子が裏口から出て、通りがかったタクシーの空車を止めてくれた。濡《ぬ》れなくてすみ、やれやれだ。帝国ホテルには少し遅れてしまったが、開会したばかりの様子だった。

渡辺淳一が森村誠一《もりむらせいいち》への授賞理由を述べている時、突然の大地震。淳一さんはさすがに平然としていたが、ちょっとした騒ぎになる。しばし中断し、淳一さんが「地震はともかく」と話しはじめて会場に笑いが起きる。おれは阪神淡路大震災の経験者だから平気だった。あとのパーティで淳一さんに「怖かった」と訊《たず》ねると「いやいや」と笑っていた。帰りぎわ、なぜだか握手を求めてきた。

受賞者挨拶《あいさつ》は森村誠一に始まり全員が独演会みたいに大演説をぶちあげはじめて一時間半を越す長丁場になってしまった。最後に文化賞を受賞した浪曲師が短く浪曲をやったので格好がついた。

講談社のパーティに出たのは初めてのことだ。森村誠一にお祝いを言うための出席であり、森村氏とは最後に彼のカメラでツーショットの写真を撮る。あと、朝日新聞の大上朝美を伴い久しぶりに「ＳＭＯＫＥ」へ行き、取り置きのターキーを飲んで九時半に別れ、帰宅。

二〇一一年四月二十二日（金）

筒井家の菩提寺《ぼだいじ》、別格本山三津寺の先住が亡くなった。タクシーでその通夜に行く。御堂筋にあり、三津寺筋に面した三津寺には顔見知りの学僧たち以外にも多くの僧侶《そうりょ》が葬儀を手伝っている。おれたち夫婦は本堂に導かれた上、親戚《しんせき》一同の席につかされ、恐縮する。境内にいる多くの弔問者から見上げられるかたちになってしまうのだ。

実は喪服を二着とも東京の家に置いてきてしまい、しかたなく濃紺の背広で出席したのだが、さいわいにも通夜は六時から。次第に暮れなずんでいくので服は黒く見え、助かった。

　僧侶の葬儀に出席するのは初めてだが、いや驚いた。百人近い僧侶が列席していて、いずれも真言宗のお坊さんだから、いっせいにお経を朗誦《ろうしょう》するのである。当然のことながらみなお経など見ないで声を張りあげる。真正面で見聞きし、いやはや実に凄《すご》いものであった。

　先住が住職だった頃には「若」と呼んでいた息子さんが現在のお住さんであり、彼が挨拶をした。亡くなった先住は八十八歳。急性呼吸器不全だったとのこと。以前、わが家の法事があった時、前夜の雨で千日前のお墓が水浸しになり、おれたち夫婦はお住さんと共に水を掻《か》い出した。「ご苦労をかけますなあ」と言うお住さんに「いやいや、これも修行ですから」と言うと、お住さんは大声で笑った。あの声が忘れられない。

　式は七時に終了。そのまま帰宅。

二〇一一年五月十八日（水）

　二週間前の「ビーバップ」の収録の時に、女性ゲストとして来ていた上原美優《うえはらみゆ》が首を吊《つ》って自殺したとやらで、本当は明日の放映になるのだが、延期され、明日は過去に放送した分を再放送するらしい。上原美優の出る回は再編集して必ず放送すると言っているが、はてどのように編集するのか。

明るい子だったが、そのあけすけさにはどこか荒廃を思わせるものがあった。十人きょうだいの十番目の子とやらで、きっといろいろな苦労があったのだろうと思う。こういう番組に出ていると、いろいろなことがあるものだ。収録はいつも通りに行われたが、上原美優については誰も何も言わなかった。

「枕詞逆引辞典」はいよいよ完成し、朝日ネットのスタッフによってネットでの掲載が可能となった。あとは序文を書くだけである。

東京のマックが不具合だ。「聖痕」のファイルが開かなくなったのである。マックの救急車の吉本君や朝日ネットの人たちはメモリ不足だと言う。吉本君には以前「ファイルに収容できる限界は」と訊ねたら「理論的には限界はない」などと言っていたくせに。ただし、べさんこと藤本裕之に言わせれば「アドレスミスだ」と言うし、中村正三郎にいたっては「マックが壊れかけてる」などと怖いことを言う。そのままにして神戸に帰ってきたのだが、気になってしかたがない。こちらにあったORGAIのファイルを持って上京するつもりだ。

二〇一一年五月二十七日（金）

光子とタクシーで新神戸へ。博多行きののぞみに乗って、京都から乗ってきた新さん、喜美子さんと合流。博多で特急ゆふいんの森に乗り換えて一路由布院《ゆふいん》へ。この列車は座席が高いハイデッカータイプである。光子と喜美子さんはさっそく三号車のビュッフェに行ってコーヒーを飲んでくる。

久留米《くるめ》からは久大本線《きゆうだい》に入る。途中の筑後吉井《ちくごよしい》は新さんのお父さんの故郷だと言う。新さんも一度だけ行ったことがあるらしい。

田主丸《たぬしまる》という駅では巨大カッパの出迎えに驚き、大分川に沿って、やがて水田や果樹園の眺めとなり、次第に森が深くなってくる。ミニナイアガラと呼ばれる三日月の瀧《たき》や、切り株の形をした伐株山《きりかぶさん》などが見える。

二時間半ほどで由布院に着く。まずはタクシーで亀の井《かめのい》別荘へ行って買い物。金鱗湖《きんりんこ》へ行き、附近を散策。あいにく颱風《たいふう》が近づいてきていて、雨だ。近くの玉の湯《たまのゆ》の売店・由布院市で女たちはまたまた買い物。竹細工の籠《かご》など。

由布院、湯布院と表記がふたつもあってややこしい。由布院町と湯平村が合併して湯布院町となったらしい。町全体を言うときは湯布院で、昔からある地名などは由布院。映画祭があるので有名だが、おれは何度か招待されながら、来るのはこれが初めて。

泊るのは湯布院山荘・吾亦紅《われもこう》という新しい旅館。部屋が別棟になっていて、ひとつひとつの部屋に露天の檜風呂《ひのきぶろ》、岩風呂、室内と風呂が三つもついている。二夫婦が隣り合わせの部屋に入る。源泉掛け流しの露天風呂に入っていると鶯《うぐいす》がすぐ近くで鳴きつづけて、喧《やかま》しいほどだ。久しぶりで谷渡りを聞いた。

別室で夕食。おれと光子は日本酒の三種飲み比べをいただく。和服姿のいなせな社長兼料理長が出てきて酒の説明をしてくれる。光子はすぐワインに変えたので、その分の日本酒もおれがいただく。新さんは例の如くビール。料理は盛り沢山で、とても食べきれるものではなかった。前菜が何十種類もあり、これを全部片づけたため、あとの料理が食べられなくなってしまう。造りでは関あじが出た。この鯵《あじ》には旬というものがない。あと、鯛《たい》真丈、鮑《あわび》の蕗味噌《ふきみそ》グラタン、甘鯛《あまだい》の東寺蒸し、豊後《ぶんご》牛と地鶏《じどり》の炭火焼き、山菜のてんぷらなどが出る。実にうまかったが、結局牛と鶏は全部食べきれず、筍《たけのこ》めしはお握りにして部屋まで持ってきてくれる。客は他に二組だけのようだ。全室が離れで六棟しかない。

食後は四人、おれの部屋に集って、思い思いのものを飲み、風呂に入り、マッサージ機にかかる。社長が、他では飲めず、これを飲むと他の焼酎《しょうちゅう》は飲めないという貴重品の「大黒」と、特製のキムチを持ってくる。焼酎が滅法旨《うま》かったので、新さんとおれで瓶の半分を空けてしまう。テレビによれば颱風が奄美《あまみ》大島まで来ていて、明日は雨だと言う。まあそういうこともあるだろう。以前長崎に行った時は颱風の直撃の中をタクシーで突破したんだもんな。就寝十二時。

二〇一一年五月二十八日（土）

六時に目が醒《さ》め、もう眠れない。露天風呂に入り、八時半に朝食。何やかやといっぱい出たが、おれは手作り湯豆腐と、あとは鮭、明太子《めんたいこ》でお茶漬けを一杯だけ。部屋に戻ると色紙を二枚書かされる。

　十時半に出発。旅館の前で女将《おかみ》や従業員たちと記念撮影。タクシーであちこち観光してまわる。まずは天然記念物の千年杉を見に行く。なるほど一見の価値はあった。裏にまわると木の根方に洞があり、畳三畳の広さがある。鉄柵《てっさく》で入れないようにしているのは、修行などと称して住みつくやつが出るといけないからだろう。

　岩下コレクションというアホなものもあった。一階には昭和レトロ館というものがあり、よくもこんなものまで集めたという雑貨が何万点も展示されている。駄菓子、燐寸《マッチ》、ポスター、玩具《がんぐ》、看板、電化製品などなど。二階にはモーターサイクルの展示場があったが、おれは疲れていたので見なかった。新さんの興味の対象でもあり、三人は階段をあがって見に行き、おれは一階のアンティークに囲まれて、ヨーロッパのステンドグラスを眺める。あいにくの雨でステンドグラスの見事さはよくわからなかった。

　由布高原美術館というのは世界中のガラス工芸品や磁器を蒐集《しゅうしゅう》した館であり、館長が解説してくれる。光子はここで綺麗《きれい》なレース編みを買う。そのあと泉《いずみ》という古式手打そばの店に入り、そばを食べる。おれはおろしそばをいただいたものの、旨いことはうまいのだが、半分残してしまった。中国人や韓国人の観光客が多く、新さんはお隣りの中国人旅行客にお得意の中国語で話しかけ大喜びされている。

　由布院駅で一時間ほど待ち、今度はゆふ四号で博多《はかた》へ。博多の宿は以前、出来たばかりの時に一度来て宿泊したイル・パラッツォというホテルである。イタリア人建築家による優れたデザインのホテルであり、世界の優れたホテルに選ばれてもいる。日本で選ばれているのは四、五軒だけである。中洲《なかす》がすぐ近くであり、あちこち見てまわるのに便利な宿だ。

有名な稚加栄《ちかえ》という料理屋へ行く。新さんが予約しておいてくれた店である。広大な店内には何百席ものテーブルや、座敷があり、中央の壮大な生《い》け簀《す》をカウンターが囲んでいる。他にも個室の座敷があるというから驚きだ。水槽には多くの剣先イカとカタクチイワシが泳いでいて、いつも朝食べているシラスはこの鰯《いわし》の子供であり、お前らよく育ったなあと言いたくなる。昨日飲み過ぎたのでおれは新さんとビール。光子は日本酒。まずはイワシを食べ、イカの刺身を食べる。明太子の盛合せは辛いからそんなに一度に食えるものではない。スッポン鍋《なべ》、鮑の姿煮、タコのてんぷら、特上にぎりなど。おれはどうしても明太子が食べたかったので、白飯を頼み、各種明太子で茶漬をする。そのあと隣にある同じ稚加栄の辛子明太子取り扱い店で明太子を買い、ホテルに戻る。おれの部屋にワインを取り、また皆で飲む。

大安であり、結婚式が多く、夜遅くまで客が廊下で騒いでなかなか眠れなかった。

二〇一一年五月二十九日（日）

朝、光子は早いうちに朝食に行き、新さん夫婦と一緒に博多見物に出かける。おれは疲れているので、九時ごろ朝食に行き、そのあと部屋でうとうとする。十時半、光子が帰ってきた。櫛田《くしだ》神社の飾り山笠《やまかさ》公開を見て、東長寺《とうちょうじ》の日本一でかい木彫りの大仏を見て、福岡タワーに上ってきたと言う。

颱風が近づいて来ているので、帰りの時間を繰りあげ、昨日のうちに新幹線の切符を変えて貰《もら》っている。チェックアウトをし、タクシーで博多駅へ。駅の上の新しくできた綺麗な阪急百貨店に入り、光子は7－IDコンセプトでレースのスカートを買う。そのあとアミュプラザ十階のくうてんへ行き、レストラン街をまわったが、いずれの店も前の椅子にずらりと待つ人が並んでいる。中で比較的人数の少ない「四川飯店《しせんはんてん》」を予約する。椅子に掛けて待っていると、さっきの7－IDコンセプトの女性が、スカートについているペティコートを渡し忘れたとやらで、わざわざ探しまわって持ってきてくれたので、光子は大感激。やっと店に入り、四人は有名な鉄人・陳建一《ちんけんいち》の拉麵《ラーメン》を食べて大満足となる。

新幹線に乗る。福岡では晴れかけていたのに颱風に追いついてしまい、風を受ける姫路と西明石の間は徐行運転で約十分の遅れが出た。時間を早めていなければもっと遅れたに違いない。新神戸で新さん夫婦と別れ、タクシーで帰宅。博多駅で買った弁当で夕食。就寝十時。

二〇一一年六月七日（火）

昨日から朝日ネットの正規軍がわがマックの本体を修理に持ち帰っている。朝、報告があり、マックは壊れていず、何らかの理由で長篇原稿が開かないだけと判明したようだ。開いてはみるが、改行やルビは修復できない可能性があると言う。まあいいか。保存していないのは最後の十枚ほどなんだから。

久しぶりに「新潮」の矢野優からメール。「新潮」「小説新潮」出版部などの部門横断企画で、「ストーリーパワー」と言う書下ろしの短篇小説アンソロジーを「小説新潮」別冊でやるというのである。三月十一日以降の沈んだ空気を吹き飛ばすような物語の力に満ちた短篇を読者に届けたいという企画だと言う。

阪神淡路大震災の体験者として、おれにも白羽の矢が立った。

もう短篇は書かないというわが宣言を承知しての依頼だったが、これは短篇のアイディアが浮かばないというのではなく、何を書いても過去の作品の焼き直しに思えるからの宣言だったので、そういう企画であればと、承諾の返事を出した。マックが戻り次第、書きはじめることにしよう。

これも久しぶりにホリプロの連中がやってくる。担当者が変わるのでその挨拶《あいさつ》なのだが、新たな担当の宮本春紀は元サッカー選手という大男。小学六年生の時、すでに百八十センチあったというから驚きである。それにしてもホリプロ、よく担当の変わるプロダクションだ。

二〇一一年六月十日（金）

昨日、マックが無事に帰ってきた。ルビはなくなっていたが、保存していた文を開いた文と突きあわせてくれて、欠落部を見つけてくれたのはありがたかった。ルビを復元したのち、さっそく新潮社用の短篇を書きはじめる。タイトルは「繁栄の昭和」。

昼過ぎ、伸輔がやってきて、光子と共に阿佐ヶ谷《あさや》にある高山さんのお宅へ出かける。高山夫人は光子の友人で、以前から一度遊びに来てほしいと言われていたのだが、光子は不案内のためひとりで行けず、伸輔を呼んだのだ。高山さんのご子息は伸輔と幼稚園時代の友人であり、最近では伸輔の絵も購入していただいている。ふたりは五時半に帰宅し、素敵なご自宅であり、伸輔の絵も最高の場所に飾られていたなどと報告する。

六時半、親子三人で「重よし」へ出かける。おれは焼酎《しょうちゅう》、光子は冷酒、伸輔はビール。旨《うま》いものが次つぎに出てきてここには書き切れない。ご主人の佐藤さんが「美味しんぼ」に登場したとやらで、佐藤さんは黙っていたのだが、お店の人が見せてくれたので、さっそく「ビッグコミックスピリッツ」の最新号とその前号二冊を拝読する。前号の表紙には佐藤さんが大きく描かれていて、当然のことながらご本人にそっくりだ。食事しながら三人でまわし読みをする。面白い。佐藤さんはなんだか照れていた。

帰宅後、何やかやと話し、就寝十二時半。

二〇一一年七月三日（日）

「繁栄の昭和」を脱稿。三十枚になった。しばらく置いてから、もう一度読み返すことにしよう。

テレビ東京が五名、ジャーマネ宮本を含め、総勢六名でインタヴューにやってきた。「ワールドビジネスサテライト」の「スミスの本棚」というコーナーである。前回出演した山下洋輔からの指名で、リレー形式なのだ。人に薦めたい本を一冊ということでマルケス『族長の秋』をやる。独裁者の孤独や不安について語る。ディレクターの要求で、ついでに周囲が敵だらけの総理の孤独と不安についても語り、原子力などの科学文明や資本主義の未来についても語ったものの、どうせ十分ほどに短縮されるからほとんどカットであろう。それでも一時間以上喋《しゃべ》らされる。インタヴューアーは森本智子《もりもとともこ》で、相内優香からの手紙を預ってきた。「大好きな筒井先生」の文言あり。最後に次回の指名をと言うのでしょこたんこと中川翔子を指名しておく。放送日は十三日（水）の夜十一時から。

スター・チャンネルで『THE BOX』をやっていた。キャメロン・ディアスの主演で。原作は懐かしやリチャード・マシスン。純然たるエンターテインメントは変に文学的にしない方がいい。作品全体が濁ります。

二〇一一年七月七日（木）

一昨日は「群像」の新編集長・佐藤とし子が須田美音と一緒にやってきた。今日は「文學界」の新編集長・田中光子が大嶋由美子と一緒にやってきた。編集長も担当者もすべて女性だ。文芸誌の編集長で今や男性は「新潮」の矢野優だけ。「群像」の編集室では男性が一人だけだし、「すばる」に至っては全員女性だと言う。そういう時代なのであろうか。だいたい男が駄目過ぎるのである。「群像」からも「文學界」からも作品を乞《こ》われ、困ってしまう。今日などは危く「繁栄の昭和」を渡してしまいそうになった。いやまったく、危い危い。実は一昨日、群像から作品を求められた時、どうせ今日も作品を乞われるであろうと思い、何か書かなければと切迫感に囚《とら》われて、以前から書き溜《た》めていた「小説に関する夢」または「文壇に関する夢」を原稿にしはじめている。どちらに渡すかは状況次第である。タイトルは未定だが「小説に関する夢八夜」といったものにしようと思う。とにかくすべては発表先未定の長篇「聖痕」の嫁入り先次第なのである。

田中光子さんとは以前からのつきあいだし、妻と同じ名前でもあるので、編集長就任を祝い、同行してきた出版部の丹羽君や妻も加え、五人、シャンパンで乾杯する。キャビア、チーズ、焼穴子、大嶋さんが買ってきたパテなどを食し、広間から茶の間に場を移してさらに焼酎やワインを飲む。大酔。

二〇一一年七月十四日（木）

昨日のビーバップの収録ではゲストの清水義範に逢《あ》い、「国文学」に執筆してくれたことへの礼を述べる。「国文学」にはシミズ・ヨシノリが二人執筆してくれた。もうひとりは評論家の清水良典である。

谷崎賞の候補作がどかっと送られてきた。今回は四作品だが、二段組み上下巻というような大冊はなく、厚さも普通であり、安心する。「小説に関する夢八夜」は、どうやら「夢九夜」になりそうである。「九夜」ではおさまりが悪いので、「十夜」にならないかなといろいろ考える。

山田憲和が「オール讀物」編集長になったのに、お祝い原稿を渡していなかったことに気づく。「裏辞典」の連載終了時から短篇を乞われていたのにそのままだったのである。「つばくろ会からまいりました」という変な短篇を思いついたので、「オール」向きだと思い、書きはじめた。十枚ほどの掌篇になるだろう。

政府は煙草税の増税をやるらしい。被災地の復興資金に充てるのだと言う。被災地の人たち、特に避難所の人たちが煙草や酒を欲しがっていて、しかも被災地の煙草栽培農家が困っているというのに何ごとだ。煙草税の増税なら比較的反撥《はんぱつ》も少ないからだというが、怨嗟《えんさ》の声は闇に沈潜している。提案した閣僚の名は知っている。ナガツマという名と共に記憶し、いずれ復讐《ふくしゅう》の機会が訪れた時には少しばかりきつく痛めつけることになろう。

二〇一一年七月二十一日（木）

夕刻より光子と旧居留地のオリエンタルホテルへ行く。久しぶりの骨休めである。喫煙できるジュニア・スウィートが満杯とかで、一ランク上のスウィートに同じ料金で案内された。

十七階のバーで食前酒。おれはシャンパン、光子はミモザ。ここの料金もサービスである。次いで隣の鉄板焼に行き、神戸の海の見渡せるカウンターに座る。いつものマスターは本日はお休みとかで、可愛子ちゃんが焼いてくれる。まず鮑《あわび》が焼かれ、次いで伊勢エビが品切れとかでオマール海老《えび》を焼いてくれる。次いで飛騨牛のヒレを焼いてもらう。牛肉が何やかやと言われているが、この歳になればセシウムなど関係ないのである。客もよく入っている。ターキーのライがあったので、なんと四杯も飲んでしまった。光子はワイン。

夏の間だけの特別メニューだという四階のガーデンテラスへ行き、おれはビール、光子はワインを飲む。竹林の中で、暑さはなく、さわやかな空間だ。勤め帰りの若い人が多かった。豪華なオードブルが三皿も出てきたが、これはまったく食べられなかった。

部屋に戻って二か月ぶりにマッサージを呼ぶ。初めての若い子ふたりが来て、新技術でけんめいに揉《も》んでくれた。すっきりした。

「ビーバップ！　ハイヒール」を見る。今回は、三百回記念に有馬《ありま》温泉へ行った時の放映である。初回のビデオで皆の若さに驚く。一時就寝。

二〇一一年七月三十日（土）

一昨日上京したのだが、新幹線に乗っている間は小松左京の訃報《ふほう》をまったく知らず、夜の八時過ぎ、原宿のわが家に着くとNHKの女性記者が家の前で待っていたので驚く。ここで初めて小松さんの死を知って大ショック。記者はわが家でコメントを取って帰ったものの、それが今日NHKの「かぶん」（科学文化部の意味）というブログに出ていて、そのいい加減さに驚く。改めてカメラでの取材をという申し込みを断ったおれが悪いのでもあるのだが。

と、いうわけで、以後取材申し込みが電話やメールで殺到。みんなおれを捜しまわっていたらしい。結局はほとんど断り、朝日新聞のみ三枚を執筆し、一日送稿、二日に掲載という慌ただしい段取りとなった。「文學界」も依頼してきたが、こちらは近近、短篇を渡すからということで勘弁していただく。「オール讀物」には十枚の短篇「つばくろ会からまいりました」を送り、これは十月号の掲載となる。

午後四時、JFCの吉田ゆりかがスペインのジャーナリスト、ガビ・マルティネスとカメラマンと日本人の女性通訳と共にやってきた。ガビはフリー・ジャーナリストで、小説、旅行記など八冊の著書がある人。スペインから同行してきたカメラマンは、いずれ世界の作家の写真集を出すのだと言う。スペインの文芸誌「Que Leer」とライフスタイル誌「マリ・クレール」に掲載するためのインタヴューであり、通訳を介していつもの倍の時間がかかり、疲れ果てる。

二〇一一年八月二日（火）

一時、朝日新聞の編集委員・鈴木繁《すずきしげる》と、女性記者・高重治香《たかしげはるか》がカメラマンと共に来宅。これは八月下旬から朝刊の文化面での連載インタヴューである。鈴木氏のメールによれば、文化の力とは、想像力とは何か、物語を紡ぐとはどういうことなのかを、過去・現在・未来を見通すような、少し広い視野から考えてみようという趣旨だと言う。小生の場合は『霊長類南へ』をとりあげて、さまざまに論じさせようという意図であるようだ。『霊長類南へ』は、何しろ四十二年前の作品である。SF第一世代のことから説き明かす必要があり、小松左京追悼に書いたことと同じことを言わなければならなかったりする。しかしそれを言わないと話が進まないので困ってしまう。約一時間のインタヴューで、ずいぶん疲れた。もう歳なのである。すぐに疲れるのである。

これは朝日新聞文化面夏企画の第一回目として八月二十二日の朝刊の文化面に掲載される。小生のあと、永井豪《ながいごう》ちゃんなど四、五人のインタヴューの月曜日週一連載となるそうだ。

「小説に関する夢」はどうやら「十一夜」に落ちつくこととなる。変な数だがしかたがない。もう少し寝かせて読み返し、「文學界」へ送ることにしよう。

「枕詞逆引辞典」がいよいよ明後日・四日から「笑犬楼大通り」に掲載されることになった。どんな反響があるか、楽しみなことだ。

二〇一一年八月十二日（金）

昨日送られてきた「国文学・解釈と鑑賞」九月号のわが特集をぱらぱらと拾い読みする。「文學界」に渡した「小説に関する夢十一夜」は十月号に掲載されることになった。「群像」にまだ作品を渡していない。「教授の戦利品」という短篇を書きはじめる。

昨日から伸輔一家が大阪へ来ている。三津寺へ行き、千日前の墓へ参り、掃除をしてくれたらしい。ヒルトンに泊ったという。

今日は朝から天王寺動物園へ行ったらしい。この暑いのにご苦労なことだ。五時過ぎに帰着。恒司はさっそくスカパー！　のカートゥーンネットワークを見たがり、アクセスするのに大人四人が大騒動。恒司はなんでこんなに我儘《わがまま》になったのか。ついに怒鳴りつけてしまう。

六時からテアトロ・クチーナへ行く。まずは恒司のためのトマトとモッツァレラのスパゲッティを作ってもらう。恒司は夢中で食べ、思っていた通り、すぐに寝てしまう。あとは大人たちでゆっくりとワタリガニのスパゲッティや猪豚《いのぶた》のステーキなどを、シャンパン、ワイン、ビール、グラッパなど思い思いに飲みながら楽しむ。カニ・アレルギーの伸輔のみは別のスパゲッティ。

帰宅後はカートゥーンで「トムとジェリー」ばかり見せられ、悪酔い。恒司が寝たあと、大人だけでさらに飲み、話す。就寝二時。

二〇一一年八月二十五日（木）

大江健三郎の手紙に返事を書き、投函《とうかん》。大江さんの手紙は先日の朝日のインタヴュー記事についての感想であり、あの記事に触発された筈《はず》の、「もう注意深くて才能ある若いジャーナリスト・文芸記者がプランを持ち込んでいるはずですが」という指摘に驚く。さすがに慧眼《けいがん》である。

夕刻、中央公論新社の関雑誌編集局長が、日本葉巻協会の辻厚成《つじこうせい》会長、青羽芳裕《あおばよしひろ》副会長をつれて来宅。辻さんは有名な陶芸家でもある。この協会が設けている「ジャパン・シガー・アワード」では、シガーを愛好し、社会に貢献している人物に賞を贈っていて、第一回目の受賞者は麻生太郎《たろう》だったが、二回目の受賞者はなんと、おれに決ったというのだ。メンバーは日本パイプクラブ連盟常任理事の前記青羽氏や日本輸入ワイン協会事務局長の遠藤誠《えんどうまこと》氏、たばこと塩の博物館学芸部長の半田昌之《はんだまさゆき》氏など錚錚《そうそう》たる人たちであり、この賞はありがたくお受けすることにした。

贈賞式は十月。昨年の第一回では小錦八十吉《こにしきやそきち》がハワイアンを歌ったらしい。光子もつれて行くことにしよう。

辻さんのご父君は忠犬ハチ公の発見者であり銅像を作った人。昔話や煙草談義で歓談。煙草の話はいつも楽しい。

二〇一一年八月二十九日（月）

「教授の戦利品」脱稿。二十六枚。またしばらく寝かせておくことにする。

中央公論新社のわが担当・角谷涼子、「婦人公論」の渡辺千裕、フリーライター内山靖子とカメラマンの四人が来宅。「婦人公論」の特集「長寿の常識が変わった」の巻頭インタヴューである。モノクロ四ページとやらで、最初門前で写真を撮られる。インタヴューは、「少し不健康ぐらいの方が長生きする」という考えかたをもとに、新しい長生きの常識を考えてみようという主旨のものであり、それならおれの得意とするテーマであるから、煙草と健康の関係について、粗食＝健康という常説を疑うことについて、友人が次つぎと死んでいくことについてなど、いろいろと喋《しゃべ》る。なにしろ来月で喜寿を迎えるわけだから、もういい格好などする必要はなく、死ぬのは怖いなど、思っていることを洗いざらいぶちまける。十月二十二日号で、発売は十月七日。

徳間文庫から、山田風太郎『人間臨終図巻』が全四巻の新装版で出るので、その四巻目の解説をと頼んできた。四巻目はなんと「七十七歳で死んだ人々」以降となる。これまたおれにぴったりなので引き受ける。

民主党総裁が野田佳彦《のだよしひこ》に決った。海江田《かいえだ》でなくてよかった。一時は生きた心地がしなかったのであるが。

二〇一一年八月三十一日（水）

煙草をやめようとして禁煙補助薬を服《の》んだやつが六人も意識障害を起した。うち三人は運転中だったから発見されたのだが、発見されなかったやつはまだまだたくさんいるだろう。ただでさえ禁煙は精神的にも肉体的にも不健康きわまりないというのに、馬鹿な連中がいるものである。

午後四時半、ハイヤーが迎えにきて東京會舘へ。谷崎賞の選考会である。他の委員たちとお久しぶりの挨拶《あいさつ》。山田風太郎賞で一緒の桐野夏生を除いて、皆ほぼ一年ぶりだ。今回から司会は関雑誌編集局長である。選考が始まると、おれも一押しだった稲葉真弓《いなばまゆみ》の『半島へ』がほぼ満票でトップになる。あと一作、川上弘美がいつになく熱心に推して、これを断固拒否の池澤夏樹と議論になり、二作受賞にするかどうかも含めて全員が議論に加わり紛糾。関さんの好裁量でどうにか一作受賞に落ちつく。「こんなに強硬に推したのは初めて」と言う川上弘美。いつもより時間は一時間ほど長くかかって、終ったのは七時半だった。稲葉さんは大喜びで賞を受けてくれたらしい。授賞式の挨拶はおれに決る。

食事となると、今までの緊張した雰囲気は跡形もなく、弘美ちゃんもさっぱりした様子で談笑。皆はワインだが、おれだけはウイスキーを飲む。さすがに高度なギャグ、ユーモアの頻発で笑いが絶えず、終宴九時半。帰宅十時過ぎ。

二〇一一年九月二十三日（金）

昨日は台風のために増水した川を次つぎに眺めながら、新幹線で上京。

午後二時に、講談社から独立して星海社の重役となった「ファウスト」の太田克史が、アニプレックスの岩上敦宏《いわかみあつひろ》を伴ってやってきた。この岩上君も、三年前に来た時よりも出世していて執行役員、第二企画制作グループの代表である。太田君はわが「ビアンカ・オーバースタディ」第二回が掲載されている「ファウスト」の八号を、印刷所から直接持ってきた。つまり原稿を渡してから今日まで、なんと三年もの月日が流れているのだ。あまりのことに、「君は月日的にはまったく信頼できない」と言うと、しきりに謝っていた。

そのくせビアンカの続きをできるだけ早くと催促する。「ファウスト」は次号で解散らしいが、もう続きを次号に掲載するため三年も待つことはできないから、勿論《もちろん》、最終回のみは書下ろしで単行本となるのだ。来年早早に本にしたいので、年内に書いてくれと言うのだが、何しろだいぶ以前に書いたものだから、内容を忘れてしまっている。クライマックスのアイディアも失念した。困ったことである。本の体裁やアニメ化のことなど、いろいろと相談するが、とにかく書くのが先だ。

明日は誕生日。なんと喜寿ではないか。祝いに伸輔一家がやってくる。まだまだ仕事をやらせるつもりなのである。

二〇一一年十月十三日（木）

午後五時、中公の並木君が車で迎えに来てくれて、東京會舘へ。谷崎賞、中公文芸賞の控室へ入ると、すでに稲葉真弓が来ていて初対面の挨拶。文芸賞受賞者の井上荒野《いのうえあれの》、乃南《のなみ》アサ、及び両賞の選考委員が次つぎと到着し、満杯の控室は多士済済。六時、授賞式が始まり、文芸賞の選評を浅田次郎がやり、受賞者が挨拶したあと、おれの出番となる。選評として語った一部を記しておく。「ご案内の通り、今回の谷崎賞は稲葉真弓さんの『半島へ』に決りました。一度もお目にかかったことはなかったにもかかわらず、稲葉さんは小生にとって懐かしい人です。三十八年前、女流新人賞を受賞された時の作品を読んでおります。新鮮な文章を書く人だなあと思っていたのですが、なぜかそれからしばらく作品を発表されなくなった。どうしたのかなあと思っていたら、その十九年後、二十一年前ですが、今度は女流文学賞を受賞された『エンドレス・ワルツ』という作品で再会しました。これはわたしが個人的にもよく知っているSF作家の鈴木《すずき》いづみと、アルト・サックス奏者の阿部薫《あべかおる》の壮絶な夫婦関係を描いた作品で、阿部薫などはわたしの家に泊ったりしたほどのつきあいでしたから、とても嬉《うれ》しかった。今日初めてお目にかかれてしあわせです。受賞された『半島へ』の選評はお手許の、「中央公論」に掲載された文章をお読みいただければおわかりと思いますが、満票に近い形で受賞に到りました。こんな地味な作品、推すのは自分だけじゃないかと思って選考会に臨んだのですが、さすが谷崎賞選考委員だけあって○が四つに△がひとつという、票が割れることの多い谷崎賞の選考にあっては近年稀《まれ》に見る、絶讃《ぜっさん》に近い受賞でした。作品は、東京から離れて、ひとり志摩半島の別荘で暮す初老期の女性の視線と内面を描いて、みごとです。さらには自然の変化やたたずまいの描写力に、自然科学者を父に持つわたしの血が大いに騒ぎました。このようなすばらしい作品を得たことは、谷崎賞の名誉です。稲葉真弓さん、この度はありがとうございました」

この挨拶、稲葉さんのお気に召したようであった。パーティに移ると、例によって腰かけたきりのおれのところへ次つぎとさまざまな人がやってくる。この辺がおれを遠巻きにして誰も話しかけてこない風太郎賞のパーティとは大いに違うところだ。懐かしい人たちと逢《あ》い、話す。困るのは、誰だかわからない人に限って名乗りをせず、やあやあと話しかけて来ることだ。逆に、こちらが話したいと思う人に限って遠慮をし、話しかけてこなかったりする。手招きして、こっちを見ていながらなんで話しかけてこないんだと言うと、私のことなどお忘れかと思いまして、などと言う。

　実はここ一週間ほど、皮膚炎が出たので酒を飲んでいなかったのだが、恐るおそる飲むうち何杯もグラスを重ねてしまい、行くつもりのなかった稲葉さんの二次会にまで須田美音に連れて行かれ、乾杯の挨拶をさせられてしまった。匆匆《そうそう》に引きあげ、また並木君に送られて帰宅は九時過ぎとなる。さいわいにも皮膚炎は出なかった。

二〇一一年十月十四日（金）

　煙草を二円増税すると言っていたのが、葉たばこ農家に打撃をあたえるというので自民党が横槍《よこやり》を入れ、どうやらやめるらしい。

　午後六時過ぎ、中公の関知良が迎えに来てくれて、光子と共にホテルニューオータニの「ジャパン・シガー・アワード」に向う。おれはタキシード、光子は生れて初めての黒のロングドレスである。青羽芳裕副会長が出迎えてくれる。案内されたのは「パラッツオ」という宴会場で、光子は昨日も谷崎賞に来てくれた辻厚成会長夫妻と共に、先に会場に入る。会長が挨拶している間待たされたのち、いよいよ出番となり、スコットランド人のバグパイプ奏者を先頭に、元ミス・ユニバースの女性二人に挟まれて会場に入る。男は全員タキシードにブラック・タイの格調高いパーティなのである。会長から賞状と賞品の葉巻を戴《いただ》き、挨拶をする。

「この度はこのような晴れがましい賞をいただいて、恐縮しております。煙草は人間を情緒的にするすばらしい発見であり、発明です。近年、喫煙者が迫害されておりますが、それもまさに喫煙しない人たちの、非情緒的な精神によるものではないかと理解し、許すことにしております。紳士である喫煙者の皆様方も、おそらくご同様であろうと思います。紫煙をくゆらせて、未来に、あるいは宇宙にと思いをめぐらせる愉悦というものは、何ものにも換え難いものがあります。しかし、過去の多くの例を見ても、こうした喫煙文化の、非常に高度に発達し洗練された伝統は、ともすればこれを壊そうとする人たちによってあっけなく崩れ去る運命を孕《はら》んでいます。その中にあって、私たちはこの洗練された伝統を守り、受け継いでいく使命を、次世代のためにも、人間の歴史のためにも、自覚しなければならないと考えております。ありがとうございました」

同じテーブルには会長夫妻や関さんや大宅《おおや》映子《えいこ》がいて、以前おれの谷崎賞受賞のパーティの時に知りあった大宅さんと光子は隣り同士の席。あの気むずかしい大宅女史にどこが気に入られたのか、光子はずっと彼女と話し込んでいた。ニューオータニの料理長が挨拶《あいさつ》に出て来て、さすがに料理は旨《うま》い。この「パラッツオ」はオープンエアーになっていて、テラスでは葉巻を喫い放題。三か所の出品スペースにはキューバ産、ドミニカ産、メキシコ産の超高級プレミアム・シガーが並べられていて、どれでも好きなものがチョイスできる。一度磨けば一年保《も》つという靴磨きまであり、光子に勧められておれはベルルッティの靴を磨いてもらった。席には風船芸術家が来て、光子は豪華な花とピンクパンサーを作ってもらう。やがて抽選会となり、光子はまたしても葉巻を当ててしまう。おれにはグッチのネクタイが当り、イタリア人の日本支社長から授与される。各界名士の多くに紹介されたものの誰が誰やらもはやわからぬ。青羽さんの、最近喫煙者への風向きがよい方向に変化してきたという最後の挨拶が心に残った。

帰途、またしても関さんに送ってもらい、帰宅十時半。だいぶ飲んだのだが、皮膚炎は出なかった。

二〇一一年十月二十一日（金）

「ビアンカ・オーバースタディ」の続きを書きはじめている。書いているうちに忘れていた内容やクライマックスのアイディアなど、次つぎと思い出してくるから不思議である。新たなアイディアも思いついた。連載が長期化したからこそのアイディアである。「通販生活」からは、「昭和ヒトケタからの詫《わ》び状」というタイトルで、野坂昭如《のさかあきゆき》と往復書簡を交してくれと言ってきた。おれの書いた手紙に野坂氏が返事をくれるという形式にするらしい。来年一月初旬発売の秋冬号に載せるのだという。野坂氏とはずいぶんご無沙《ぶさ》汰《た》だ。承諾する。

三時半、角川の新名君が車で迎えに来てくれる。今日は東京會舘で山田風太郎賞の選考会なのである。今回は長大な作品が多く、読むのに苦労したのでまずその不満を角川の各氏に漏らす。委員が揃ったところで、先日のジャパン・シガー・アワードで貰《もら》った賞品の葉巻一箱を出し、お裾《すそ》分けと称して一本ずつ皆さんに贈呈する。とにかく沢山貰っているので、誰かに貰って戴かないとおれがニコ中になってしまうのである。

選考は丹念に行われて、高野和明『ジェノサイド』に決定。満票に近い得票だったから、最初から決定していたようなものなのだが、それでも最低得票の作品も含め五人全員が丁寧に論考する。そのあと重松清が志願して記者会見に臨む。贈賞式のスピーチはこれも志願した桐野夏生に決定。

選考終了後、角川歴彦が挨拶にあらわれる。受賞作や候補作の中で映画化できるものがあるかどうかについて、ちょっとばかり話が盛り上がる。

夕食に移るが、記者会見に出ている重松清を除き、全員がなぜか別べつのテーブルについて食事することになった。こういうのもちょっと面白い。といっても会話はできるので、赤川次郎がある老人ホームでは一人ずつ別のテーブルで食事をとることに決っているという話をする。ウイスキーのソーダ割りを作ってもらって、お代りを重ねるうち、六、七杯も飲んでしまう。

重松清が戻って来てからも、高野和明がなかなかやってこない。あとで聞くと上着を忘れ、途中から取りに戻ったらしい。ニコニコ動画で全員、彼の記者会見を見る。インタヴューをしているのが、先日朝日の文化グループ編集長を辞めたばかりの佐久間文子だったのでちょっと驚く。なあんだ、こんなことをしているのか。

高野君、それまでは平気だったのに、受賞の知らせがあってから突然どきどきしはじめたのだと言う。あと、われわれのところへ挨拶に来たのだが、自分のセオリーを確固として持つ、なかなかいい男だ。皆がそれぞれの疑問を彼にぶつけて問い質《ただ》している光景はなかなか面白かった。

また新名君に送ってもらい、帰宅八時過ぎ。ビール二本を飲み、就寝十二時。

二〇一一年十一月五日（土）

「ビアンカ・オーバースタディ」を脱稿。星海社太田克史に発送。「ビアンカ」執筆中から頭にあった「不在」が固まってきた。さっそく第一話を書きはじめる。

チェコが『パプリカ』を出すらしい。この国では『ヘル』と『銀齢の果て』がすでに出ているが、ファンが増えているのだという。どうやらおれのこの作品、チェコ向きらしい。

この間から、何かが「痒《かゆ》い痒い」と言っている変な夢ばかり見るので、皮膚炎のせいかと思っていたのだが、痒くなくなってもまだ見るため、おかしいと思ってよく考えてみれば、刀の手入れをまったくしていないことに気づいた。これは刀に錆《さ》びが出ているに違いないと思い、すぐに手入れした。しかし案の定錆びが出ているので、ブログを検索し、猪《い》名川《ながわ》町の杉原《すぎはら》という刀剣研磨師に頼んだところ、ご本人が今日やってきた。京都の美大を出た、ずいぶん若く見える人だが、もう二十年以上やっているという。父親の代からの研師らしい。

さっそく繼平《つぐひら》を見せたところ、まだ薄錆びだと言うことであり、ほっとする。白鞘《さや》を作り替えてもらい、金のはばきを作ってもらうことにする。その他いろいろで二十万円以上かかるというが、繼平へのお詫びだからしかたあるまい。杉原氏も「刀が喜びます」と言う。

島津の殿様の脇差だったこの繼平、もと薙刀《なぎなた》だったが、あまりの切れ味のよさに、刀にしたという業物なのである。

二〇一一年十一月十一日（金）

わが甥《おい》っ子の天才児、賀宣が東大大学院の修士課程を修了。いよいよ博士課程なのだという。あの川口淳一郎教授の面接を受けたということだ。凄《すご》い凄い。宇宙飛行士になるのも目前。乗せてもらうためには、おれも頑張って長生きしなければな。

「不在」の第一話を書き終えて、昨日から第二話に突入した。会話だけの第二話が極めて難しい。

朝十時過ぎ、新さん喜美子さん夫婦がベンツで迎えにきてくれて、雨の中を出発。国道二号線に出て舞子を北上、布施畑《ふせはた》から山陽道、福崎から中国道に入る。西へ行くにつれ空が明るくなり、岡山県に入るとたちまち晴天となる。山は緑一色で、まだ紅葉はほとんどない。山崎《やまさき》で高速をおりて、揖保川《いぼがわ》沿いにある道の駅の「鹿の蔵《かくら》」というレストランに入り、ここで鹿のステーキなどを食べる。猪鹿鳥鍋《いのしかちょうなべ》というのは希少な宍粟《しそう》鴨、脂ののった猪肉、鶏《とり》肉とあわせてつみれにした鹿肉が入っている。他に旬の野菜もたっぷりで、スープがすこぶる旨《うま》い。他にも猪鹿鳥コロッケなど珍味ばかり。みやげに鹿肉の薫製、赤米、紫米などを買う。女たちがレジで店の主人と何やら笑って話しているのでいやな予感がしたのだが、案の定、色紙を書かされた。

また山崎から中国道に入り、美作《みまさか》でおり、三七四号線を南下、四八四号線を折れて「ドイツの森」に着く。喜美子さんを除いて三人が六十六歳を越した老人ということで入園料が半額。ちょっとしたショックを受ける。金曜日なのでポルカの流れる園内はがらがら、おれたちしか乗っていない汽車で広大な敷地内を一巡。入れ違いに二十人ほどの老人の団体が乗り込んだ。ここの売店では女ふたりがソーセージやドイツビールなど、みやげを買い込む。

九〇号線と四六号線でまた兵庫県に戻り、赤穂へ到着。赤穂は以前ジャズマン忠臣蔵の公演で来て以来である。海岸にある「銀波荘《ぎんばそう》」に入る。着いてさっそく、去年オープンしたという海遊大浴苑《えん》の「岩海の湯」で、小豆島《しょうどしま》を眺めながら温泉に浸《つか》る。夕食は新さん夫婦の部屋で六時から。例によっておれは芋焼酎《いもじょうちゅう》、新さんビール、光子ワイン。料理は名物鯛《たい》の塩釜《しおがま》焼会席。光子と喜美子さんが槌《つち》で塩釜を叩《たた》き割る。塩焼きと違って柔らかく絶品。おれは最後にこれで鯛茶漬けをした。他に朝取れ播磨《はりま》灘《なだ》の鯛や打ち鮪《まぐろ》山掛けなどの刺身、但馬牛のしゃぶしゃぶ、瀬戸内縞《しま》目烏賊《いか》、この旅館オリジナルの、ふかひれや白きくらげや枸杞《くこ》の実など十一種が入った薬膳《やくぜん》蒸し、渡り蟹《がに》など。

部屋に戻り、夫婦でマッサージにかかる。光子は男性、おれはその男性が「先生」と呼んでいる若い女性のマッサージ師。あまりよい気持ちでうとうとしてしまう。喜美子さんはスパへ行ったらしい。マッサージが終る頃、新さん夫婦がやってきて、例によっての酒宴。新さんは義士なんとかという日本酒を飲み、おれはビール。四人、馬鹿なことばかり話して笑い転げる。新さんは面白い。

十二時に寝床に入ったものの、食べ過ぎたためか二時ごろまで、なかなか眠れず。

二〇一一年十一月十二日（土）

七時起床。八時にまた新さんたちの部屋で朝食。あまり食うまいと思っていながら、またたくさん食べてしまう。昨夜の芋焼酎が旨かったので、ほんとは売っていないのだが、無理を言って一本売ってもらう。九時に出発。

海浜公園の中にある海洋科学館へ行き、「塩の国」の古代藁葺《わらぶ》き屋根の大きな製塩の建物や道具や塩田などを見たあと、実際に塩作りを体験させて貰う。土鍋《どなべ》に入った鹹水《かんすい》を掻《か》き回すうちにナトリウム、カリウムなどが含まれた綺麗《きれい》な塩ができ、持ち帰りができるというもので、舐《な》めてみると昆布のような味がしてまことに美味であった。

二号線で龍野に向う。龍野は去年、奥津温泉の帰りに立ち寄ったのだが、素麺《そうめん》も買えず、あまり見てまわれなかったので再来したのだ。「そうめんの里」へ行き、製法の実演を見たあと、冷や素麺や、素麺で作った中華そばを食べる。「うすくち龍野醤油《しょうゆ》資料館」があるというので探しまわり、やっと見つけて見学。麹室《こうじむろ》やでかい樽《たる》のある仕込蔵や圧搾場などを見る。さらに三木露風《みきろふう》ゆかりの赤とんぼの里へも行き、今朝は飲めなかった珈琲《コーヒー》を味わう。なかなか旨いので驚く。露風の碑の前で記念撮影。たいていの人がおれを知っていて、シャッターを押してもらいやすい。

二号線から神明高速に入って垂水に戻る。新さんはお疲れ様であった。みやげのソーセージとドイツビールで夕食。すぐに就寝。

二〇一一年十一月十八日（金）

昨日から上京。

「不在」は第二話を書きあげ、現在第三話を書いている。ハードボイルド・タッチにする。

柘植光彦《つげてるひこ》氏、死去。わがよき理解者であった。「国文学・解釈と鑑賞」のわが特集を編集してもらったばかりでこの訃報《ふほう》とは。あの作業が命を縮めたのでないことを願うばかりだ。残念至極。弔辞を頼まれたが、しばらくは何も言えないと思う。多忙で葬儀にも行けない。お花と香奠《こうでん》を送ることにした。

MBS・TBSの深夜枠で『家族八景』がテレビ・ドラマ化、来年一月から放映されることが決定した。制作はホリプロ、主演の七瀬には、ホリプロの木南晴夏《きなみはるか》。ゲスト・スターは西岡徳馬《にしおかとくま》、清水《しみず》ミチコなど。三十分で十回の放映となる。原作は八話だが、オリジナルの二話を含めて十回となるわけ。『家族八景』はテレビドラマの単発で堀《ほり》ちえみがやり、多岐川裕美《たきがわゆみ》がやはり単発で「芝生は緑」をやっただけ。八景全部をやる本格的なドラマはこれが初めてである。

ながいことヘア・カットしていなかったので髪がずいぶん伸びた。「NALU」へ行き、五味さんに切ってもらう。さっぱりした。前の部分は美しい白髪となったが、なぜかうしろ半分が黒髪のまま。これでは染めることができない。全部白髪になったら、ライトブルーに染めてやろうと考えているのだ。

二〇一一年十一月二十二日（火）

「不在」は第三話と第四話を書きあげ、現在は最終の第五話を書いている。六十枚ほどになる予定だ。書きあげたらまたしばらく放置しておいて、読み返し、手を入れる。

「家族八景」は毎火曜日、二十四時五十五分から二十五時二十五分までの三十分間、TB

S、MBS系の放映となる。第一回目は一月二十四日と決定。
　午後五時、文藝春秋出版部・吉安部長と丹羽君が来宅。四時から来て待っていた伸輔を加えて『壊れかた指南』文庫化の打合せをする。単行本の表紙は横尾忠則だったのだが、短篇のテーマそれぞれを絵にした豪華さが文庫本の表紙には不向きであるため、伸輔に描かせることになったのである。なんと息子とのコラボはこれが初めて。あと、解説者を誰にするかも相談する。刊行は来年三月の予定。
　六時、光子を加え五人で「フィオーレ」へ行く。吉安、丹羽両君をこの店に案内するのは初めて。いつもとは少し毛色の違う料理が次つぎと出て、両君は大満足のていであった。三種の肉が入ったパテは実に旨かった。茨城県潮来《いたこ》出身のオーナー・シェフの身内の人たちに紹介され、握手。そのあとまたわが家に戻り、先日の赤穂みやげの鹿肉の燻製《くんせい》を肴《さかな》に、ビール、ワインなどを飲み、談笑。気がつけば十一時半になっていて、文春の両君が帰ったあと、さらに家族三人で話す。就寝一時半。

二〇一一年十二月一日（木）

「不在」を書きあげる。やはり六十一枚になる。読み返したのだが、たったこれだけの枚数なのに「第一部　欠落」「第二部　虚体」「第三部　残影」「第四部　失踪《しっそう》」「第五部　消滅」などとするのはいかにもものものしいので、単に「1」「2」「3」「4」「5」とすることにした。例によってしばらく寝かせておくことになる。

マドリッドの文化インスティテュートからJFCを介して招待された。来年三月のイベントで、ジャパニーズ・フィクションをテーマにし、歴史学者で日本文学が専門のカルロス・マルティネス・ショウ教授が行うセッションで、小生の対談が企画されたのだ。

こんな招待があるというのも、小生の作品がスペイン語圏で広く読まれ、高く評価されているらしいからであろうと思い、実にありがたいことだと思う。ビジネスクラスでの往復航空券や、マドリッドの四つ星ホテルの三泊や、空港ホテル間の車の送迎や、日本語スペイン語の通訳や、参加費千五百ユーロなどが提供される。

スペインはまだ行っていないが、残念ながら断念せざるを得ない。老齢であること、機内で煙草が喫えないこと、同じく機内で激しく耳が痛むこと、等がその主な理由である。JFC吉田ゆりかにそのことを伝え、丁重にお断り申しあげるよう頼む。

やれやれ。歳をとるのは悲しい。新しい体験をするのが苦痛になってくるからだ。

二〇一一年十二月二十二日(木)

金正日《キムジョンイル》の死亡で、新聞は連日大騒ぎである。どうもいやな予感がしてならない。「週刊文春」の編集部次長・高橋夏樹がカメラマンをつれてやってきた。一月十一日発売の一月十九日号に一ページのグラビアで載るインタヴューの取材である。今、言いたいこと、最近の世相についてなど、いろいろ質問される。最後に現在執筆中、構想中の作品について訊《き》かれたので、えんえんと書き綴《つづ》っている長篇のことや、「不在」のこと、構想中の「三字熟語」のことなどを語る。

「三字熟語」というのは、今話題になっている四字熟語が比較的縁起のいい熟語ばかりであるのに対し、ふと思いついて調べたところ三字熟語にはどうもろくな言葉がないので驚き、これを列挙して「三字熟語の奇」という短篇に仕立てあげようという構想だ。ちょっと紹介するだけでも「座敷牢《ろう》」「往生際」「就職難」「姥《うば》捨山」「轆轤《ろくろ》首」など、まったくろくなものがない。ちょっといい言葉であっても、こういう言葉の中に嵌《は》め込むとたちまち悪い意味になってしまう。面白いのでいろいろ並べ替えて楽しんでいるが、これ発表したら、こんなものは小説に非《あら》ずというのでまたまた評判が悪いことだろうなあ。

中村満が今年もまた新巻鮭を送ってきてくれた。処理がたいへんだったが、なんとか切り身をすべてラップして冷凍庫に入れる。当分は鮭ばかり食べることになるだろう。

二〇一一年十二月三十一日（土）

オリエンタルホテルに来ている。

「三字熟語の奇」二十五枚を書きあげたのが昨日。今回は夫婦だけでのんびり過そうというので、大晦日《おおみそか》からの三泊を予約したのである。

六時からの夕食は寿司《すし》にした。ホテル内で和食はここだけなのだ。初めて来る店だが、なかなか雰囲気がよく、板前の応対もよい。大晦日だけのコースになっていて、最初に小鉢ものがいくつか出て、そのあとの握りはシャリを少なめにしてもらったのだが、それでも次つぎに出てくるものだから腹がいっぱいになって、最後の方の雲丹《うに》巻などいくつかは食べられず。

いったん部屋に戻ったものの、年越し蕎麦《そば》を予約しているので、やはり行かねばならない。九時過ぎ、蕎麦をふるまっている宴会場に行くと、案外空《す》いていた。この蕎麦がなかなか旨《うま》くて、とても食べられないと言っていた光子までが一杯を完食してしまう。具は自分で勝手に入れて食べるのだが、われわれは油揚を一枚入れただけ。しかるに客の中には海老《えび》天を三匹も入れている人がいた。晩飯は食べてきただろうに、よく食えるもんだ。

十時に、女性のマッサージ師二人が来る。以前にも揉《も》んでもらった人たちだ。紅白を聞きながら九十分揉んでもらい、くたくたになってしまう。冷蔵庫のハイボールやビールを、光子はシャンパンを飲み、就寝一時。

二〇二二年一月一日（日）

朝九時、昨夜蕎麦を食べた宴会場でおせち朝食を食べる。混んでいて、二十分ほど待たされた。壁際のテーブルには樽酒《たる》やシャンパンなどが並んでいて、好きなだけ飲んでいいのだが、おれはまだ昨夜の酒が残っていてとても飲めず。光子は樽酒を枡《ます》で一合飲む。雑煮やおせちが出る。盛り沢山である。雑煮はいただいたものの、おせちはあまり食えず。寒空の下、外へ出てウエイターに写真を撮ってもらっている家族連れもいた。

ぶらりと居留地のホテルを出る。ブランド店ばかりの大通りに人影はまったくない。それでもセンター街に行くと、ちらほらと店が開いていて、大声で福袋を売っていた。開店している喫茶店はどこもかも満員だ。

ホテルで、ビールを飲みながらテレビを見る。識者ばかりが出て、これからの日本をどうするかと大声で議論していた。そんなことをいくらテレビで主張したってどうなるものでもあるまいに。これからどうなるかはもうほとんどわかっているではないか。まあそれでも他の番組よりは面白い。

夕食はチャイニーズ・サラダと前菜の盛合せを六時に食べ、九時にはおれがナシゴレンをとり、光子がきつねうどんとフルーツをとる。光子はキャンティ・クラシコを注文して半分飲んでしまった。

就寝十二時。

二〇一二年一月二日（月）

ホテルで朝食はとらず、外へ出る。昨日とうってかわって猛烈な人出である。大丸も今日が初日とあって、福袋の行列ができている。レストラン街へ行ったが、まだ昼前だというのに、どの店も長蛇の列。何か食べものを買おうというので地下へ行ったが、大混雑で気分が悪くなる。センター街へ行って、やっとドンクに入ると三階が空いていてほっとひと息。だが、正午を過ぎ、すぐにいっぱいになる。光子がミックスサンド、おれがクラブハウスサンド。珈琲《コーヒー》も旨い。

ホテルに戻り、ホテルの裏にある「二等列車」という意味のブティック「ドゥーズィエム・クラス」で光子が二点買物。

六時、光子がファッションでお世話になっているＶＩＬＬＡのご一家が来られて、メイン・ダイニングの個室で食事。ママとお嬢さんお二人。お嬢さんは姉妹ともに美しく、妹さんの方はわが友人石坂春生《いしざかはるお》画伯のモデルを務めた人だ。ワインを飲むのは光子とお姉さんだけ。おれはハイボール。オリエンタル・コースの料理ののち、全員が部屋に来て談笑。男兄弟四人の家庭で育ったため、おれには女同士の会話がまことに面白く、誰それの噂話に笑い転げて十時半となり、皆様お帰り。

またビールやハイボールを飲みながらテレビを見て、就寝は十二時半。

二〇一二年一月十一日（水）

今年最初のビーバップ収録である。最初の回のゲスト・明治大学の石川幹人《いしかわまさと》教授が楽屋にやってきて、新刊本をくれた。この人は四年前NHKでやった「七瀬ふたたび」を超心理学の立場から監修してくれた人で、今度毎日放送とTBSでやる「家族八景」の監修もしてくれている。ただし収録したのは超心理学ではなく「だからあなたは騙《だま》される」という、進化心理学の話である。

二本目は三度目の登場となる時代考証家の山田順子さんで、去年ヒットした「JIN～仁～」など時代劇の考証をしている人。今回は「グルメ大国ニッポン　江戸に咲かせた食文化」という話題である。食べものの話になると俄然《がぜん》盛りあがる。

終了後は新年宴会。またしてもたむけんの店「焼肉たむら」に全員が移動。今回は特にたむけんが手に入れてくれた佐賀牛、A5の11の雌という最高級品が出る。おれと一緒のテーブルに座ると必ずいい肉や酒が出るというのでモモコが横に座り、肉を賞味。あまりに旨いので、わずか五切れほど食べただけで、あとはもう食べる気を失ってしまう。焼《しょう》酎《ちゅう》は伊佐美《いさみ》。前に座った矢沢プロデューサーが次つぎに注いでくれるので、五、六杯飲んでしまった。あとはビビンバと冷麵《れいめん》。矢沢氏、たむけんと三人、いつになく深刻な話題を話す。十時過ぎ、帰ろうとして立ちあがれば例によってひと言を求められ、喋《しゃべ》る。何を言ったかは憶《おぼ》えていない。帰宅十一時。ビールを飲み就寝。

二〇一二年一月十七日（火）

午後二時、新潮社の石戸谷渉がコンテンツ事業部の加藤君を伴って来宅。いやはやウォルフガング・ペーターゼンという監督はまったく人騒がせな男だ。何年か前から著者の承諾もなしに『パプリカ』を映画化するなどと公言し、さらに去年は『パプリカ』の映像化権を得たなどと言うので、驚いた石戸谷君が調査したところ、とんでもないことが判明した。某社のアメリカ代理人が勝手に『パプリカ』をペーターゼンに売込み、ペーターゼンはすっかり権利を取得した気になっていたのだという。強く抗議を申し入れてもらったところ、話がややこしくなってきたのでペーターゼン怖れをなしたか、映画化をあきらめてくれたらしい。やれやれである。まことに奇奇怪怪な話であるが、実はこの件はまだ尾を引いているのだ。引き続いての交渉を石戸谷君にお願いして、「新潮」矢野優編集長へと「不在」の原稿を託す。矢野君の読後感が楽しみである。

午後四時、ホリプロの菅井《すがい》、平部、宮本の諸君が来宅。大健裕介までやってきた。十九日からMBSで放映の「家族八景」の契約その他の件。こっちはこっちでまたまた奇奇怪怪な話なのであるが、この話はいずれまた。新たに書く「メタノワール」という作品に、ホリプロ所属の深田恭子、宮崎美子、船越英一郎《ふなこしえいいちろう》が実名で登場することを告げておく。スタアの実名登場は、昔、五味康祐《ごみやすすけ》が一刀斎《いっとうさい》に「山本富士子《やまもとふじこ》というおかたと寝とうござる」と言わせて以来ではないか。

二〇一二年一月十八日（水）

矢野優よりメール。「不在」を大いに評価してくれて、すぐに入稿し三月号（二月七日発売号）に載せるという急な話である。ただちにデータを送稿。

「メタノワール」を少し書く。滅茶苦茶な話だと書きながら思う。

六時半、「文學界」大嶋由美子が迎えにきてくれて、夫婦を沖縄懐石の赤坂潭亭《たんてい》へ案内してくれる。六人用の個室に落ちつく。他の人が来るのを待つ間、彼女に「三字熟語の奇」を渡す。ほどなく田中光子編集長、吉安章、丹羽健介の各氏が到着。オリオン生で乾杯。そのあと泡盛。料理はカニゴーヤ飯蒸し、ドゥルワカシ、ミミガー寄せ、ミーバイなどの刺身、ラフテー白味噌《みそ》あん、グルクン南蛮彩おろし和《あ》えなど。そのあと鮑《あわび》、石垣牛が出て、飯は丸十紅芋とアダンの炊込み。まさに珍味、美味で、話も大いに弾む。

大嶋さんのみ体調が悪く、帰宅するがあとの三人はわが家へやってくる。ドンペリでまた乾杯、そのあとワイン、ビールなどを飲む。重よしのカラスミや梅、鮑などでもてなす。またしても盛りあがり、十二時半まで飲み続けてしまった。田中光子さんには文藝春秋の臨時増刊号編集長から頼まれていた「震災と日本人の精神」特集用の原稿を託《ことづ》ける。吉安君には「オール讀物」用の「横領」という短篇の原稿を渡す。一風変ったハードボイルドである。山田君、喜ぶかな。

一時半就寝。

二〇一二年二月一日（水）

「大盗庶幾」を書き続けている。「三字熟語の奇」は「文學界」三月七日発売の四月号掲載に決定だが、まだどんな割付けにするかいろいろ考えているようである。「横領」は「オール讀物」四月号が短篇小説特集なので、そこへ載るらしい。これは三月二十二日発売。

夜六時過ぎ、家を出て表参道を歩き、ホテルフロラシオン青山へ到着。またしても道を間違え、着いたのは七時前だった。SF作家クラブのパーティなのである。田中光二の出版三百冊記念と、評論賞の授賞式。すでに始まっていた。久しぶりにSF関係のいろいろな人と再会するが、見知らぬ人が多い上、知っている人も様子が変ってしまっていて誰だかわからない。逢《あ》った人は二次会で逢った人も含めて、豊田《とよた》有恒《ありつね》夫妻、谷甲州《たにこうしゅう》、永井豪、新井《あらい》素子《もとこ》、堀晃、八代嘉美、瀬名《せな》秀明《ひであき》、夢枕獏《ゆめまくらばく》、山田《やまだ》正紀《まさき》、巽孝之夫妻、田中光二、その他、その他。

スピーチが始まり、最初に喋らされる。「同世代が死んでいき、気がつけば長老。冗談ではないのだ。星新一は酒と睡眠薬を一緒にのむとヤバいことを教えてくれた。井上ひさしと小松左京は煙草を喫い過ぎると命を縮めると教えてくれた。その教えを守ってはいない。第一世代の生き残りと第二世代はもっと頑張ってくれ。長生きするだけでもSFの役には立つ。もうこれ以上、誰も死なないように」

皆で骨董《こっとう》通りの二次会の会場まで歩き、また飲み、喋り、十一時、歩いて帰宅。ウイスキーと焼酎を飲み過ぎた。就寝一時。

二〇一二年二月十一日（土）

「新潮」に掲載された「不在」が評判になっているらしい。書いていて手応《ごた》えはあったものの、なんであんな着想が出てきたのか、なんであんな構成にしたのか、さっぱり思い出せない。おお神様。いったいなんであんな傑作が書けたのでしょう。なあんて。

大健裕介が来宅。マネージメント以外の原作著作権などに関しては以後、以前からのわが信頼によって大健君が窓口になるらしい。彼は「家族八景」の契約書を持ってきた。少しごたごたがあったものの、これにて契約締結である。やれやれだ。これというのも、最初オリジナル脚本となる第七話の「知と欲」なる話がどうにもひどい出来だったものだから、書き直しを頼んだところ、すでに撮影は終了しているというので臍《へそ》を曲げ、では契約書に署名しないと言ったのが始まりだった。何しろ七瀬のお手伝いに行った先が作家の家で、この作家先生がぼろくそに書かれていた。「犬をけしかける少女」というのを書いて没になるなど、ひどいものだ。「先生のことではありません」と抗弁してきたものの、作家の権威を守るのは長老の義務である。撮り直しと決ったものの、どうしていいかわからなくなったらしいので「作家」を「脚本家」にすればいいと入れ知恵して、それなら音声だけの問題だからあっちは大喜び。丸くおさまった。

大健君は「家族八景」の第三話と第四話の完パケを持ってきてくれたので、夜、食事しながら見る。どちらも上出来だ。

二〇一二年二月十四日（火）

「文藝春秋」本誌の平成女優の順位を決めるというアンケートに、答えないことにした。詳しいだろうからというので丁寧に手紙をくれてのアンケートだが、一位、二位、三位を書かなければならないので、これは今まで何度も共演した女優、同じホリプロの女優、誰を除外してもまずいのだ。ご賢察くださいと丁重にお断り申しあげる。

光子と六時前に家を出て表参道を歩き、青山通りのビル七階「カッパス」へ行く。ビルの前で矢野、楠瀬、鈴木三氏が待っていた。店は狭いが眺望は最高。オーナー・シェフは以前「フィオーレ」にいたとやらで、おれのことを知っていた。おれはバーボンのハイボール、諸氏と光子はワイン。鯛《たい》のカルパッチョ、白子のフリット、牡蠣《かき》のリゾット、蝦夷《えぞ》鹿のパスタ、豚肉のステーキ。いずれも美味。今夜は長年のわが担当であった鈴木氏が定年退職なのでその送別会なのである。名残りを惜しみ、いろいろ話す。食後はわが家まで歩き、ドンペリでまた乾杯。鈴木氏は神楽坂《かぐらざか》でシードルと各種チーズを買って来てくれた。二十五年もののマッカランやワイン、ビール。生ソーセージ、蒸し鮑などでもてなす。小説のことを話しているうち「メタノワール」に話が及び、ついに矢野君に原稿を渡す。三氏は交替で別間へ行って原稿を読み、大いに喜んでくれる。たしかにこれはおれにしか書けないものであることは事実。気がつけばテレビの「家族八景」が終っていて、なんと一時半。三氏はお帰り。就寝二時。

二〇一二年二月十七日（金）

正午、ホリプロ宮本君が衣装を取りにくる。CM出演が決定したので、衣装さんにデータを渡さなければならないのだが、ホリプロにあったデータは昔のもので、しかも間違いだらけ。現在着ている洋服から採寸してもらうのがベストであろうということで、チョッキを含めスーツ一式とワイシャツを渡す。

午後一時半、星海社の太田克史がいとうのいぢを伴って来宅。『ビアンカ・オーバースタディ』の打合せである。のいぢさんには新たに表紙と挿絵二枚か三枚を描いてもらうことになるが、なにしろ彼女は極めて多忙のため時間がかかるので、どうやら本が出るのは七月になりそうだ。光子が今さらのように「のいぢさんって美しい人なのね」と言う。

お二人辞去ののち、出発。最近は国際タクシーを呼ぶと家の前まで来てくれるので、ずいぶん楽になった。雪で新幹線が遅れるかと思ったが時間どおりに発車。七時に新神戸着。例によってANAクラウンプラザへ行き、「たん熊」で夕食。例によっておれは森伊蔵、光子は赤ワイン。飯蛸《いいだこ》の酢の物、フグの薄造り、スッポンの丸鍋《なべ》、山菜の天麩羅《てんぷら》など。「たん熊」は禁煙なので、あとでロビー階のバーへ行って喫煙。ここには極上のウイスキーのボトルを置いているのだが、名前を忘れてしまった。そのハイボールを二杯飲む。

タクシーで帰宅十時半。郵便物の整理をし、就寝一時半。

二〇一二年三月二日（金）

留守中セコムが保管してくれていた郵便物を整理していると、河野典生《こうのてんせい》夫人から訃報《ふほう》が届いていたので驚く。平成二十一年の一月に脳出血を起し、重度の嚥下《えんか》障害になっていたという。一月二十九日他界。葬儀は親族だけで行ったらしいが、あわてて次のような手紙を書く。「畏友《いゆう》、河野典生の死を心より悼みます。蜜月《みつげつ》状態にあった交友時期のことは今でもよく思い出し、現在に到るまで親友であったと思っております。あれほど何でも打ち明けあい、親しかった作家の友人は他におりませんでした。お子たちに尊敬され、奥様に愛されて、彼は幸せだったと思います。お手紙によって彼が安らかに臨終を迎えたらしいことを知り、心が和みました。同封した小額の御香典、何卒《なにとぞ》御仏前にお供え下さいます様。御親族のご健康をお祈りします」享年はおれと同じ七十七歳。

「虚構への昇華について」が掲載された文藝春秋の臨時増刊号「3・11から一年　100人の作家の言葉」が送られてきた。玄侑宗久《げんゆうむねひさ》の「光の山」という短篇が載っていて、これは案外面白かった。価値の大逆転。

「悲劇喜劇」野田秀樹《のだひでき》特集の原稿依頼に承諾の返事を出す。

午後二時、角川書店重役の新名新が来宅。契約書類、「野性時代」の原稿依頼、角川から出すSF作家クラブ五十周年記念アンソロジーの原稿依頼。新名君は今の出版界を知る貴重な情報源である。

二〇一二年三月十四日（水）

同僚をだまして詐欺をし、行方をくらませていた男が、引越し資金を稼ぐため、なんと「ビーバップ！　ハイヒール」に韓国料理店の一流料理人として出演していた。同僚がビーバップに出ている男を見て警察に通報し、男は捕まったが、番組出演を後悔しているらしい。どんな男だったか記憶にないが、とんでもない奴がいるもんだ。

ここしばらく何やかやと多忙だった。早朝から起きて横浜までCMの撮影に行ったあと、その日のうちに神戸に帰り、翌日はビーバップの収録。さらに井上ひさしの『言語小説集』を読み、「波」四月号のために書評を書き、所得税申告のために来宅した掛川税理士と打合せをする。「不在」はあいかわらず好評で「群像」の合評に取りあげられたのをはじめあちこちで話題となっている。せっかくだから、「新潮」五月号に載る筈《はず》だった「メタノワール」が、目次の寂しい六月号にまわされることを了承したのも、少し間が空いた方がいいと判断したからである。

その「群像」の佐藤編集長、須田美音、出版部の嶋田哲也がやってきた。合評に取りあげてもらった礼を述べ、「大盗庶幾」の原稿を渡す。「群像」もまた新人賞の発表や何かがあるというから、掲載は少し先になりそうだ。

京都の喜美子さんから猪肉が届いたので夕食は牡丹鍋《ぼたんなべ》である。甚だ美味である。有難い有難い。

二〇一二年三月十七日（土）

栗田明子《くりたあきこ》の『海の向こうに本を届ける』が晶文社から出て、その出版記念会があったので、雨の中、早いめに国際タクシーを呼んで家を出る。会場は銀座四丁目にある教文館《きょうぶんかん》の九階、ウェンライトホールだ。会は二時からだったが、次つぎと客が来る。黒井千次《くろいせんじ》と話していると河野多恵子《こうのたえこ》が来る。「大活躍ね」と言われる。最相葉月なども来ていた。

二時二十分、やっと開会。最初に指名されて驚き「いきなりか」と言ったので皆が笑う。

「栗田明子さんと初めてお目にかかったのは、フランス政府のシュバリエ章を同時にいただいたパリの授章式でした。その時少しお話したと思いますが、それからしばらくの間はおつきあいがありませんでした。その頃私の作品はフランスや中国、韓国などの国で何冊か翻訳されていたのですが、みな出版社の担当者とか現地の翻訳家に任せておりまして、担当者が不熱心なこともありますが、何よりも外国から送られてくる書類に返事を出さなければならない面倒臭さで、ほったらかしにしていました。当然、印税もあまり入ってこない。そんな時たまたま栗田さんから、著作権輸出センター（JFC）に任せたらどうかというお話があり、渡りに船とばかりすべて栗田さんのJFCにお任せしました。するとそれを境にして、次つぎと各国での翻訳が相次ぎ、今では十カ国以上、本はもう何十冊出たか数え切れないくらいに出版されています。そこに並んでいるのは一部に過ぎませんが、中にはチェコで出た『ヘル』などという猥褻《わいせつ》な表紙のものもありますから一部だけでよかった（笑）。まああの時栗田さんが声をかけてくださらなかったら、どんなことになっていたかと思います。その後栗田さんは引退され吉田ゆりかさんに引継がれましたが、イギリスのアンドリュー・ドライバーさんという優秀な翻訳者を得たりして、翻訳に関しては鎖国的なアメリカでも本が売れはじめました。何よりも嬉《うれ》しかったのはスペイン語に翻訳された時で、私の好きなガルシア・マルケスやバルガス・リョサにも読んでもらえる可能性があると思って喜びました。あれ以来もちろん印税も増え、百万円、三百万円、一昨年などは五百万円を越えました（拍手）。まあ、村上春樹《むらかみはるき》に比べたらたいしたことはないと思いますが（笑）。それもこれも、元はと言えば栗田明子さんのおかげで、栗田さんの方には足を向けて寝られません。栗田さん、ありがとうございました。そしてご出版おめでとうございます。サンキュー」

そのあとが乾杯で、すぐ歓談の時間となる。煙草を喫いたいのだが館内はすべて禁煙で、傘をさして表へ出れば、などと言われ、帰ることにする。近所の喫茶店で喫煙しようかとしたのだが、千疋屋《せんびきや》のパーラーは禁煙、面倒になってタクシーに乗る。三時半帰宅。

矢野君が送ってくれたキューブリック監督の『現金に体を張れ』を見る。何度も見るがやはりフィルム・ノワールの傑作だと思う。そのあと「家族八景」第九話の完パケを見る。何じゃこれは。ついにお笑いにしてしまった。

二〇一二年四月九日（月）

「大盗庶幾」のゲラを校正し、「群像」へ返送。掲載は六月七日発売の七月号になる。その他、対談の依頼だの、エッセイの再録だの、上演許諾だの、電子書籍化の相談だの、昔、盛光社から出た『時をかける少女』を含む少年SFシリーズ十冊の復刻だの、何だのかんだのの返事や問い合わせや処理などに追われる。「創作の極意と掟《おきて》」というものを書きはじめる。短い「序言」に続き「凄味」と「色気」の章を書く。あと「揺蕩」「破綻《はたん》」「濫《らん》觴《しょう》」「表題」「迫力」「展開」「会話」「語尾」「省略」などと、一応章題だけは決めている。小説家としての遺言のつもりで書き残しておくのである。どこかへ連載するにしても、ほとんど書き上げてからになるだろう。

中央公論の関氏他お二人が来宅。名誉な話ではあるのだが、とても実現不可能、実行不能の課題を持ち出されて、困惑。考えさせてくださいとは言ったものの、おそらくお断りすることになろう。遅まきながら斎藤美奈子『文章読本さん江』を読む。「創作の極意と掟」の参考にするつもりだったのだが、読了し、この手の本の時代はもう終っていることをつくづく痛感する。島田雅彦《しまだまさひこ》は法政大学での講義録とは言え、よくまあ『小説作法ＡＢＣ』などという本を出したものだ。高橋源一郎《たかはしげんいちろう》も「ニッポンの小説」なんてものを連載しているが、怯《おび》えながら書いていることがありありだ。

二〇一二年四月十三日（金）

十三日の金曜日、変な日だったなあ。銀河三号は爆発して哀号となり、祇園の大惨事の原因が加害者の癲癇《てんかん》が原因だったのかどうかいまだに不明とやらで、警察は殺人容疑に切り替えた。癲癇が原因でなかったら何だと言うのだ。捜査がやりやすいものだから警察はよほど殺人にしたいらしいが、大量殺人の動機がないではないか。

「創作の極意と掟」はあのあと「揺蕩」と「破綻」を書いたが、「省略」以後も「遅延」

「推敲」「意識」「異化」「批評」「拘泥」「反復」「諧謔」「末梢」「蘊蓄」「品格」「薬物」「実験」「思想」「形容」「言動」「生活」「逸脱」などと、章題だけはいくらでも出てくる。他にも「生活」「言動」「形容」「思想」「独白」「介入」「饒舌」「場所」「羅列」「脱臼」などが書けそうだ。味噌《みそ》も糞《くそ》も一緒にしてごちゃごちゃだから、全部書いたあとで順序を入れ替えなければなるまいね。おれがそういったものを書いていると知った「群像」の須田美音が、保坂和志《ほさかかずし》にも『書きあぐねている人のための小説入門』という本があると教えてくれる。アマゾンのカスタマー・レビューで見ると、どうやらおれの参考にはならないようだ。書棚にディヴィッド・ロッジの『小説の技巧』があったので読み返すことにしたが、主にイギリスの現代文学から多くの参考例を引用していて、その引用文の解説に終始している。斎藤美奈子が最も批判していたことをやっているのだ。過去の名作からの引用はできるだけ控えることにしよう。

二〇一二年四月二十九日（日）

甥《おい》っ子の結婚式である。甥っ子とは松野吉晃の次男・裕旨である。十時半に家を出てタクシーで二国を走る。案の定、空《す》いていた。ホテル・ラ・スイートに着く。松野家の親戚《しんせき》に久しぶりで逢《あ》う。結婚式は神父の変な日本語で行われ、面白かった。讃美歌《さんびか》を歌わされる。知っている讃美歌だった。

披露宴は八十人ほどの会場で、プロの女性司会者の自動的な言説で進行する。新婦の尚子さんは医科大学時代の後輩で、裕旨は今や外科医である。われわれ夫婦は新さん夫婦と同じテーブル。裕旨の上司であるお医者の先生たちの挨拶《あいさつ》、その他。

このホテルの料理が旨《うま》いのは何度か泊ってよく知っているが、今日の料理は裕旨が厳選したものらしく、いずれも甚だ美味。瀬戸内海産の海鮮サラダ・バルサミコヴィネガーが素晴らしい。同じく瀬戸内海産の魚介類のスープ。キャビアの入った明石鯛《だい》のポアレ。オレンジのグラニテ。和牛フィレのポアレ「ロッシーニ」ソーストリュフなど。朝食を摂《と》らずに来たので、すべて平らげる。といっても、終ったのは四時半であり、そろそろ夕食の時刻なのだ。披露宴、次第に長くなる傾向にある。

帰宅五時半。テレビを見ながら焼酎《しょうちゅう》とビールを飲む。癲癇と無免許と居眠り。自動車事故の三大原因とされるものが、ここ数日ですべて起った。

二〇一二年五月二日（水）

「創作の極意と掟」はその後「濫觴《らんしょう》」「表題」「迫力」「展開」「会話」と書き継いでいるが、またしても短篇を書きたくなり、「役割演技」というものを書きはじめている。二十枚を越えそうだ。

「ビーバップ！　ハイヒール」も八年目に突入している。よく続くものだが、未《いま》だに高視聴率を維持。たいしたもんだ。ハイヤー運転手の川中さんがおれのどアップのCMを見たと言う。VILLAのママに次いで二人目の目撃者だ。このナンバーズのCMを、おれはまだ見ていない。なんという番組でやるのか、何時ごろやるのか、教えてもらえないのである。

一本目の収録は「道に歴史あり！ 関西ミステリーロードランキング」で、カシコブレーンは本渡章《ほんどあきら》氏。パスカル短篇文学新人賞を受賞した人で、選考委員はおれだった。大阪育ちの本渡氏、関西の古地図に凝っているらしい。二本目の収録は「辞書ほど面白い本はない！」で、カシコブレーンは漫才の芸人で一橋大学の講師もしているサンキュータツオ氏。挨拶に楽屋へ来室、いろいろ話す。早稲田の文芸学科出身、平岡篤頼《ひらおかとくより》先生の教え子、中島梓《あずさ》の後輩だと言う。先日本屋大賞を受賞した『舟を編む』の三浦しをんは同期だと言う。平岡氏が『文学部唯野教授』に登場する教授を自分のことであろうとご満悦であったらしい。もうずいぶん前のことになるなあ。

帰途は深江―摩耶間で事故のため渋滞。帰宅七時。

二〇一二年五月二十一日（月）

金環食だというので光子に起され、実況をテレビで見る。わざわざ外へ出て見るまでもあるまい。これで充分だ。飛行機や舟に乗った人たちはご苦労様。

「創作の極意と掟」はその後「語尾」「省略」「遅延」「実験」と書き継いでいる。「役割演技」は二十三枚で脱稿。

六時、「群像」の佐藤編集長と須田さん、嶋田君がやってくる。坂をのぼって「リストランテ・フィオーレ」へ。光子を加え五人で奥の小部屋に落ちつく。まずはスプマンテで乾杯。料理はいつも通りコースではあるのだが、二種類から選ぶ料理が多く、それぞれが好みの選択をし、酒類もそれぞれ白ワイン、赤ワイン、バーボンと料理に応じて飲みわける。ソラマメのスパゲッティが旨《うま》かった。

店を出てわが家へ移動。もう一度乾杯。おれへの土産は十年物の芋焼酎《いもじようちゆう》、光子への土産はラウラのショッピング・バッグである。さっそく皆で芋焼酎を賞味し、あとはビールや赤ワイン、からすみなどでもてなす。『トスカーナの贋作《がんさく》』『パフューム』アニメ『ベルヴィル・ランデブー』など映画の話で盛りあがる。他に「創作の極意と掟」の取材に協力を求めたり、頼まれていた本谷有希子《もとやゆきこ》「13の〝アウトサイド〟短篇集」の書評の相談など。おれは十一時半にダウンして寝てしまったのだが、そのあと光子が皆を地下の書庫へ案内したらしい。須田美音が「ここだったら住めそう」と言っていたそうだ。

二〇一二年六月一日（金）

本谷有希子の短篇連作は「群像」掲載時に読んでいたのだが、今度は改めて一篇ずつ読み、感想を書いていくという手法をとり、今日脱稿した。六枚になる。もうしばらく手許に置いておくことになるが、七月六日発売の「群像」八月号に掲載される。「創作の極意と掟」はその後「意識」「異化」「薬物」と書き継いでいる。すでに百八十枚になっている。これも「群像」一月号からの連載、十二月発売、十一月校了が決まっている。東京のわが家に来ている伸輔から電話があり、プリントアウトしてあった「聖痕」を読んで発見した間違いを教えてくれる。このまま発表したらいい笑いものになると思える間違いだ。感謝。感謝。

午後、角川書店の新名新が来宅。わざわざ神戸まで、「時かけ」電子書籍版の契約書を持ってきて説明してくれた。電子出版はもはや時代の趨勢《すうせい》であり、アメリカなどでは通常の出版の契約時に、電子書籍出版の契約も求められるらしい。電子書籍は再販価格商品ではないので、値段はいくらでも変更できるため、小生の収入は角川に入った金額の二十五パーセントということになる。

神戸に最近新しいいいホテルがいくつかできているという話題の時に、最近女性に大人気の、先日甥っ子の結婚式があったホテル・ラ・スイートの名をあげたら、なんとそのホテルに泊るのだと言って驚いていた。おそらく夫人が選ばれたのであろう。

二〇一二年六月七日（木）

レイ・ブラッドベリ死去。われわれSF第一世代にとっては叙情的なSFの指針となってくれた作家だ。九十一歳だから、なんとおれとは十四歳しか違わない。もっと年上のように思っていたのだが。

本谷有希子の短篇集はタイトルが『嵐のピクニック』と改められたらしい。この方がずっといい。中味の短篇もふたつ、タイトルが変更された。書評は「ポストモダンの掌篇集」と題して「群像」に送る。本谷有希子とはホリプロを通じて、朗読会で共演する話があったのだが、老齢を理由にお断りした。すでに「最後の舞台」を宣言してしまっているからでもある。本谷さんの舞台は評判がよく、いつも満杯だというので、いささか心残りではあったのだが。「群像」に載った「大盗庶幾」を「文學界」の田中光子編集長が長文のメールで褒めてくれた。「多くの人が愛読してきた二十面相の物語にしっくりと接ぎ木される作品が、ひとりで、ここにある、という印象なのです。それが講談社の『群像』に掲載されたことも、すばらしいことだと思いました」

そして「文學界」はわが「役割演技」を八月号に掲載してくれることとなった。これに対しても田中編集長は「現代日本の状況を踏まえた豪奢《ごうしゃ》なブラックコメディ」という評価をしてくれた。

大いに意を強くして短篇「リア王」を書きはじめる。こんな老文士にして褒められることはやはり創作意欲を高めるのだなあと嗤《わら》う。

二〇一二年六月二十九日（金）

朝日新聞朝刊への連載が急遽《きゅうきょ》決定した。七月十三日からである。なんと十三日の金曜日ではないか。十二日の木曜日に連載を終える奥田《おくだ》英朗《ひでお》の悪意ではないかと勘ぐってしまうのだ。

題字と挿絵は伸輔が描いてくれることになった。武蔵野美大をトップで合格、トップで卒業、ミヅマアートギャラリーの秘蔵っ子筒井伸輔とのコラボであり、はなはだ心強い。内容に相応《ふさわ》しい凄《すご》い絵を描いてくれるだろう。

長篇「聖痕」はほぼ五年がかりの大作であり、連載先を探し求めていたのだが、理想の嫁入り先と言える。思えば二十年前、『朝のガスパール』を同じ朝日の朝刊に連載した時は、読者参加型の小説とあって、ロラン・バルト的に言えば「垂直の大騒ぎ」となったのだった。今度もまた、読者参加型でこそないが、文体や表現からちょっとばかり世間を騒がせることになるのではないかと思う。

実はまだ未完成であり、最近の新聞はどんどん文字が大きくなってきているから、一回がたったの二枚という短さなので、これにあわせて文章を調節しなければならないのも厄介なことだ。七月五日の朝刊には社告と「作者の言葉」が載り、十日の朝刊にはインタヴュー記事が出る。なんだか急に忙しくなってきた。一昨日のビーバップの収録でも宣伝させてもらったが、これは連載開始の前日、十二日のオン・エアだ。読者の批判や激励やその他何やかやに期待しよう。

二〇一二年七月三日（火）

「聖痕」を新聞連載用に調整する。何しろ改行の少ない作品だから、段落の途中で一回分が終ってしまう場合がほとんどで困る。昨日は新しいファックス電話が入ったので、大上朝美からは社告と作者の言葉及び第一回目の刷出しが送られてきた。まだ操作に馴《な》れないのでおたおたする。ファックスが届いた時の、子機から親機への切換えが難儀だ。こちらからは第二回から第四回までのデータを送る。

ここ数年、すべての人に年賀状を欠礼していたのだが、そのかわりにと、新聞連載が始まることをかもめーるでお知らせする。情報を知る人や、とても読んでくれそうにない人を割愛しても二百枚になってしまう。ネットのホームページでも告知する。

朝日新聞・大上朝美来宅。写真の郭さんは久しぶりである。書斎で写真撮影。睨《にら》みつけてくれというのでそのようにしたら、物凄《ものすご》い写真になった。そのあとインタヴュー。物語の内容を話してしまうとやる気をなくすので、と言っているにかかわらず、どうしてもネタばれになってしまい、困る。仲輔を加えていろいろと打合せをしたが、東京と神戸を往復するため、両方の、不在の間の新聞の取り置きなどをどうするかが問題なのだ。とにかく連載開始までにできるだけ蓄積しておきたい、何が起るかわからない状況が続きそうなので、画像の制作をする人が暇な間に、なるべくたくさん組んでおきたいということである。協力を約束する。

二〇一二年七月十二日（木）

いよいよ明日から新聞連載が始まるのだが、連載終了までは病気もできず怪我もできず、死ぬこともできないという気分が高まってきたのが不思議だ。二十年前の『朝のガスパール』の連載時には、そんな気分とはまったく無縁であり、考えたことすらなかったのだが、これはやはり歳をとったせいなのだろうか。東京と神戸を往復するたび、今回も無事に神戸に帰ってきた、今度も無事東京についたと、いちいちほっとしているし、昨日のビーバップ収録にも、ハイヤーに乗ればシートベルトを忘れず、運転手にはお中元のぽち袋を渡し、礼を言われれば「命を預けているのだから当然」と言ったりする。おれもずいぶん変ったものだ。これは歳をとって残り少ない命が惜しくなってきたのではあるまい。何よりも恐れるのはたくさんの人に迷惑をかけることである。綺麗《きれい》ごとではない。老年になれば病気、怪我、死亡の確率は高まるのだから、心配してあたり前だ。

毎日のようにFAXがどーんと届き、疑問のメールが来る。オリンピックが始まると紙面の構成を担当する人が多忙になるとやらで、それまでに蓄積が必要なのだそうだ。さらにオリンピックが始まると、そちらにカラーの紙面を取られるので、毎回すべてカラーで描いている伸輔の絵がモノクロになってしまう。デジタル朝日というものに入ると、すべてカラーで見られるそうなのだが、自分の小説の載った紙面を有料で見るというのもおかしなものだ。明日の初回はカラーか？

二〇一二年七月二十六日（木）

新聞連載が始まるとこんなに多忙になるとは思わなかった。レターパックで原稿を送り、メールでデータを送ると、ＦＡＸでゲラが送られてきて、さらに疑問がメールで送られてくる。これに返事をしなければならない。新聞にはルビが入るのだが、そのルビのつけかたが新聞独特である。「頭を垂れる」というのは、「あたま」ではなく「こうべ」と読ませるならルビが必要。この辺はよくわかるが、「神の御前」は「おんまえ」ならルビは不要で、「みまえ」ならルビが必要。「見境いなく」だと「みさか」とルビが必要で、「見境なく」だとルビは不要なのである。この辺はよくわからない。

「荒げる」は「あらげる」が近年の誤用で、本来は「あららげる」だから、「荒らげる」として「あら」とルビを振ると一字増えてしまうのだが、その行の末尾の句点がはみ出してしまう。新聞では句点のぶら下がりができないから、困ってしまう。「話ししたり」はいけなくて、「はなししたり」も「はなしたり」も「話したり」でＯＫなのである。読者も指摘してきたのだが、「夜驚」にルビがなく「入口」にルビがあるのはおかしいのだが、

「入口」は「入口」と間違えやすいからだろうか。

新聞のルールはよくわからぬところがある。しかしこれだけはおれの一存ではどうにもならない。とにかくルビと文字の増減にはこれからも悩まされることになりそうだ。

二〇一二年八月九日（木）

オリンピックのため深夜まで起きていて、とうとう時間感覚がおかしくなってきた。追いかけているのは熊谷紗希《くまがいさき》と木村沙織《きむらさおり》と福原愛《ふくはらあい》だけだが、それだけでも大変だった。愛ちゃんと男子サッカーが早く消えたので少し楽にはなった。

昨日は「ビーバップ」の収録だったのだが、やはりスタッフがオリンピックを見ていて起きられないためか、開始時間が三十分遅くなった。午後一時十分にハイヤーの迎えが来たものの、この時間は昼休みを終えた車で高速が大渋滞。収録にぎりぎりで間にあった。『ビアンカ・オーバースタディ』が、まだ発売されてもいないうちからアマゾンの本・総合で八位になっているので吃驚《びっくり》する。村上春樹現象とでも言おうか。十九日には朝日新聞にでかい広告も出る。馬鹿売れしそうである。太田君は大喜びであろう。「あとがき」を求められた時、「太田が悪い」という繰り返しのギャグをやったら、ツイッターで馬鹿受けしたのも影響しているかもしれない。

昨日、新潮社の石戸谷渉から又吉《またよし》先生が「最後の喫煙者」を紹介してくれると電話で知らせてきたので、今日「笑っていいとも」を見ていたら、ロトのコマーシャルをやった。仲輔たちも見ていて、コマーシャルを初めて見たと電話してきた。この番組では最近よくやるのだそうである。

今夜はなでしこの決勝と女子バレーの準決勝。また眠れない。

二〇一二年八月二十八日（火）

『ビアンカ・オーバースタディ』が品切れになり、アマゾンで本全体の七位だったのが、たちまち二百位以上も下がってしまった。重版ができるのは来月三日ごろだそうである。太田が悪い。

谷崎賞選考会の迎えのハイヤーでパレスホテル東京へ。新装なったばかりだが、十九階のミーティング・ルームに入る直前、全館禁煙と聞かされて愕然《がくぜん》とする。禁煙の会合には出ないという宣言をしていたのだったが、迂闊《うかつ》にも念を押さなかったのだ。来年も同じ場所でやるのなら辞退することにしよう。

受賞したのは高橋源一郎『さよならクリストファー・ロビン』だった。第一回三島賞の時に『優雅で感傷的な日本野球』に賞を与えてから二十四年、彼には二回賞を与えたことになる。

そのあと六階のレストランで夕食。ここは喫煙可だった。他の選考委員たちはみな「聖痕」を読んでくれている。桐野夏生は「最初にあれを読みます」と言ってくれたが、嘘やお愛想のない彼女のことだから本当なのであろう。和歌をやっている川上弘美とも枕詞《ことば》についてて話す。案外多くの読者がいるのでありがたい。大江健三郎からも大上朝美を通しての伝言で「毎朝衿《えり》を正して読んでいる」とのことだし、他からも「これ以上貴夫君をいやな目に遭わさないで」「毎日はらはらして読んでいる」などの声がある。大上さん自身も「貴夫が可哀想でしかたがない」と言っている。長丁場、まだ始まったばかりである。

二〇一二年八月二十九日（水）

「ビアンカ」の三刷りが決定した。ちびちび小出しに重版かけるから品切れが出たり、先に注文していた人が入手できなかったりするのである。太田が悪い。

大上朝美が朝刊のポップ欄で「ビアンカ」を取り上げてくれるらしい。九月の初めごろになると言う。読んだ人が買おうとしても、二刷りがなくなっている頃じゃないかと思い、心配である。太田が悪い。

文藝春秋の連中とリストランテ・フィオーレで会食。だいぶ以前に予約しておいたのだが、喫煙のできる奥の部屋はすでに予約済みだった。こんなに早く予約した人物は何者か、などと思っていたのだが、われわれ六人が席について間もなく、何やら重要人物めかした老人とその家族や取巻きらしき連中が奥の部屋に入って行った。

煙草が喫えないので二度ばかりテラスへ出る。デザートと珈琲《コーヒー》が終り、勘定し、外へ出ると例の大物めいた人物をオーナーが紹介してくれた。なんと元NHK会長の海老沢勝二《えびさわかつじ》ではないか。ひやーエビジョンイルだと思いながら自己紹介したら、おれのことを知っていて、嘘かお愛想か「聖痕」も読んでいるとのことであった。

そのあと「文學界」編集長田中光子、大嶋由美子、丹羽健介、出版部長吉安章といういつものメンバーをわが家に招き、ブランデーやワインでもてなす。おれは焼酎《しょうちゅう》を飲み、一時半にお開き。乞《こ》われて「リア王」を渡す。あまりいい出来ではないのだが。

二〇一二年九月二十四日（月）

あいかわらず東京と神戸を行ったり来たりしていて、これ、何かに似ているなあと思っていたのだが、参勤交代であった。江戸の上屋敷で何やかやと用件を済ませ、妻と二人だけの大名行列で国許《もと》に帰り、ビーバップに出演するなど用を済ませてまた江戸に上る。参勤交代の行列は二年に一往復だが、こちらは月に二往復であり、参勤交代ほどではないが費用も馬鹿にならない。

今日は七十八歳の誕生日であり、誕生祝いの品や祝いのメールがたくさん届く。みんなおれの好みを知っている人ばかりだから、本格芋焼酎《いもじょうちゅう》、ハム・ソーセージ・ベーコンの詰め合せなど嬉《うれ》しいものばかりである。そんな歳になっていることはさほど自覚していない。病気もせず、家族もみな元気だし、酒は飲み放題、煙草は喫い放題、スポーツは一切やらないで毎日パソコンに向って何か書くか本を読むかの日常である。だからやはり健康にいちばん悪いのはストレスなんだなあと思うのである。それにしても世界は何やら騒然としている。そう。中国が悪い。
みんな「聖痕」を読んでくれているから嬉しい。オリンピックの長距離ランナーと一緒で孤独な長丁場だから、励ましながら伴走してくれる人たちがいると心が休まるのである。連載はもう三分の一に近づいてきた。ここでしばらくは最初のだれ場だが、気を抜くわけにはいかんのである。

二〇一二年九月二十六日（水）

以前「ミシュラン」をテーマにしたビーバップにゲスト出演してくれた朝日新聞の「GLOBE」副編集長・国末憲人《くにすえのりと》氏が新たな著書を送ってきてくれたので、そろそろ貴夫がパリへ行くというのに、まだ彼に監修を頼んでいなかったことに気づき、あわてて大上朝美に彼への挨拶《あいさつ》と打合せを頼み、ゲラを見てもらったところ、なんと七十六回で大きな間違いがあることを指摘されたのである。ぎゃっ。明日の朝刊ではないか。大慌てで訂正し、メールで送稿したのが午後六時。国末さんからOKが出たのでほっとしたのも束の間、そのあと午後九時半になって今度は七十八回でも間違いが見つかったとの電話。これもあわてて訂正する。

「おかげさまで大恥をかかずにすみました」というメールを国末氏に送ると、「何より、新聞読者よりも先に読ませていただく役得をいただき、感謝しております」という返事をもらった。そもそも彼の『ミシュラン　三つ星と世界戦略』からは多くの情報を得ている。今後も世話になるだろう。それにしても訂正の前日に彼と連絡を取ることができたというのも、彼が新著を送ってくれたからで、ああ、これこそがセレンディピティなんだなあと思う。現在の仕事に打ち込んでいたからこそのセレンディピティであろう。でなければこんなことはあり得ない。光子が笑いながら言う。「最近のあなたはなんだか戦争してるみたいね」

二〇一二年十月十九日（金）

五時に関知良が車で迎えにきてくれる。車内で、今夜の谷崎賞受賞パーティ会場は中央公論新社の借切りということで喫煙可になったとのこと。さらにまた次回の選考会もパレスホテルとの話し合いで喫煙可になったらしい。やれやれである。控室へ行くと文芸賞を取った東野圭吾が挨拶に来る。高橋源一郎は六歳と八歳の息子をつれてきていた。今年から風太郎賞の選考委員になった林真理子が、長大な候補作が多くて閉口していることを訴えに来る。渡辺淳一は足の具合がますます悪くなり、杖《つえ》をついていて、「情けない」とこぼしている。

授賞式では鹿島茂《かしましげる》と池澤夏樹がそれぞれ文芸賞と谷崎賞の選考報告をし、受賞者ふたりがスピーチ。あとで、二次会の乾杯の音頭を取らされた時に言ったことだが、高橋源ちゃんは息子を演壇の前に立たせて彼に話しかけるというポストモダンのスピーチで、前代未聞。パーティでは大上朝美から文化グループ新人の可愛い女性二人を紹介される。宮田毬栄さんには励ましの手紙を頂戴《ちょうだい》した礼を言い、FAXで伸輔に送ったことを報告する。角川歴彦など多数の人と話す。阿部和重・川上未映子夫妻が挨拶に来たが赤ん坊はつれていなかった。ずっと一緒だった矢作俊彦《やはぎとしひこ》と二次会の会場へ。綿矢《わたや》りさと初めて逢《あ》い、いろいろ話す。バーボンをロックでだいぶ飲む。三次会では編集者たちに取り囲まれたままで川上弘美、源ちゃんと一時ごろまで話し込む。したたかに酔っぱらい、並木光晴に送ってもらって帰宅一時半。

二〇一二年十月二十五日（木）

角川の新名新が迎えにきてくれて東京會舘へ。山田風太郎賞の選考会である。顔ぶれが代って今回からは赤川次郎、京極夏彦に加えて林真理子、奥泉光が加わった。真理子さん、奥泉君と共に選考するのは初めてだが、ふたりとも面白い。まず中田永一『くちびるに歌を』と誉田哲也『あなたが愛した記憶』二冊が落ち、残り三作の点数がほぼ同点となって紛糾する。この作品に賞をやるくらいならこちら、と自分の推薦する作品をやめてまで乗り換える委員もいて話がややこしくなった。結果、山田宗樹『百年法』を落して残りの冲《うぶ》方丁《かたとう》『光圀《くに》伝』と窪美澄《くぼみすみ》の『晴天の迷いクジラ』のどちらにするかでまた揉《も》め、風太郎賞の性格付けや候補者の人気などという、記者会見などではちょっと発表できないような議論に迷い込み、二作受賞が可能かどうかを会長に訊《き》いてこいとおれが言い、会長は見つからなかったものの社長のOKが出たというので二作受賞となり、やっと落着した。

隣接した小部屋で食事をしながら、ニコニコ動画で奥泉君による記者会見の様子を見る。受賞した冲方丁がやってきて、続いて窪美澄が担当の新潮社・楠瀬啓之に伴われてやってくる。楠瀬君大喜び。ふたりの記者会見を動画で見ていると歴彦会長がやってきて同席、会長が珍しくこんな席で夕食をしながらずいぶん長く、新たにわが書籍の担当となった郡司珠子と共に、周囲に誰もいなくなるまで話し込む。

窪美澄の二次会に少し顔を出し、郡司さんに送られて九時半帰宅。

二〇一二年十一月六日（火）

昨日、柚木麻子《ゆづきあさこ》『私にふさわしいホテル』という小説を読んで大笑いしたばかりだったので、今日の午後、迎えの車で久しぶりに山の上ホテルへやってくると、何だか懐かしくもあり、おかしくもある。小説は、小説家ごっこがしたくてたまらない新人の女性がこのホテルへやってきて珍騒動を起すというものであった。

「通販生活」の長洲君が部屋に案内してくれる。ホテルの従業員はもはや知らぬ顔ばかりだが、皆おれのことを知っているような様子でもある。言われていた通り和服で来たから、確かに作家以外の何者でもないのだろう。まずベッドルームへ案内され、ここでメディカル枕を抱いている写真を撮られる。実はこのメディカル枕、「通販生活」で求めてから、寝心地がいいので家族用に九五年にも求めたのであったが、この年からなんと十九年連続で売上一位が続いているらしく、その記念にと再登場を求められたのである。この雑誌とは断筆宣言をした時には表紙やテレビに登場させられて、それ以来のつきあいだ。写真撮影後隣室で、写真を撮られ続けながらのインタヴューとなり、これは来年一月発売の春号に掲載される。

途中ホテルの女性従業員が珈琲《コーヒー》を運んできて、また笑ってしまう。小説では新人女性従業員に化けて老大家の部屋を訪れるという展開なのだった。

また車で送ってもらい、帰宅四時。

二〇一二年十一月八日（木）

昨夜は伸輔と二人、朝日の文化グループから渋谷の神泉《しんせん》にあるダムジャンヌというフランス田舎料理の店に招かれて夕食会。大上朝美のほか美しい中村真理子と山田優、少し遅れて吉村千彰という、女性ばかり四人と語る。鴨のテリーヌ、フォアグラその他肉料理など。伸輔もよく喋《しゃべ》っていた。おれは蕎麦《そば》粉のウイスキーという珍しいものをロックで何杯も飲む。他の人たちはワインだったのだが、最後、強い食後酒の珍しいものをそれぞれが取り、女性たちが持て余したものを伸輔がすべて飲んだため酔ってしまって、十時半、家に帰着するなり寝てしまった。そして今朝は朝食を食べてからまた寝て、一時半に起きてきた。最近過労だったのでよほど疲れていたらしい。よい骨休めになったようだ。

大江健三郎からはがき。「お返事いただかぬよう、やはり葉書にします」と書いてあったのだが、やはり返事を書いてしまう。ルイズ・ブルックスの珍しいヌード写真と、ロムニー描くハミルトン夫人の絵を佐知子のモデルとして、どちらもコピーしたものを同封する。大江さんは「丸谷さんの『市民小説』の、市民としての人格の達成が貴夫にもあらわれてきている」「小説世界にかつてなかった重荷を負う貴夫の社会性を味覚《かんがん》がしっかり支えるという人物創造」と書いていたからちょっと困ってしまい、中国の宦官の権力欲みたいな反社会性を、いずれは貴夫も持たざるを得ないだろうと書いておく。

二〇一二年十一月九日（金）

一時、共同通信の瀬木《せぎ》広哉《こうや》が女性カメラマンの小堀美津子を伴って来宅。小堀さんは女性の癖に大量の撮影機材をひとりで担いできた。通常、男性カメラマンとてこれほどの機材は持ってこないし、持ってきたとすればたいてい助手をつれている。

新潮社・楠瀬君を通じての取材依頼である。月に一本、全国の地方新聞に配信している「遠望」というコラムで、自身の転換点となった作品を振り返るというもの。瀬木君は好感の持てる青年であり、小堀さんもなかなかいいキャラだ。すべての作品にわたり同じようなものは書かないというコンセプトではあるが、自ずからわが作品の流れはいくつかあり、そのひとつがジュヴナイル「時かけ」からラノベ「ビアンカ」への流れとなった、他には「神が死んで以後重要性を増した「俗」というものを追究する『俗物図鑑』から、聖と俗の関係を考えようとする最近の新聞連載「聖痕」への流れなどがある」といったようなことを話す。

「群像」の「創作の極意と掟」第一回のゲラを校正する。「序言」から「凄味」「色気」「揺蕩」まで三十枚以上あり、この連載が毎月の作業になり、「文學界」には同じ新年号に「リア王」が載るからその校正もある。「聖痕」の方は新聞社や印刷所の正月休みがあるため早いめにまとめて渡さなければならない。その他インタヴューの校正など、暮になってなんでこんなに仕事が重なったのか。

二〇一二年十一月二十九日（木）

一年ぶりの旅行である。明日は本来なら東京で山田風太郎賞の授賞式とパーティがあるのだが、その方は遠慮し、だいぶ以前からあちこち予約していたこの旅となったのである。

夫婦ふたり、新幹線で京都へ行き、タクシーで寺町の岡本歯科へ。新さん喜美子さん夫婦とタクシーで永観堂《えいかんどう》へ赴く。紅葉の永観堂として知られているが、まことに見事な紅葉、だがこれでも先日の雨でだいぶ散ったと聞く。地面に堆積《たいせき》した落ち葉の紅葉さえ色鮮やかで美しい。

拝観料はひとり千円と高価《たか》いが、えんえんと続く古建築と庭園、さらには多くの文化財などを拝観すれば、なるほどこれはそれくらいの料金を取らねば維持できまいと納得。回廊のすぐ目の前にまで鮮やかな岩垣紅葉が迫っている。禅林寺《ぜんりんじ》のご本尊は見返り阿弥陀《あみだ》。なんだか色っぽい。虎の間には長谷川等伯《はせがわとうはく》の竹虎図など虎の障壁画。ここがいちばん面白かった。例によって行く先ざきのお堂で光子がお賽銭《さいせん》をあげるため、たちまち小銭がなくなる。姉妹は「三鈷《さんこ》の松」という、三十センチもある珍しい三本葉を幸運のお守りとして貰《もら》っていた。無料で頂戴《ちょうだい》できるのに、あまり誰も知らないということだ。

何度か来たことのある南禅寺の三門周辺の境内や正面の本堂周辺をぶらぶらし、タクシーで四条へ。南座《みなみざ》は明日、顔見世の初日である。まねきや看板絵を見てから橋を渡り、鴨川を見おろせるイカリヤ食堂の二階に落ちつく。ここはごく少量の珍しい料理がたくさん食べられるので嬉《うれ》しい。注文したのは京都宇治《うじ》鴨のもも肉のコンフィ、砂肝と万願寺《まんがんじ》の黒《くろ》胡椒《こしょう》ソース、イベリコ豚のタンと豚のトロのトマトコンフィ、最高級仔《こ》牛リードヴォーのニンニクソース、オマール海老《えび》のオランデーズ・ソース、いろいろホルモンのトマト煮込み、女たちはココットスフレフロマージュなどというものを食べていた。例によって妻はワイン、新さんもワインを飲んでいた。おれはアルマニャックのハイボールなどという珍しいものがあったので、何杯もお代りをする。すぐ下を見おろすと河原で鷺《さぎ》などの水鳥二種がやってきてポーズをとっていた。歓迎してくれているのである。

タクシーで新さん宅へ。さらにビールや焼酎《しょうちゅう》などを戴《いただ》いていると、次男の篤君が敬子夫人を伴ってやってきた。おれが来ているというのでわざわざ野洲《やす》から来てくれたのだ。しばらく話してから、篤君たちは帰る。おれたちは話しながらさらに飲む。新さんはワインをはじめ何でも飲む。喜美子さんは家の中を綺麗《きれい》に飾りつけているので光子はしきりに感心する。

この頃から、歩き過ぎたため左の足首が痛くなり、あわててロキソニンを服《の》み、新さんから貰ったロキソニンの湿布を貼る。しかし寝てもなかなか痛みがおさまらず、明日からの旅を思い大丈夫かなと心配し、明日の朝が早い出発なのでそれも心配し、光子も眠れないらしくて、寝入ったのがとうとう二時になってしまった。

二〇二二年十一月三十日（金）

七時半、光子に起され、新さんのベンツで夫婦ふた組は八時十五分に出発。河原町丸太町《かわらまちまるたまち》を南下してすぐ左折。鴨川を渡り平安神宮《へいあんじんぐう》の前をまた南下。九条山《くじょうやま》を越え、山科。ここの京都東インターから名神高速に入り、米原《まいばら》から名古屋方面に向かう。いつも安全運転のハイヤーやタクシーばかりで、追い越されてばかりなのだが、今日はすいすい追い越していくので気分がよろしい。八日市《ようかいち》、彦根《ひこね》、関《せき》ヶ原《はら》と通って一宮《いちのみや》から東海北陸道《とうかいほくりく》に入る。郡上八幡《ぐじょうはちまん》のICを出て古い街並みの市街地を少しうろうろする。まだ足は痛くてあまり歩けない。郡上おどりと山内一豊《やまうちかずとよ》の妻千代の出身地として有名で、川や水路の水が清く美しい。大和屋といううどん屋に入り、今が旬だという天然芋のかけそば、かけうどんをそれぞれ食べる。

また高速に戻って飛騨清見《きよみ》から中部縦貫道《ちゅうぶ》に入り、高山西《たかやまにし》ICでおりて一般道に入る。四一号線を南下、飛騨高山を過ぎ、下呂《げろ》温泉湯之島館《ゆのしまかん》に到着。でかい杉木立に囲まれた何とも威風堂堂たる昭和初期の和洋折衷、木造三階建てである。われわれ夫婦が案内されたのは昭和天皇が泊られたという七重八重の間、本間三十一畳に控えの間までついた純和室の豪勢な部屋だった。こんなに広い必要はないのだが、それにしては宿泊料金が驚くべき安さだ。部屋は違うがここには今上《きんじょう》天皇と皇后陛下も泊られたという。

さっそく部屋についている源泉かけ流しの檜風呂《ひのきぶろ》に入る。これが効いたらしく、足の痛みがすっかりなくなってしまった。

仲居の話では、昔はよく司馬遼太郎《しばりょうたろう》など文豪が泊ったらしいのだが「最近は物書きの先生がたはまったくお見えになりません」とのことである。

夕食はわれわれだけの別室である。食前酒が山葡萄《やまぶどう》酒、料理はごく少量ずつ珍味が出るというおれの好みだ。変ったところでは河豚《ふぐ》の変り揚げ、零余子《むかご》の荏《え》胡麻《ごま》和《あ》え、鮟肝《あんきも》の旨《うま》煮《に》、帆立のふわふわ真薯《しんじょ》と炙《あぶ》り河豚と松茸《まつたけ》と柚子《ゆず》の入った吸物、特製焼寿司《ずし》、飛騨牛サーロイン寿司、赤蕪《かぶ》寿司、ふぐの一夜干し、河豚の身と白子の蕪《かぶら》蒸し、名物が飛騨牛サーロインの味しゃぶ、飯は飛騨産こしひかり、デザートが黒蜜《くろみつ》ゼリーといったところ。いずれも美味だったが、おれがいちばん旨いと思ったのはこんな山中でありながらも鮑《あわび》の蒸焼きであった。焼酎は佐藤の黒、他はそれぞれビール、ワイン。

途中、弟に頼まれて去年からやっているという洋装の社長が挨拶《あいさつ》に来室。東京では能楽とクラシックの企画制作をやっている会社の社長だという。さらに板前の長が挨拶に来てしきりに料理の味について感想を聞きたがるから往生した。

部屋に戻ってからさらに温泉に浸かり、新さんと共にビールや日本酒を飲むうち、足の痛みはすっかりなくなってしまった。喜美子さんがおれのためにマッサージを頼んでいてくれて、男性マッサージ師がやってきて豪快に揉《も》んでくれる。就寝は十一時。

二〇一二年十二月一日（土）

七時半起床、また温泉に入り、八時半、昨日の部屋で朝食をとる。

ロビーで朝日新聞を読む。伸輔の絵、今朝はカラーだった。十時に出発。合掌造りの家を寄せ集めた近くにある合掌の里へ行き、見物。白川郷から移築したらしい建物が多かった。最近はどこもかも、入場料、拝観料が軒並み高騰しているようだ。

昨日の道を逆に辿《たど》るが、平湯《ひらゆ》の里あたりから雪景色となる。雪もちらちらしはじめて、マイナス一度という表示を見かける。路面が凍結していて、新さんはうってかわっての慎重な運転だ。以前大原《おおはら》で凍結した路面で動けなくなった経験をしているため、喜美子さんが怖い怖いと大騒ぎするから、おれまで怖くなった。こんなことになっているとはおれも思わず、新さんも思っていなかったらしい。都会ではずっと暖かかったものだから、こちらでは十一月の初めから雪が降っているなど、想像もしていなかったのである。

中部縦貫道に入ると次第に下り坂となり、晴れてきたため、やれやれだ。松本ICで降り、一般道を走ってまずはさわんど温泉に着き、ここのグレンパークさわんどという土産物店の食堂で昼食。おれは拉麵《ラーメン》、他はそれぞれそば、うどん。しばらく車であたりの様子を見てまわったあと白骨《しらほね》温泉に電話をし、迎えに来てもらう。ここからは雪のために客が旅館の前まで運転してくるのは甚だ危険ということであるらしい。

十五分後、グレンパークさわんどの駐車場にベンツを預けたまま、迎えに来た齋藤《さいとう》旅館の送迎用ミニバスに乗る。なんとその道は、今日の昼ごろ開通したばかりの県道白骨温泉線であり、それまでは三十分もかけていったん山の上に上り、降りてくるという危険な道しかなかったのだ。道理でさっきから開通を祝うていの人たちが写真を撮ったりしていたのだった。このあと旅館では、その本日開通を報道する長野放送の番組を見ることになる。何も知らずに来たのだが、なんと幸運だったことか。

白骨温泉の湯元齋藤旅館は、二百六十余年もの間に山あいの上へ上へと建増しされ、おれの泊った部屋はその最上階にある介山荘《かいざんそう》という建物のいちばん奥の龍之介《りゅうのすけ》という部屋であり、だからエレベーターに乗って四階まであがり、そこからえんえんと二百メートルほど歩いて次のエレベーターで三階分の高さの二階にあがり、また歩いて次のエレベーターで実際は五階分ある四階まであがったいちばん奥の部屋なのである。この旅館でも一番大きく立派な部屋で、最初の板の間にはその廻《まわ》りで何人もの宴会ができそうな囲炉裏があって、他にも三室あり、それぞれの部屋からは三方の山の景色がながめられるというとんでもない部屋だ。こんなに広い必要はないのだが、それにしては宿泊料金が驚くべき安さだ。介山と言い、龍之介と言い、何やら文豪ゆかりの宿かと思っていたのだが、来たのは中里《なかざと》介山と『大菩薩峠《だいぼさつとうげ》』の主人公の机《つくえ》龍之介であった。芥川《あくたがわ》君ではなかったのである。

肝心の温泉は、露天風呂《ぶろ》が三十五度しかなく、渡り廊下を歩くうちに風邪をひきそうだし、大浴場は他の客と一緒になるのが嫌なので、時間極めの貸切りで仙人の湯というものへ夫婦で一度浸かっただけ。部屋にあるのは普通の天然水を沸かしたものだというので入らなかった。その仙人の湯へ行くにも、一度フロントまで行かねばならず、いちいちえんえんと歩きエレベーター三台を乗り継いで行かねばならないから、何度も行く気がしないのである。

夕食も、やはりフロントの一階上の部屋だから、ほぼ同じ行程を辿ることになる。老人はへとへとになる。足がよくなっていてほんとによかった。昨日と同じく四人ひと部屋の食事となる。客は多く、それも男女ともに若い人たちが多く、子供連れの若夫婦も多い。ここへ来るのは一種の冒険旅行だから、老人はあまり来ていないようだ。

夕食ではとろろ芋焼酎というのがあったのでそれを飲んだ。光子と新さんはワイン。料理は温泉定番のものが多かった。自分で野菜や山菜を作っているという上品な和服姿の女将《おかみ》が自分で作ったとろろ汁を持って挨拶に来室。珍しく馬刺しが出たし、岩魚《いわな》の蒸焼きもこの辺ならではであろう。おれは食べなかったが、光子によれば胡桃《くるみ》御飯というのが旨かったらしい。酔ってふらふらになったままで自室に戻るのは難行苦行であった。囲炉裏の部屋に四人集まってまた酒盛りとなる。酔ってもいないのに喜美子さんが喋《しゃべ》りまくり、とうとう十二時近くまで話し込んでしまって、その間もビールや酒を飲み続けたため、すっかり酔ってしまう。新さんもよく飲んで酔い、珍しくおれの煙草を数本服んだりもした。

二〇一二年十二月二日（日）

昨夜は軒から雪の落ちる音に二、三度驚かされて目覚めたが、朝になると晴れていた。食べ過ぎと飲み過ぎで軽い胃炎になっていて、妻に口臭を注意されたが、これは昼前には治っていた。八時半、またしても朝食の部屋までの大移動。昨日と同じ部屋だがほとんど何も食べられず、新さんも案の定二日酔いでほとんど何も食べない。おれは鮭で茶漬けをしただけだが、それでも腹一杯になってしまう。

九時半、ロビーへ行って朝日新聞を読むと、連載小説が夕刊の連載と共にふたつも載っていたので驚く。どうやら夕刊のない地域のようだ。今朝も仲輔の絵はカラーだった。光子は清算の際、「祝　県道白骨温泉線通年通行記念」という手拭《てぬぐい》を貰《もら》っていた。ここでは色紙二枚に揮毫《きごう》させられる。

十時十五分発の送迎バスで昨日のグレンパークさわんどの駐車場に行く。さいわい雪はやみ、晴れている。ふたたび松本まで行き、長野自動車道から中央道に入る。左手に中央アルプスが美しく見え、行く手には南駒ヶ岳《こまがたけ》。駒ヶ岳SAで休憩し、朝何も食べなかった新さんと他の二人はうどんやそばを食べていたが、おれはココアを一杯飲んだだけ。ふたたび中央道を走り、小牧《こまき》から名神高速に乗る。ここでニュースが飛び込んできた。朝がた中央道の笹子《ささご》トンネルで大事故があり、死者も出たというのである。何でも天井が大きく崩壊したらしいのだ。おれたちは震えあがる。右側に向かったからよかったものの、もし山梨方面に向かっていたらと思い、またしても幸運に感謝。それにしてもいろんなことのある旅だ。駐車場では団体らしい老年の男性たちが「通行止めだってよ」と言いながら困っていた。

京都へ近づくにつれ、まるで水墨画のような美しさで伊吹山《いぶきやま》が見えてきた。黒丸《くろまる》PAでまた休憩。ここで姉妹は車のトランクの中の荷物の整理をする。京都南のICで降り、京都駅へ。ここで新さん夫婦とはお別れである。おれたち夫婦は新幹線に乗る。今夜の晩飯をどうしようかと話しあう。光子は家に戻り、飯を炊いてありあわせのもので食べようというが、おれはてっさとこのわたで一杯飲ましてくれと言い、やはりいつも通りANAクラウンプラザへ行き、たん熊に入る。いつもの森伊蔵を飲み、光子は冷酒。望み通りの料理にありつけた。光子のとったスッポンの丸鍋《なべ》にも手を出す。

そのあとホテル一階のバーへ行き、おれは取り置きのボトルのバーボン、光子はワイン。チーズの盛合せ。そして煙草を二本喫う。たん熊も他のレストランも、だいぶ以前から禁煙なので、いつも食事のあとはここへ来るのである。ホテル前のタクシーで垂水の家に帰る。

面白くもおっかない旅が終った。

二〇一二年十二月十七日（月）

なんと講談社のパーティに行くのは生れて初めてなのである。（と、書いたものの、二〇一一年四月十一日のところで、吉川英治文学賞のパーティに出席していたことを思い出した。しかしこれは森村誠一のために駆けつけたパーティであり、講談社の人とは誰とも話さなかったため、思い出さなかったのである）それというのも四十年も前に「小説現代」に書かなくなってから一度も原稿依頼がなかったため、行く必要もなかったからだ。ただ一度『悪魔の辞典』の翻訳が出たが、これは文芸とは無縁の部署からだった。

呼んでいたタクシーが早いめに来たのと道が空《す》いていたのとで十五分も早く着いてしま

う。授賞式は帝国ホテル二階・孔雀《くじやく》の間で午後六時から。最初の社長挨拶《あいさつ》で野間省伸《のまよしのぶ》の若さに驚く。野間文芸新人賞がふたり、野間児童文芸賞がひとり、そして野間文芸賞が『ジェントルマン』を書いた山田詠美である。以前おれのひとり芝居を見に来てくれたりもしたので、そのお返しの意味の出席だ。選評は津島佑子《つしまゆうこ》で、やはり他の賞の選考委員と違って話は面白い。児童文学者の挨拶はなんとも悪達者で、新人ふたりの挨拶は、女性が内気で男性が破れかぶれ、どちらもあっけなく短い。面白かった。山田詠美の短かめの挨拶はさすがであり、貫禄《かんろく》充分だ。

パーティとなり、いろんな人と逢《あ》う。「群像」で一月号から連載が始まった「創作の極意と掟」の「色気」の項でとりあげた稲葉真弓さんが和服姿でやってきて、大喜びで礼を言う。出版の嶋田君が来て、詠美さんの二次会に誘われる。野間社長が挨拶に来たので、社長がヘビースモーカーであるが故にこのパーティ会場も喫煙可となった由、まことに有難いと謝意を述べておく。新潮社の社長も来たので、文芸振興会への返事せぬままの欠席を詫《わ》びる。各社の若い新人女性編集者に次から次から紹介され、文芸もついに女性上位の世界になったかと慨嘆。講談社関係では何十年ぶりかで逢う人も多い。

島田雅彦、奥泉光と共にタクシーで二次会の会場へ。先日の谷崎賞の時に高橋源一郎の二次会で来たのと同じ店だ。マスターがおれのことを憶《おぼ》えていてくれて、さっそくバーボンのロックが出てくる。詠美さんの挨拶の次に、乾杯の挨拶をさせられる。「いきなりか」と皆を笑わせてから、概《おおむ》ね次のようなことを喋る。

「今や小説は、何を書くかではなく、どう書くかの方が重要と言われる時代となった。この作品はエンターテインメントとして書こうと決意するのもどう書くかのひとつの選択である。自分もそうだが、詠美さんもまたエンタメと純文学の間を軽やかに飛翔《ひしよう》している。そんなところが親近感を持つ理由であります」

「なかなか、ちゃんとやりますね」と、驚いた様子で島田雅彦。奥泉君が例によってフルートを吹く。酒が入っているのに凄《すご》い。

凄い人物に逢った。詠美さんの友人で、もとプロレスラー、リングス社長の前田日明《まえだあきら》という大男である。彼の喫っていた葉巻がとてもいい香りなので一服喫わせて貰ったが、その美味にうっとり。最高級の葉巻であり、ここ二年ほどでベンツが一台買えるほどの消費をしたと言う。日本葉巻協会に推薦すると言ったら、さらに高級品だという葉巻を一本くれた。

嶋田君にタクシーで送ってもらい、帰宅十一時半。

二〇一二年十二月二十日（木）

六時、角川の新名君が来て契約書類に署名捺印《なついん》し、電子メディアへの対応などを相談する。そのあと国際タクシーを呼んで妻も一緒に赤坂の菊乃井《きくのい》へ。無論、京都の老舗《しにせ》であり、東京のいくつかのビルから開店を乞《こ》われたのだが「ビルは百年もたないから」とこれを蹴《け》って赤坂に広い敷地を買い、木造建築にしたという店だ。年末でもあり、カウンター席しかなく、喫煙場所まで行かねば煙草が喫えないという状況だったがこれはまあしかたあるまい。すでに郡司珠子が来ていた。四人で乾杯。おれと郡司さんは焼酎《しょうちゅう》、光子は日本酒のあと、ブルゴーニュのワイン。食事しながら郡司さんと打合せ。彼女はこの「偽文士日碌」を本にしてくれるのである。別段急ぐ本でもないから、ゆっくり楽しんで編集し、発行は来年なかばか。

さすがに料理は旨《うま》い。特に列挙すれば鱈子《たら》落雁《らくがん》、菜種辛子和《あ》え、サーモン椿寿司《ずし》、芥子《からし》蓮根《れんこん》、汲《く》み上げ湯葉このわた蒸し、焙《あぶ》りこのこ、河豚《ふぐ》の薄造りに皮の湯引き、寒鰤《ぶり》に辛味大根、甘鯛《あまだい》の蕪《かぶら》蒸しに生雲丹《うに》を乗せた蓋《ふた》もの、中猪口《ちょこ》が洋梨と山葵《わさび》のソルベ、焼き松葉蟹《まつばがに》、ふかひれ鍋すっぽん入り、いくらご飯、金時人参のすり流しに揚げ栗麩《ふ》、柚子《ゆず》のソルベ、梅と紅茶のジュレといったところ。いくらご飯はとても食べ切れず、テイクアウトとして戴《いただ》く。焼酎を五杯も飲み、すっかりへべれけとなる。郡司さんに送ってもらって帰宅十時過ぎ。

二〇一二年十二月三十一日（月）

一時に伸輔一家がやってきて、荷造りをしておいたからすぐ、呼んでおいた国際タクシー二台で出発。ホテルニューオータニのガーデン・タワーに着くと、お正月プラン宿泊予約の受付があり、金扇通行手形なるものがそれぞれに渡される。年越し蕎麦《そば》券、朝食券、小判と呼ばれている食事用のチケット、お休み処券、ビンゴゲーム券などがついている。伸輔たちとは別の、喫煙階のスイートルームに案内されると、スカイツリーが正面に見えた。広い部屋なのでわが一族全員が団欒《だんらん》できる。恒至はあいかわらずテレビの有料番組で「ドラえもん」だ。恒至と初めて腕相撲をしたり、くすぐったりしてふざける。

五時、日本庭園を抜けていちばん奥にある清泉亭《せいせんてい》へ。魚が好きな恒至は池の鯉に喜ぶ。清泉亭ではカウンターで鮑《あわび》や和牛肉などを鉄板で焼いてもらう。おれは古酒の焼酎をダブルのロックで三杯。そのあとゲームコーナーで楽しむ。家族連ればかりだが、おれは幼女たちの可愛さに眼を奪われた。美しい女の子ばかりなのだ。

十時半、夫婦ふたりだけでルームサービスの年越し蕎麦を食べ、テレビで除夜の鐘を聞き、就寝十二時半。

これまでこの日碌ではある理由から孫のことを「恒司」と書いてきたが、名を変えて書く必要がなくなったので、これからは本来の「恒至」と書くことにする。

二〇一三年一月一日（火）

朝八時、仲輔一家と共にわがスイートルームで正月を祝う。ルームサービスのおせち料理が来て、まず屠蘇《とそ》で祝い、雑煮を食べる。窓からは富士山が見え、まことによき正月である。おれ以外の四人はそのあと十時発の新春バスツアーに出かける。東京スカイツリー、浅草寺《せんそうじ》初詣《はつもうで》、隅田《すみだ》川下りという周遊だ。おれは部屋でさらにひと眠りする。昼過ぎに目醒《めざ》め、部屋を掃除してもらう間、お休み処になっていたバー・カプリへ行って珈琲《コーヒー》とヨーグルトのシャーベットという昼食。珈琲は何杯でもお代りでき、煙草も喫える。葉巻が置いてあったので、ここは葉巻も喫えるのかと訊《き》くと勿論《もちろん》だというので、明日また来ることにする。前田日明に貰《もら》った葉巻をまだ喫っていないのである。

夜は皆でトレーダーヴィックスへ。子供連れ、家族連れが多くて賑《にぎ》やかである。大人四人はそれぞれ好みのカクテルを注文する。カクテルには小鳥の剝製《はくせい》や人形などのついたマドラーが差し込んであり、恒至はこれをすべて欲しがり、貰って帰ることとなる。おれはラム酒ベースのカクテル三杯。肉を焙ったり春巻を焙ったり、子供が喜ぶようなものが多い。あとは海老《えび》フライ、烏賊《いか》フライ、各種薬味がずらりとついた各種カレーなど。食事のあとはまたスイートで一族団欒。窓からは上三分の一が欠けた月の顔がニコちゃんマークに見え、ニコニコ笑って見られているようで、面白くもあり、無気味でもある。就寝十二時。

二〇一三年一月二日（水）

　今朝はゆっくり起きてルームサービスの朝食は十時半。伸輔たちの部屋を覗《のぞ》いてから皆で館内の催物を見てまわる。おれは江戸職人芸コーナーで江戸木箸大黒屋《ばしだいこくや》の黒檀《こくたん》七角削りの箸を買い、皆それぞれ好みの箸を買う。恒至は縁日コーナーで飴《あめ》細工を作ってもらう。演芸場で大道芸を見てから、昨日行ったバー・カプリへ行き、葉巻を喫うからというのでデイヴィッド・リンチのドン・ペリニヨンの間に入れてもらい、伸輔とふたり、例の前田日明に貰った極上の葉巻を賞味し、珈琲。伸輔はサンドイッチ。女子供はそれぞれ飲物とシャーベット。

　四時半、全員でビンゴゲームに行く。ビンゴは初めてだという光子のみが当て、智子さんが賞品を選びに行き、恒至の欲しがっていたラジコンのでかい自動車を貰ってきた。券を貰っている人がほとんどだから客は千人ほどいるのに、当選者は僅《わず》か百人なので当たらない人も多く、僥倖《ぎょうこう》であった。まったく光子は運が強い。

　六時半、タワーにある寿司の久兵衛《きゅうべえ》に全員で赴く。大人は正月用のコース、恒至は鉄火巻三本、烏賊の握り、いくら巻を一貫ずつ。そのあとわがスイートで団欒。恒至はまた有料番組で「仮面ライダー」など。月は今夜もニコちゃんマーク。十時半にルームサービスで夜食。ピリ辛叉焼拉麺《チャーシューラーメン》と五目月見うどんをそれぞれ。有料番組も夜食も、金扇の客はすべて無料だという。おれもそうだが、伸輔も恒至も吃驚《びっくり》するほどよく食べる。就寝十二時。

二〇一三年一月九日（水）

いちばん忙しい時に河出書房新社から東浩紀『クォンタム・ファミリーズ』などという厄介な作品の解説を頼まれてしまった。もう締切は過ぎているし、枚数も超過しているのだが、何しろ昨夜までかかってリストやグラフを作っていたのである。大急ぎで執筆にかかる。最初に読んだ時は流して読んだだけだったのだが、解説となるときちんと論じなければならない。何しろ現代思想としての多元宇宙SFなのである。やっと仕上げて光子に投函《とうかん》を頼んでおき、「ビーバップ！　ハイヒール」の収録に出かける。

ひとつ目が「異常気象」、ふたつ目が「日本酒」だった。収録が終れば新年宴会なのだが、ふたつ目の本番中に酒が出たものだから、早くも宴会の雰囲気になってしまう。収録後、宴会場であるたむけんの店へ移動。最初に宴会をした一号店の方である。リンゴと向かい合いモモコと浜口順子《はまぐちじゅんこ》に挟まれた席で、今日の本番でイケメンの蔵元が持ってきてくれた「秋鹿《あきしか》」を飲み、最高級の焼肉を焼く。おれの席にいちばんいい肉がくることをみな、知っているのである。今評判の芋焼酎《いもじょうちゅう》も出て、すっかり酔う。帰りがけにはまた何か喋《しゃべ》らされたのだが、何を言ったか憶《おぼ》えていない。皆が笑っていたから面白いことを言ったに違いないのだが。

十時過ぎに退出。帰宅十一時過ぎ。就寝十二時。

【初出】
「笑犬楼大通り　偽文士日碌」
朝日ネット　http://shokenro.jp/shokenro/book-cover/

2009年３月19日～25日
「新潮」2010年３月号　「小説家52人の2009年日記リレー」

2010年12月30日～2011年１月18日
「yom yom」2011年３月号 vol.19　「ふたりの『呑酒日記』」

本社は2013年６月、小社より単行本として刊行されました。

偽《にせ》文《ぶん》士《し》日《にち》碌《ろく》

筒《つつ》井《い》康《やす》隆《たか》

平成28年 8月25日　初版発行

発行者●郡司 聡

発行●株式会社KADOKAWA
〒102-8177　東京都千代田区富士見2-13-3
電話 0570-002-301（カスタマーサポート・ナビダイヤル）
受付時間 9:00～17:00（土日 祝日 年末年始を除く）
http://www.kadokawa.co.jp/

角川文庫 19912

印刷所●旭印刷株式会社　製本所●株式会社ビルディング・ブックセンター

表紙画●和田三造

ISBN978-4-04-104481-0　C0195

角川文庫発刊に際して

角川源義

第二次世界大戦の敗北は、軍事力の敗北であった以上に、私たちの若い文化力の敗退であった。私たちの文化が戦争に対して如何に無力であり、単なるあだ花に過ぎなかったかを、私たちは身を以て体験し痛感した。西洋近代文化の摂取にとって、明治以後八十年の歳月は決して短かすぎたとは言えない。にもかかわらず、近代文化の伝統を確立し、自由な批判と柔軟な良識に富む文化層として自らを形成することに私たちは失敗して来た。そしてこれは、各層への文化の普及滲透を任務とする出版人の責任でもあった。

一九四五年以来、私たちは再び振出しに戻り、第一歩から踏み出すことを余儀なくされた。これは大きな不幸ではあるが、反面、これまでの混沌・未熟・歪曲の中にあった我が国の文化に秩序と確たる基礎を齎らすためには絶好の機会でもある。角川書店は、このような祖国の文化的危機にあたり、微力をも顧みず再建の礎石たるべき抱負と決意とをもって出発したが、ここに創立以来の念願を果すべく角川文庫を発刊する。これまで刊行されたあらゆる全集叢書文庫類の長所と短所とを検討し、古今東西の不朽の典籍を、良心的編集のもとに、廉価に、そして書架にふさわしい美本として、多くのひとびとに提供しようとする。しかし私たちは徒らに百科全書的な知識のジレッタントを作ることを目的とせず、あくまで祖国の文化に秩序と再建への道を示し、この文庫を角川書店の栄ある事業として、今後永久に継続発展せしめ、学芸と教養との殿堂として大成せんことを期したい。多くの読書子の愛情ある忠言と支持とによって、この希望と抱負とを完遂せしめられんことを願う。

一九四九年五月三日

角川文庫ベストセラー

夜を走る トラブル短篇集
筒井康隆

アル中のタクシー運転手が体験する最悪の夜、三ヵ月以上便通のない男の大便の行き先、デモに参加した女子大生を匿う教授の選択……絶体絶命、不条理な状況に壊れていく人間たちの哀しくも笑える物語。

佇むひと リリカル短篇集
筒井康隆

社会を批判したせいで土に植えられ樹木化してしまった妻との別れ。誰も関心を持たなくなったオリンピックで黙々と走る男。現代人の心の奥底に沈んでいた郷愁、感傷、抒情を解き放つ心地よい短篇集。

出世の首 ヴァーチャル短篇集
筒井康隆

物語、フィクション、虚構……様々な名で、我々の文明に存在する「何か」。先史時代の洞窟から、王朝、戦国をへて現代のTVスタジオまで、時空を超えて現れるその「魔物」を希求し続ける作者の短篇。

青の炎
貴志祐介

秀一は湘南の高校に通う17歳。女手一つで家計を担う母と素直で明るい妹の三人暮らし。その平和な生活を乱す闖入者がいた。警察も法律も及ばず話し合いも成立しない相手を秀一は自ら殺害することを決意する。

硝子のハンマー
貴志祐介

日曜の昼下がり、株式上場を目前に、出社を余儀なくされた介護会社の役員たち。厳重なセキュリティ網を破り、自室で社長は撲殺された。凶器は？　殺害方法は？　推理作家協会賞に輝く本格ミステリ。

角川文庫ベストセラー

狐火の家　貴志祐介

築百年は経つ古い日本家屋で発生した殺人事件。現場は完全な密室状態。防犯コンサルタント・榎本と弁護士・純子のコンビは、この密室トリックを解くことができるか!?　計4編を収録した密室ミステリの傑作。

鍵のかかった部屋　貴志祐介

防犯コンサルタント（本職は泥棒？）・榎本と弁護士・純子のコンビが、4つの超絶密室トリックに挑む。表題作ほか「佇む男」「歪んだ箱」「密室劇場」を収録。防犯探偵・榎本シリーズ、第3弾。

堕落論　坂口安吾

「堕ちること以外の中に、人間を救う便利な近道はない」。第二次大戦直後の混迷した社会に、かつての倫理を否定し、新たな考え方を示した『堕落論』。安吾を時代の寵児に押し上げ、時を超えて語り継がれる名作。

不連続殺人事件　坂口安吾

詩人・歌川一馬の招待で、山奥の豪邸に集まった様々な男女。邸内に異常な愛と憎しみが交錯するうちに、血が血を呼んで、恐るべき八つの殺人が生まれた――。第二回探偵作家クラブ賞受賞作。

銀の匙　中勘助

書斎の小箱に昔からある銀の匙。それは、臆病で病弱な「私」が口に薬を含むことができるよう、伯母が探してきてくれたものだった。成長していく「私」を透明感ある文章で綴った、大人のための永遠の文学。

角川文庫ベストセラー

李陵・山月記・弟子・名人伝　中島　敦

五千の少兵を率い、十万の匈奴と戦った李陵。捕虜となった彼を司馬遷は一人弁護するが。讒言による悲運を描いた「李陵」、人食い虎に変身する苦悩を描く「山月記」など、中国古典を題材にとった代表作六編。

風立ちぬ・美しい村・麦藁帽子　堀　辰雄

その年、私は療養中の恋人・節子に付き添い、高原のサナトリウムで過ごしていた。山の自然の静かなうつろい、だが節子は次第に弱々しくなってゆく……死を見つめる恋人たちを描いた表題作のほか、五篇を収録。

きまぐれロボット　星　新一

お金持ちのエヌ氏は、博士が自慢するロボットを買い入れた。オールマイティだが、時々あばれたり逃げたりする。ひどいロボットを買わされたと怒ったエヌ氏は、博士に文句を言ったが……。

ちぐはぐな部品　星　新一

脳を残して全て人工の身体となったムント氏。ある日、外に出ると、そこは動くものが何ひとつない世界だった（「凍った時間」）。SFからミステリ、時代物まで、バラエティ豊かなショートショート集。

地球から来た男　星　新一

おれは産業スパイとして研究所にもぐりこんだものの、捕らえられる。相手は秘密を守るために独断で処罰するという。それはテレポーテーション装置を使った地球外への追放だった。傑作ショートショート集！

角川文庫ベストセラー

竹取物語　訳／星 新一

絶世の美女に成長したかぐや姫と、5人のやんごとない男たち。日本最古のみごとな求愛ドラマを名手がいきいきと現代語訳。男女の恋の駆け引き、月世界への夢と憧れなど、人類普遍のテーマが現代によみがえる。

城のなかの人　星 新一

世間と隔絶され、美と絢爛のうちに育った秀頼にとって、大坂城の中だけが現実だった。徳川との抗争が激化するにつれ、秀頼は城の外にある悪徳というものの存在に気づく。表題作他5篇の歴史・時代小説を収録。

声の網　星 新一

ある時代、電話がなんでもしてくれた。完璧な説明、セールス、払込に、秘密の相談、音楽に治療。ある日マンションの一階に電話が、「お知らせする。まもなく、そちらの店に強盗が入る……」。傑作連作短篇！

おおかみこどもの雨と雪　細田 守

ある日、大学生の花は〝おおかみおとこ〟に恋をした。2人は愛しあい、2つの命を授かる。そして彼との悲しい別れ――。1人になった花は2人の子供、雪と雨を田舎で育てることに。細田守初の書下し小説。

バケモノの子　細田 守

この世界には人間の世界とは別の世界がある。バケモノの世界だ。1人の少年がバケモノの世界に迷い込み、バケモノ・熊徹の弟子となり九太という名を授けられる。その出会いが想像を超えた冒険の始まりだった。

角川文庫ベストセラー

不道徳教育講座　三島由紀夫

大いにウソをつくべし、弱い者をいじめるべし、痴漢を歓迎すべし等々、世の良識家たちの度肝を抜く不道徳のススメ。西鶴の『本朝二十不孝』に倣い、逆説的レトリックで展開するエッセイ集、現代倫理のパロディ。

夏子の冒険　三島由紀夫

裕福な家で奔放に育った夏子は、自分に群らがる男たちに興味が持てず、神に仕えた方がいい、と函館の修道院入りを決める。ところが函館へ向かう途中、情熱的な瞳の一人の青年と巡り会う。長編ロマンス！

夜会服　三島由紀夫

何不自由ないものに思われた新婚生活だったが、ふと覗かせる夫・俊夫の素顔は絢子を不安にさせる。見合いを勧めたはずの姑の態度もおかしい。親子、嫁姑、夫婦それぞれの心境から、結婚がもたらす確執を描く。

お嬢さん　三島由紀夫

大手企業重役の娘・藤沢かすみは20歳、健全で幸福な家庭のお嬢さま。休日になると藤沢家を訪れる父の部下たちは花婿候補だ。かすみが興味を抱いた沢井はプレイボーイで……「婚活」の行方は。初文庫化作品。

水木サンの幸福論　水木しげる

水木サンが幸福に生きるために実践している7か条や、水木サンの兄弟との鼎談など、盛りだくさんの内容で水木しげるのすべてがわかる。水木サンの幸福人生の秘密が集約されたファン必携の一冊！

角川文庫ベストセラー

今夜は眠れない　宮部みゆき

中学一年でサッカー部の僕、両親は結婚15年目、ごく普通の平和な我が家に、謎の人物が5億もの財産を母さんに遺贈したことで、生活が一変。家族の絆を取り戻すため、僕は親友の島崎と、真相究明に乗り出す。

夢にも思わない　宮部みゆき

秋の夜、下町の庭園での虫聞きの会で殺人事件が。殺されたのは僕の同級生のクドウさんの従妹だった。被害者への無責任な噂もあとをたたず、クドウさんも沈みがち。僕は親友の島崎と真相究明に乗り出した。

三人暮らし　群ようこ

しあわせな暮らしを求めて、同居することになった女3人。一人暮らしは寂しい、家族がいると厄介。そんな女たちが一軒家を借り、暮らし始めた。さまざまな事情を抱えた女たちが築く、3人の日常を綴る。

欲と収納　群ようこ

欲に流されれば、物あふれる。とかく収納はままならない。母の大量の着物、捨てられないテーブルの脚に、すぐ落下するスポンジ入れ。家の中には「収まらない」ものばかり。整理整頓エッセイ。

しっぽちゃん　群ようこ

拾った猫を飼い始め、会社や同僚に対する感情に変化が訪れた33歳ＯＬ。実家で、雑種を飼い始めた出戻り女性。爬虫類や虫が大好きな息子をもつ母。――しっぽを持つ生き物との日常を描いた短編小説集。

角川文庫ベストセラー

四畳半神話大系　森見登美彦

私は冴えない大学3回生。バラ色のキャンパスライフを想像していたのに、現実はほど遠い。できれば1回生に戻ってやり直したい！　4つの並行世界で繰り広げられる、おかしくもほろ苦い青春ストーリー。

夜は短し歩けよ乙女　森見登美彦

黒髪の乙女にひそかに想いを寄せる先輩は、京都のいたるところで彼女の姿を追い求めた。二人を待ち受ける珍事件の数々、そして運命の大転回。山本周五郎賞受賞、本屋大賞2位、恋愛ファンタジーの大傑作！

ペンギン・ハイウェイ　森見登美彦

小学4年生のぼくが住む郊外の町に突然ペンギンたちが現れた。この事件に歯科医院のお姉さんが関わっていることを知ったぼくは、その謎を研究することにした。未知と出会うことの驚きに満ちた長編小説。

新釈　走れメロス　他四篇　森見登美彦

芽野史郎は全力で京都を疾走した——。無二の親友との約束を守「らない」ために！　表題作他、近代文学の傑作四篇が、全く違う魅力で現代京都で生まれ変わる！　滑稽の頂点をきわめた、歴史的短篇集！

嘘つきアーニャの真っ赤な真実　米原万里

一九六〇年、プラハ。小学生のマリはソビエト学校で個性的な友だちに囲まれていた。三〇年後、激動の東欧で音信が途絶えた三人の親友を捜し当てたマリは—一。第三三回大宅壮一ノンフィクション賞受賞作。